ERROR
FATAL

ERROR
FATAL

FAITH MARTIN

Cualquier forma de reproducción, distribución, comunicación pública o transformación de esta obra solo puede ser realizada con la autorización de sus titulares, salvo excepción prevista por la ley. Diríjase a CEDRO si necesita reproducir algún fragmento de esta obra.
www.conlicencia.com - Tels.: 91 702 19 70 / 93 272 04 47

Editado por HarperCollins Ibérica, S. A.
Avenida de Burgos, 8B - Planta 18
28036 Madrid

Error fatal
Título original: A Fatal Mistake
© Faith Martin 2018
© 2024, para esta edición HarperCollins Ibérica, S. A.
Publicado por HarperCollins Publishers Limited, UK
© De la traducción del inglés, HarperCollins Ibérica, S. A.

Todos los derechos están reservados, incluidos los de reproducción total o parcial en cualquier formato o soporte.
Esta edición ha sido publicada con autorización de HarperCollins Publishers Limited, UK.
Esta es una obra de ficción. Nombres, caracteres, lugares y situaciones son producto de la imaginación del autor o son utilizados ficticiamente, y cualquier parecido con personas, vivas o muertas, establecimientos comerciales, hechos o situaciones son pura coincidencia.

Diseño de cubierta: © HQ 2018
Imágenes de cubierta: Shutterstock.com

ISBN: 978-84-10021-43-3
Depósito legal: M-31992-2023

*Para todos mis nuevos lectores
de Ryder y Loveday*

1

Verano de 1960

Jimmy Roper se detuvo para dejar que Tyke, su viejo y curioso perro blanco y negro, apoyara la pata contra el muro que daba a Port Meadow. Era una maravillosa mañana de mediados de junio y, en lo alto, el sol brillaba con una intensidad que le advertía de que la temperatura se dispararía al mediodía.

No era el tipo de día en el que algo malo pudiera ocurrir.

El pueblo de Wolvercote había quedado atrás, pero desde la ventana abierta de alguien se oía la última canción pop que tanto gustaba a los jóvenes. El locutor anunció el nuevo éxito de los Everly Brothers, *Cathy's Clown*.

Al acercarse a la gran extensión de Port Meadow, se detuvo para observar una hermosa vista de las legendarias «agujas soñadoras» de Oxford. Frente a él, el río serpenteaba a través de la pradera, que ahora empezaba a perder el manto de amapolas que la había cubierto en primavera. Tyke husmeaba alegremente entre los cardos.

Al acercarse a la orilla, observó que dos pescadores se habían preparado para pasar el día. Uno de ellos, sentado en el borde con las piernas colgando, llevaba un viejo sombrero de ala ancha. Le servía no solo para protegerse del sol directo, sino también de la luz que se reflejaba en el agua. Estaba adornado con coloridas moscas de pesca. Tenía la cabeza gacha y observaba con atención su flotador. Al cabo de uno o dos segundos, Jimmy también lo vio: un punto rojo que avanzaba con lentitud río abajo.

Su compañero llevaba un sombrero de la misma guisa y, por si eso fuera poco, unas grandes gafas de sol. Había elegido sentarse más cerca de la empinada orilla del río, en una zona donde el terreno había cedido por el peso de unas vacas frisonas que el día anterior habían bajado para beber. Sin embargo, parecía estar dormitando en lugar de estar pendiente de la pesca, pues Jimmy se dio cuenta de que su flotador se había quedado atrapado entre las algas del río. Les saludó deseándoles un buen día y, para no espantar a los peces, caminó a un ritmo más ligero al pasar junto a ellos.

No había avanzado mucho, siguiendo distraídamente el curso del río hacia arriba, cuando un bullicio de voces juveniles y bromistas captó su atención. Sonaban como algo que se oiría en una fiesta y resultaba fuera de lugar en aquel apacible entorno campestre.

Al doblar una ensenada en el río, pudo ver a un grupo de estudiantes, decididos a disfrutar del final de sus exámenes.

Algunas de las jóvenes del grupo, tal vez una veintena, calculó Jimmy, ya habían tendido sobre la hierba toallas de playa de alegres rayas y estaban preparando un pícnic. Considerando que eran las once en punto de la mañana, Jimmy se preguntó si se suponía que era un desayuno tardío o un almuerzo muy temprano. Luego supuso que, para aquellos jóvenes tan resplandecientes de vida, apenas había diferencia. El menú era tan pintoresco como sencillo: cajas de bombones, cestas de fruta y botellas de vino.

Todo apuntaba a que pasarían una jornada agradable, pensó, con un poco de envidia.

Estaba claro que por la mente de aquellos jóvenes felices no podían pasar pensamientos oscuros. Habían salido a disfrutar de su juventud, del sol reluciente y de las delicias de una fiesta al aire libre. Para ellos, la muerte todavía era un concepto lejano, algo que no tendrían que plantearse hasta que transcurrieran muchas décadas.

Además, en un día como ese, ¿qué podría pasar?

Una mujer joven, con una melena rubio platino, palmeó el lugar a su lado sobre una toalla y un muchacho, que apenas aparentaba dieciocho años, se apresuró a acompañarla.

Jimmy estaba seguro de que a los pescadores que se encontraban río abajo no les haría ninguna gracia tanto jaleo y ruido. Todos los lucios, cachos, rutilos, pescadillas y percas que se respetaban a sí mismos en un radio de cuatrocientos metros debían de haberles oído y se habían ido a aguas más tranquilas.

Uno o dos de los jóvenes se despojaron con rapidez de sus bañadores, con la evidente intención de refrescarse en el agua.

Siguió deambulando, sonriendo cuando una de las chicas —bastante guapa— chilló al ver que un chico recogía agua de la orilla y la salpicaba. Sin embargo, al pasar junto al grupo, se fijó en un hombre alto, pecoso y con una cabellera de un rojo llamativo, que estaba un poco alejado, observándolo todo con desdén. Eso, y el hecho de que aparentaba tener al menos unos veinte años, y, por tanto, unos cuantos más que la media de los estudiantes, le hacía parecer fuera de lugar.

Jimmy estaba demasiado concentrado en llegar a la sombra de unos árboles cercanos como para detenerse a prestar atención a aquellos desconocidos y a lo que hacían. Sin embargo, más adelante, vio algunas cabezas sin cuerpo flotando en el centro del río. Por un momento se sintió desconcertado, pero, al mirar más de cerca, pudo observar que eran simplemente más juerguistas que llegaban en dos barcazas.

Se dio cuenta, con una mezcla de alarma y diversión, de que las barcazas estaban llenas de pasajeros y parecían bastante sumergidas en el agua. Seguramente no sería recomendable que estuvieran tan abarrotadas. Además, los dos muchachos que estaban de pie en las plataformas traseras, empuñando largos palos para impulsarse, que parecían un poco deteriorados.

Mientras observaba, el remero de la barcaza que iba en cabeza regañó a uno de los pasajeros que se tambaleaba de forma peligrosa cerca de la línea de flotación. El joven, muy delgado, vestido informalmente con pantalón y camisa blancos, y con el cabello tan rubio que casi parecía blanco, metió la mano debajo de él y sacó lo que parecía ser una botella de champán abierta, que entregó a su amigo.

El remero la aceptó con un grito de triunfo y, sin preocuparse, dejó la tarea que estaba realizando para tomar un trago, tambaleándose hacia atrás. Seguramente habría caído al río si alguien no hubiera llegado justo a tiempo para agarrarle del bajo del pantalón y devolverlo a su sitio.

Como era de esperar, esto provocó una gran cantidad de abucheos y burlas por parte de los demás, y Jimmy sacudió la cabeza, sin saber si reír con indulgencia ante las travesuras juveniles o cuestionar seriamente en qué se estaba convirtiendo el mundo.

Finalmente, llegó a la agradable sombra de una hilera de árboles que bordeaba la carretera del pueblo y se sentó en el tronco de un viejo árbol. Tyke, feliz de descansar sus viejos huesos, soltó un pequeño gruñido de satisfacción mientras se tumbaba a los pies de su dueño en la fresca y sombreada hierba.

Si algunos perros tenían algo parecido a una intuición para el mal o un sentido de la adversidad inminente, no era el caso de Tyke.

Así que, durante unos diez minutos, el lechero jubilado y su pequeño perro simplemente se quedaron sentados, escuchando el zumbido de las abejas y observando cómo las mariposas de alas amarillas y naranjas revoloteaban por el prado. Luego, una mirada rápida a su reloj le indicó que su esposa pronto le prepararía la comida, de modo que, con un pequeño suspiro, se levantó y emprendió el camino de regreso. Si no se equivocaba, serían sándwiches de paté de pescado y un trozo de tarta de Madeira, una de sus favoritas.

Mientras volvía sobre sus pasos por el río en dirección a la ruidosa y bulliciosa fiesta estudiantil, se dio cuenta de que una tercera barcaza le seguía un poco por detrás, aunque no le prestó mucha atención. En lugar de eso, se alejó de todos ellos, volviendo al río solo cuando estuvo de nuevo más allá de la ensenada.

No le sorprendió, un poco más tarde, comprobar que ninguno de los pescadores había permanecido en su sitio. Podía imaginarse cómo habrían maldecido a los estudiantes por haber elegido aquel lugar para sus festividades.

Y de esta manera, Jimmy Roper y su perro regresaron al pueblo y a su comida del mediodía, sin pensar en los estudiantes.

Así que le tocaría a otro tropezar con la tragedia que el destino caprichoso había reservado para ese día tan soleado y hermoso. Alguien, tal vez, que estaba mucho menos preparado que un veterano de guerra para lidiar con las consecuencias de la oscuridad humana.

Apenas una hora más tarde, Miriam Jenks, madre primeriza de una niña bastante grande y tranquila, empujaba su cochecito por la calle, camino de la tienda del pueblo para encargar algunas cosas de primera necesidad. Mientras esperaba en la acera a que pasara el Morris Minor del viejo doctor Thomas, decidió que sería una buena idea alejarse del intenso calor. Por lo que dirigió el cochecito hacia el camino de hierba, duro y llano, que bordeaba la orilla del río para aprovechar la sombra que proporcionaban los sauces que lo enmarcaban. Mientras avanzaba, se puso a canturrear una melodía al bebé, que había empezado a removerse.

Seguía tarareando la canción de cuna cuando algo llamó su atención y miró hacia abajo para encontrarse con un cuerpo humano flotando en el agua justo a su lado. Estaba atrapado entre las raíces de un sauce especialmente grande y se movía en un pequeño remolino, con un brazo agitándose arriba y abajo, como si la saludara.

El joven moreno yacía bocabajo en el agua y ella supo de inmediato que estaba muerto. Y mientras pensaba en lo que estaba viendo, la corriente varió, haciendo que el cuerpo se girara sobre sí mismo en lo que a ella le pareció un lento y terrible movimiento.

Como era lógico, eso puso muy nerviosa a Miriam, como le diría más tarde a su mejor amiga. Sin embargo, por un momento se quedó inmóvil.

Sin embargo, la visión de aquel rostro, pálido y tan triste e irremediablemente ajeno a toda ayuda humana, hizo que sus rodillas se doblaran de manera brusca y se encontrara de repente sobre la hierba. Extendió las manos para agarrarse a algo, pero aun así ahora estaba mucho más cerca de la orilla del río y del cuerpo que acunaba.

Observó que sus ropas se habían hinchado y que el aire atrapado ayudaba a mantenerlo a flote. También se paró a pensar por un segundo en que parecía un muchacho apuesto que no pasaría de los veinte años.

Tan joven.

Y al mismo tiempo tan muerto.

Oyó un ruido y se dio cuenta de que procedía de ella misma. Estaba sollozando.

El cuerpo le pareció lo bastante cercano como para tocarlo si alargaba la mano, bajando por la orilla y cruzando el agua... Pero, por supuesto, sabía que en realidad no era así. Sin embargo, vio que su mano se movía hacia delante, agitándose sin control frente a ella, como si quisiera ofrecerle... ¿Qué?, preguntó con desdén su conmocionado cerebro. ¿Socorro? ¿Consuelo? ¿Ayuda?

Una voz fría en el fondo de su cabeza le decía que no podía proporcionarle nada de eso.

Comenzó a temblar con fuerza, algo que no tenía sentido para ella. El sol brillaba de manera intensa en el cielo, en el momento de más calor del día. Incluso los pájaros habían dejado de cantar, como si el calor los hubiera enervado.

Sintiéndose enferma, se puso en pie y echó a correr, empujando el cochecito con firmeza y golpeándolo con brusquedad por el camino. Consiguiendo que tal delicioso movimiento durmiera a su hija mejor que cualquier nana.

Se sintió de repente culpable, como si estuviera abandonando al chico muerto cuando más la necesitaba. Casi quiso girar la cabeza para asegurarse de que él no estuviera observando su retirada cobarde con ojos acusadores y suplicantes.

Pero, a través de la niebla del *shock*, tuvo el suficiente sentido común para darse cuenta de que no podía ser así.

Todavía sollozaba cuando salió de nuevo a la calle, detuvo exaltada a la primera persona que vio, que resultó ser un anciano que llevaba su carretilla a los huertos cercanos, y contó entre lágrimas lo que había visto.

El anciano se la llevó a casa, le dijo a su mujer que la cuidara, llamó a la policía y se fue al río a ver el espectáculo.

Hacía años que no ocurría nada tan emocionante en el pueblo.

2

Casi una semana más tarde, el doctor Clement Ryder, juez de instrucción de la ciudad de Oxford, se sentaba en el estrado para escuchar los procedimientos judiciales que se iniciaban en la investigación de la muerte del señor Derek Chadworth, un antiguo alumno de veintiún años del St. Bede's College de Oxford.

A la edad de cincuenta y siete años, el forense era un hombre alto, de un metro ochenta de estatura, con abundante y saludable pelo blanco y ojos grises algo acuosos. Y aunque empezaba a tener algo más de carne en los huesos que en su juventud, llevaba bien los kilos de más. El papel de forense era una segunda carrera para él después de haber pasado la mayor parte de su vida laboral adulta como cirujano de renombre. Pero como no le gustaba revivir las razones de su forzoso cambio de rumbo, ahora observaba la sala del tribunal y a sus habitantes con cierto interés. Como era de esperar en un caso como ese, la tribuna del público estaba repleta, con una buena cantidad de periodistas locales que se disputaban el puesto. Los miembros del jurado, con caras avergonzadas algunos y otros con aires de superioridad, acababan de ocupar sus sitios. Un agente de policía aguardaba nervioso para declarar. Parecía joven e inexperto, y el doctor Ryder esperaba no tener problemas para mantenerlo centrado.

Conocido por ser un hombre que no aguantaba tonterías, era en apariencia una figura imponente, y muchos de los miembros del público —así como algunos de los funcionarios del tribunal— le observaban con recelo. Tenía el aspecto de alguien que no tenía ningún problema en manejar asuntos tan importantes como la vida y la muerte en sus manos.

No dio muestras de impaciencia cuando por fin se inició el procedimiento. Y la primera de las funciones del tribunal —asignar un nombre o identidad al fallecido— quedó resuelta con rapidez, pues los padres de Derek ya habían identificado su cuerpo.

Una vez hecho eso, era el turno de abordar la segunda cuestión, a menudo mucho más complicada: intentar determinar con exactitud cómo había llegado el difunto a su fin.

La primera en subir al estrado fue una joven madre nerviosa, quien declaró haber visto un cadáver flotando en el río cerca del pueblo de Wolvercote. Su voz sonaba apresurada y susurrante. El doctor Ryder, aunque la trató con amabilidad, tuvo que pedirle más de una vez que hablara más alto.

A continuación, llegó el médico. El doctor Ryder lo conocía, por supuesto, ¡y sin duda también lo conocía a él! Todos los que tuvieron que testificar ante su tribunal comprendieron que no se toleraría ningún engaño, pues estaba claro que él sabía tanto o más de medicina que los que testificaban. O al menos eso pensaba el doctor Clement Ryder. Así que no era de extrañar que los cirujanos y patólogos de la policía no estuvieran muy contentos cuando se les llamaba a testificar con Clement presidiendo el tribunal. Algunos de los más veteranos, que por naturaleza se sentían superiores tanto al jurado como al juez de instrucción, se negaban a poner un pie en el tribunal si él los encabezaba. Daban por sentado que su palabra sería ley, pero ahora las cosas habían cambiado. Por supuesto, ninguno de ellos estaba dispuesto a admitir que tal vez no estaban tan actualizados como debían en los avances científicos y las prácticas médicas de la última década. Y, desde luego, no estaban dispuestos a permitir que su experiencia como cirujanos fuera puesta en evidencia públicamente o frente a la prensa, mostrando sus errores e incertidumbres.

El médico actual, en cambio, pertenecía a una generación más joven, audaz y segura de sí misma. No tuvo reparos en exponer sus opiniones sobre las pruebas médicas descubiertas en la autopsia. Expuso estas opiniones al jurado de manera clara, incluyendo la hora de la muerte, que estableció entre las 8 de la mañana y las 2 de la tarde, con un pequeño margen en ambos casos.

El doctor Ryder escuchó sin interrumpir —un pequeño milagro en sí mismo, podrían haber dicho los aficionados al tribunal— y de vez en cuando incluso asintió con la cabeza en señal de aprobación. Sobre todo porque el joven, sin condescender ni menospreciar en modo alguno al jurado, lograba transmitir los hechos de forma clara y concisa.

La causa de la muerte sin duda había sido el ahogamiento. Además, el agua encontrada en los pulmones del fallecido coincidía con una muestra tomada del río, y se observó que había sedimentos significativos, lo que indicaba que el agua en la que se ahogó la víctima había estado agitada. Se encontró espuma en la boca y se examinaron minuciosamente todos los demás signos característicos del ahogamiento. No se encontraron indicios significativos de ninguna otra anomalía, como golpes en la cabeza, algo que a menudo se veía en los libros de misterio sobre asesinatos. Tampoco había rasguños en el rostro ni en las manos, ni nada que indicara que el joven hubiera estado involucrado en una pelea o hubiera sufrido alguna otra agresión. En ese momento, el forense no pudo evitar notar con cinismo la aparente decepción de algunos de los presentes. Era evidente que habían esperado algo más dramático, especialmente los miembros de la prensa.

Sin embargo, el joven médico no se había percatado de ello. También había encontrado rastros de alcohol en el estómago del fallecido, no lo suficiente como para afirmar que estaba extremadamente ebrio, pero lo suficiente como para sugerir que tal vez no estaba en pleno uso de sus facultades. —Pruebas posteriores demostrarían que el joven había estado bebiendo hasta altas horas de la madrugada—.

Cuando el joven médico se retiró, con el enérgico agradecimiento del forense resonando como un espaldarazo en sus oídos, Clement pudo ver que había causado una buena impresión en el jurado, que ahora parecía un poco más relajado, si no aliviado por completo. Y no era difícil entender por qué.

En sus dos años como forense, Clement había llegado a leer a los miembros de los jurados con tanta claridad como si fueran sus viejos libros de medicina. Con independencia del caso, había aprendido que todos los jurados tenían ciertas cosas en común.

Casi todos, por ejemplo, estaban preocupados y eran conscientes de la carga que suponía para ellos cumplir con su deber cívico. Eso era más evidente todavía en los casos obvios de suicidio, en los que ninguno deseaba aumentar el dolor de las familias que estaban pasando el duelo insistiendo en ese punto, y en los que, casi siempre que emitían ese veredicto, incluían la frase «mientras el equilibrio de su mente estaba perturbado».

A veces tenían miedo, sí, por ejemplo, si la causa de la muerte era demasiado espeluznante y sabían que tendrían que escuchar pruebas horribles, como la de algún pobre trabajador agrícola siendo arrastrado por una cosechadora u algo similar. En el caso de una muerte sospechosa —lo cual era poco frecuente—, siempre se añadía un elemento de excitación y escándalo que les daba un brillo particular a sus mejillas.

Clement había visto toda clase de personas formando parte de un jurado: trabajadores, amas de casa, madres, algunos profesionales y de vez en cuando algún holgazán o académico. En general, se trataba de hombres y mujeres buenos, honrados —aunque no especialmente inteligentes— y de nivel medio, en los que se podía confiar para que tuvieran sentido común y emitieran un veredicto sensato. Pero si, por casualidad, parecía que estaban a punto de desviarse del camino recto y emitir un veredicto absurdo porque se habían creído superiores o se habían confundido o desorientado, su trabajo consistía en reconducirlos hacia la dirección correcta.

De vez en cuando, algún miembro del jurado le sorprendía. Pero él creía que ya había entendido bien a ese grupo.

El anciano con el desaliñado traje azul, por ejemplo, era evidente que se autoproclamaría presidente del comité y probablemente tendría el respaldo de las dos mujeres de mediana edad que estaban sentadas en el extremo derecho de la fila, pertenecientes al Instituto Femenino. Una mujer más joven y dos hombres jóvenes parecían impacientes y con ganas de terminar pronto. Sin duda, pensaban que tenían cosas mejores que hacer. Un hombre de mediana edad, con la mirada un tanto perdida, se tomaba todo muy en serio, aunque no se podía decir lo mismo de una anciana que tejía algo en secreto en su regazo. En cuanto a los demás, eran la mezcla habitual que se puede encontrar en cualquier lugar frecuentado por la sociedad británica.

Después del testimonio del médico, siguió el de uno de los tutores del chico, quien afirmó que era un joven centrado y confiable, y que probablemente habría aprobado los exámenes con excelentes resultados. Según su conocimiento, Derek Chadworth no tenía problemas de dinero ni de chicas y la última vez que lo había visto estaba tan alegre como siempre. En otras palabras, pensó Clement con indulgencia al mirar al testigo, estaba dejando claro que el chico no tenía ningún motivo para arrojarse al río y causar tantos problemas.

A los miembros del jurado les pareció bien y pudieron relajarse aún más, ya que el desagradable fantasma del suicidio parecía lo menos probable. A continuación, intervinieron los padres del muchacho, y su llorosa madre hizo que todos sintieran compasión e incomodidad a partes iguales. Ella también declaró que la última carta que había recibido de su hijo había sido alegre y llena de planes sobre lo que pensaba hacer una vez que se hubiera matriculado. Cuando el forense le preguntó, dijo que su hijo sabía nadar un poco, pero que no era lo que se dice «muy hábil en el agua».

Hasta el momento, pensó Clement, vigilando con atención el reloj —ya que una de sus tareas era mantener el ritmo del programa y asegurarse de que las cosas no se prolongaran demasiado, pues de lo contrario sus oficiales tendían a impacientarse—, todo parecía indicar que se trataba de una desafortunada aventura o una muerte por ahogamiento accidental.

Esperaba que a las cuatro todo hubiera terminado, excepto los gritos. Y eso le parecía bien. Le apetecía jugar al golf antes de que oscureciera. Y pensó que si podía encontrar al viejo Maurice Biggleswade en el hoyo dieciocho podría ganarle una guinea en una apuesta sobre quién podía conseguir un *birdie*.

Sin embargo, la suerte quiso que los siguientes testigos le hicieran incorporarse y prestar más atención.

El primer testimonio presentado fue el informe policial. Fue presentado por un joven agente de policía y su declaración parecía bastante sencilla a primera vista. Habían establecido que, en el día en cuestión, aproximadamente cincuenta o más estudiantes se habían reunido en las orillas del río en Port Meadow para celebrar el final de sus exámenes con un improvisado pícnic.

Esta fiesta constaba de tres grupos distintos. En primer lugar, un grupo de alrededor de quince estudiantes había llegado a la orilla del río en autobús o coche. Principalmente eran mujeres y algunos hombres jóvenes que habían traído comida, toallas, trajes de baño y otros útiles. Un segundo grupo había acordado encontrarse con ellos llegando en bote o barcaza y habían alquilado dos embarcaciones de ese tipo en el cercano Magdalen Bridge, partiendo río abajo a las 09:30 de la mañana.

Sin embargo, un tercer grupo de estudiantes, que también había alquilado una embarcación, se encontró accidentalmente con los otros dos grupos y chocó de manera involuntaria con las otras dos barcazas, provocando que un gran número de estudiantes cayeran al agua.

Tras unas cuantas preguntas directas por parte de Clement, quedó claro que la mayoría de los testigos, que fueron interrogados a primera hora de la tarde una vez que el cuerpo de Derek Chadworth había sido recuperado del río, estaban bastante ebrios y afectados por el alcohol.

De hecho, admitió el oficial de policía con rostro inexpresivo, la mayoría de los estudiantes habían reconocido estar «un poco borrachos» de zumo de naranja y champán, suministrados por lord Jeremy Littlejohn en sus habitaciones de la universidad, incluso antes de salir a alquilar las embarcaciones. Además, durante el viaje hacia Port Meadow, habían continuado bebiendo cerveza y más champán.

Quedó claro también que lord Littlejohn era el sol alrededor del cual orbitaban la mayoría de los demás estudiantes, el líder de aquel universo estudiantil, y que no convenía decepcionarlo o causarle ningún disgusto. Al menos, no si querías estar entre los «populares».

Cuando llegó la tercera embarcación y se produjo la colisión, la mitad de los asistentes habían optado por quedarse «divirtiéndose» en las barcazas, mientras que la otra mitad se había desvestido y nadado hacia la orilla.

Cuando se les preguntó cuál había sido el resultado inmediato de la colisión de las tres barcazas, que arrojó a la mayoría de los pasajeros al río, casi todos los estudiantes coincidieron en que les había parecido «divertidísimo» y «un poco gracioso». Casi todos los ocupantes de las dos barcazas originales se habían subido a la orilla, ya que el río era algo más estrecho en esa zona. Entonces empezaron a despojarse de todo lo que decentemente podían —y quizá no tan decentemente en algunos casos, murmuró el alguacil en tono sombrío—, con la esperanza de que el ardiente sol secara rápido sus ropas y a ellos mismos.

Sin embargo, todos los de la tercera barcaza habían optado por subir de nuevo a su embarcación y —en medio de muchas discusiones subidas de tono sobre quién había causado el accidente— regresar a Oxford por el mismo camino por el que habían venido.

Todos los interrogados insistieron en que no habían oído llamadas de socorro ni visto a nadie en peligro en el agua.

Tras declarar, el agente abandonó el estrado con evidente alivio.

Obviamente, no se había llamado a declarar a todos los estudiantes presentes en la fiesta, sino solo a una pequeña parte. Pero cuando estos fueron llamados para aportar algunas pruebas más específicas, a Clement Ryder comenzó a olerle mal.

En primer lugar, se llamó al estrado a la honorable *lady* Millie Dreyfuss, estudiante de tercer año de Literatura Inglesa en el Cadwallader College. *Lady* Millie declaró con claridad que, aunque no conocía a Derek Chadworth, estaba segura de que él no formaba parte de la fiesta del pícnic. Ella había sido la encargada de la comida y de los preparativos para el viaje, y había delegado algunas de esas tareas en otras tres chicas, quienes habían llevado a sus novios para que las ayudaran. Sin embargo, ninguno de ellos había llevado al chico fallecido en sus coches ni formaba parte del pequeño grupo de estudiantes que habían tomado el autobús urbano.

El siguiente testigo fue el joven responsable de la tercera embarcación, la barcaza que había sido alquilada de manera aleatoria, como Clement había llegado a pensar. El testigo mostró indignación e insistió enérgicamente en que no era culpable del incidente. Afirmó que las dos barcazas de lord Littlejohn ya estaban en el agua cuando él dobló el río y que no tuvo oportunidad de evitar la colisión.

Dado que tanto él como los pasajeros de su barcaza figuraban entre los testigos más sobrios de los interrogados —según el agente de policía— el juez de instrucción pudo comprobar que el jurado se inclinaba por creerle.

También insistió en que el chico ahogado no formaba parte de su grupo. Además de llevar el número reglamentario de pasajeros —y de no ir excesivamente sobrecargada, como todos admitían que habían ido las otras dos embarcaciones—, en esa barcaza viajaban tan solo estudiantes de Ingeniería, y que todos se conocían entre sí.

Todo indicaba que Derek Chadworth debía haber estado en una de las barcazas de lord Jeremy Littlejohn. A primera vista, esa parecía ser la explicación más probable, ya que varios testigos declararon que se habían apiñado en las barcazas junto al puente Magdalen hasta que no había quedado ni un centímetro de espacio. También dijeron que ninguno quería quedarse fuera, pues lord Jerry siempre organizaba grandes fiestas y nadie se las quería perder.

Sin embargo, a medida que avanzaba la tarde, el doctor Ryder se dio cuenta de que algo raro estaba pasando. Era más, no estaba seguro de que el jurado lo hubiera notado.

Comenzó de manera bastante sencilla, con un estudiante tímido tras otro subiendo al estrado y admitiendo haber estado en las barcazas, pero con muy pocos recuerdos de lo que había sucedido. «Me temo que había bebido demasiado champán», fue el discurso que más se repitió. Algunos mencionaron que cuando todos terminaron en el agua, nadaron hasta la orilla lo mejor que pudieron. Afirmaron que no se dieron cuenta de que alguien estaba en problemas, de lo contrario, habrían ofrecido ayuda. Sin embargo, ninguno de ellos mencionó haber visto o hablado con Derek Chadworth antes del accidente.

Los miembros del jurado no parecían muy sorprendidos por el nivel de embriaguez descrito por los jóvenes testigos. Sin embargo, la mayoría de ellos parecían dispuestos a considerar el caso como una de esas «cosas que pasan». Quizá debido a la percepción de que las clases altas adineradas se divertían de esa manera.

Pero Clement no estaba tan seguro.

Entonces decidió adoptar un papel más activo para obtener algunas respuestas, así que fue cuidadoso a la hora de elegir a sus víctimas.

Esperó a que un estudiante de Teología llamado Lionel Gulliver subiera al estrado y, partiendo de la premisa un tanto precaria de que alguien que se estaba formando para la Iglesia tendría menos probabilidades de mentir bajo juramento, empezó a interrogarle en serio.

—Así que, señor Gulliver, supongo que, como hombre del clero en potencia, ¿estaba usted quizá..., eh..., un poco menos ebrio que algunos de sus compañeros cuando subió a la barcaza en Magdalen Bridge? —preguntó, clavando la mirada en el nervioso joven.

Lionel Gulliver, un joven más bien bajo, de aspecto impecable, con un mechón de pelo color arena y grandes ojos azules, se puso un poco pálido.

—Bueno, había tomado un vaso de Buck's Fizz de lord Littlejohn. Para mostrar buena voluntad y todo eso —admitió, y tragó saliva.

—¿Solo uno?

—Sí, señor.

—¿Así que era más consciente de sus compañeros y de su entorno que la mayoría de su grupo?

—Oh, bueno, supongo que no fui tan..., eh... —El estudiante de Teología se tocó el cuello con nerviosismo—. Como dijo el buen Dios, el que esté libre de pecado que tire la primera piedra, y todo eso...

El doctor Ryder sonrió con la boca torcida.

—Sí, comprendo perfectamente que no quiera parecer moralmente superior, señor Gulliver —dijo con sorna—. Pero esto es un tribunal, y usted ha jurado sobre la Biblia decir la verdad, y esos buenos hombres y mujeres del jurado necesitan hechos para emitir un veredicto justo.

Ante esas duras palabras, el joven palideció aún más y enderezó el cuerpo al instante.

—Oh, por supuesto.

—Espléndido —dijo Clement con sequedad—. Entonces, ¿puede decirnos... si conocía a Derek Chadworth de vista?

—Oh, eh..., sí, lo había visto por ahí una o dos veces. —Se puso rojo como un tomate y luego lanzó una mirada rápida y nerviosa hacia la tribuna del público. A continuación, volvió a apartar la mirada y a apretar los labios.

—Entonces —continuó el forense—, ¿era el señor Chadworth uno de los que iban en la misma barcaza que usted?

Una vez más, el joven se tiró del cuello de la camisa y miró nervioso a través de la sala, como si buscara inspiración. Pero no pareció encontrarla, porque volvió la cara hacia el juez de instrucción y respiró hondo.

—Sabe, señor, no lo creo —dijo de mala gana.

Demasiado a regañadientes, dadas las circunstancias, pensó el forense. Después de todo, debería haber sido una pregunta fácil de responder, no una que causara tanta angustia al estudiante de Teología.

Clement sintió la excitación recorrer su espalda. Sí, lo sabía. Definitivamente había algo en ese caso que no era tan sencillo como parecía. Pero ¿qué era exactamente? ¿Y por qué tenía la sensación de que todos los jóvenes que acababan de testificar ante su tribunal se habían esforzado por no hablar de más?

—Por lo que hemos entendido, ambas barcazas estaban bastante abarrotadas, señor Gulliver. ¿Está seguro de que Derek Chadworth no podría haber subido sin que usted lo viera? —empezó a indagar Clement con delicadeza.

—Bueno..., podría haberlo hecho —dijo el joven, aprovechando el cable que le había echado y sonriendo con alivio y agradecido al hombre mayor—. Oh, sí, eso podría haber ocurrido, estoy seguro.

El doctor Ryder sonrió internamente. No tan rápido, pensó con cierto afecto, como si estuviera tratando con un pececillo escurridizo. Como médico, estaba acostumbrado a que sus jóvenes internos intentaran ocultarle cosas. No es que nunca hubieran tenido éxito; si no habían leído las notas que les había dado o se habían olvidado de realizar los experimentos prescritos, siempre se enteraba.

Ahora miraba al sudoroso estudiante de Teología con una sonrisa de tiburón.

—Bueno, veamos si podemos llegar al fondo de todo esto —dijo, ignorando a su asistente, que empezaba a moverse inquieto—. ¿Dónde estaba sentado exactamente en la barcaza, señor Gulliver?

—Eh..., justo detrás, señor —admitió en voz baja el estudiante, de repente descontento—. De hecho, iba a hacerme cargo del manejo de la embarcación si Bright-Allsopp necesitaba el relevo.

—¿Así que tenías a todos los ocupantes de la barcaza delante de usted?

—Eh... Sí, señor.

—¿Y vio a Derek Chadworth entre ellos?

Derrotado, el joven se vio obligado a admitir que no lo había hecho. Echando una rápida mirada al jurado, solo para asegurarse de que estaban prestando atención. Luego el forense lo despidió.

Se vio obligado a esperar hasta encontrar al siguiente candidato adecuado. Ahora necesitaba un testigo de la barcaza número dos. A excepción del estudiante de Teología, decidió que, de todos los testigos citados, la señorita Maria DeMarco, una estudiante italiana de Bellas Artes, era su mejor opción.

Cuando la llamaron al estrado, él aprobó su sobria y respetuosa falda y chaqueta gris oscuro, además de su pulcro sombrerito de fieltro negro. No era guapa, pero tenía cierta elegancia. Y como cabía esperar de alguien que parecía la personificación de una buena chica católica, prestó juramento con voz tranquila y seria. Parecía serena, aunque un tanto incómoda.

Fue suave pero firme con ella.

—Señorita DeMarco, entiendo que estaba en lo que llamaré la segunda barcaza, es decir, la embarcación en la que estaba lord Littlejohn.

—Así es, sí.

—¿Y lord Littlejohn fue el principal instigador de la fiesta?

—Sí, así es.

—¿Él la invitó?

—Oh, no. Lo hizo un amigo suyo. No fue lo que se diría algo muy formal. La mayoría de los presentes eran buenos amigos de lord Littlejohn, pero sus amigos habían invitado a algunas personas, y ellos a su vez habían traído a otras. No sé si me entiende.

—Sí, eso podría explicar por qué se calculó tan mal la cantidad de barcazas necesarias para llevar a todos de manera segura al lugar del pícnic —respondió Clement con sequedad—. ¿Conocía al difunto?

Clement hizo que su agente judicial le mostrara la fotografía de Derek Chadworth que sus padres les habían facilitado.

—Oh, no —dijo ella con firmeza—. No conozco a ese chico.

—¿Podría examinar con un poco más de detenimiento este retrato, por favor, señorita DeMarco? Muy bien. Ahora, díganos. ¿Vio a este joven entre el grupo que viajaba en su barcaza?

La italiana se encogió de hombros.

—No estoy segura. Es difícil de decir. Había mucha gente. Todos estaban apretujados... ¿Cómo se dice? Como sardinas en lata, ¿no?

El doctor Ryder asintió.

—Sí. Pero una barcaza no es como un transatlántico, señorita DeMarco. Y el viaje desde Magdalen Bridge a Port Meadow debió de haberles llevado al menos veinte minutos.

—Sí, pero la mayor parte del tiempo fui hablando con mis amigas, Lucy Cartwright-Jones y Bunny Fleet. No presté atención a los chicos. Eran bastante..., eh..., ruidosos por la cerveza y el vino.

—Comprendo. Cuando ocurrió el accidente y su barcaza volcó en el agua, supongo que se asustó. —Intentó sonsacar más con otra táctica astuta.

—No, yo nado como los peces —dijo la italiana con magnífica despreocupación—. Me preocupaba más que se mojara mi ropa.

—Entiendo. ¿Y notó que alguno de sus compañeros tuviera que esforzarse para nadar hasta la orilla?

—¡Oh, no! Yo lo habría ayudado. Si se hubiese dado el caso, claro. Pero el río no era ancho ni profundo.

—No, ya veo. Bueno, gracias, señorita DeMarco.

Observando a la joven alejarse, el doctor Ryder quedó impresionado por sus respuestas directas y sin titubeos, pero internamente sacudió la cabeza.

¿Por qué eran todos tan evasivos a la hora de hablar del chico muerto? ¿Hasta el punto de que nadie parecía dispuesto a decir si lo habían visto o no en la fiesta?

—Creo que ya va siendo hora de que escuchemos a lord Jeremy Littlejohn —dijo el doctor Ryder con tono neutro.

3

La agente en prácticas Trudy Loveday ahogó un bostezo y se levantó de la incómoda silla en la que llevaba sentada cuatro horas. Sentía las nalgas entumecidas y le apetecía estirar las piernas, pero al hacerlo miró al pobre hombre que yacía en la cama del hospital frente a ella. No se movía. Y por lo que había oído de las consultas en voz baja que los médicos habían mantenido entre sí aquella misma mañana, se temía que nunca lo hiciera.

Un coche se había subido a la acera y había atropellado al señor Michael Emerson en Little Clarendon Street a última hora de la noche. El conductor no se había detenido, y los testigos no habían podido proporcionar una descripción decente del vehículo que lo había atropellado, rompiéndole el brazo y fracturándole el cráneo.

Cuando se presentó en la comisaría aquella mañana, su oficial superior, el inspector Harry Jennings, le había encomendado que se sentara junto a su cama por si recuperaba el conocimiento y empezaba a hablar.

Sin embargo, no había pasado más de media hora en el hospital Radcliffe —irónicamente, ubicado a un tiro de piedra del lugar donde el pobre hombre había sido atropellado— cuando comenzó a sospechar que su tarea era inútil. Estaba claro que nadie del personal médico creía que iba a morir.

Trudy sintió una pena inmensa por la esposa de aquel hombre, que ahora mismo dormía en la silla al otro lado de la cama. Con cuidado de no despertarla, Trudy dejó el cuaderno y el bolígrafo sobre la mesilla de noche y se acercó con paso firme hacia la ventana para mirar fuera.

El hospital era un bonito edificio de piedra pálida, grande, de estilo más bien palladiano, que rodeaba un patio central por tres lados, con el Cadwallader College a la derecha y un conjunto de viejos cedros a la izquierda. Cuando echó un vistazo al *pub* ennegrecido por el hollín en el lado opuesto de Woodstock Road, parpadeó un poco bajo la brillante luz del sol.

Era otro día soleado de verano y la temperatura en la habitación era bastante alta. Comenzaba a sentirse incómoda en su uniforme blanco y negro debido al sudor. Afortunadamente, no tenía que llevar la gorra de policía dentro del edificio, pero su largo y rizado cabello castaño oscuro estaba recogido en un moño apretado en la parte superior de la cabeza, lo que hacía que su cuero cabelludo se sintiera húmedo y con picazón.

La ventana se hallaba abierta, lo que permitía la entrada de una ligera brisa. Supuso que debería estar agradecida de que no fuera invierno, cuando el aire solía estar cargado por el humo de todas las chimeneas. Justo cuando lo pensaba, un viejo camión Foden pasó por la calle, añadiendo su propia dosis de contaminación a la suciedad que parecía cubrir la hermosa ciudad de la agujas de ensueño, dejándolo todo con un aspecto y una sensación de suciedad.

Estaba pensando en volver a su incómoda silla cuando oyó el suave golpeteo de los zapatos planos que llevaban todas las enfermeras. Se dio la vuelta, esperando ver a una enfermera tomando las constantes vitales de su paciente.

En su lugar, una joven enfermera que no había visto antes le hizo señas para que se acercara.

—Tiene una llamada. Puede atenderla en el mostrador —le dijo en voz baja.

—Oh, gracias —respondió Trudy.

Sonrió a modo de disculpa hacia la señora Emerson, que se había despertado al oír voces, aunque la pobre mujer apenas se dio cuenta y volvió a centrar su mirada en su marido.

En una apresurada conversación con la enfermera, se había enterado de que la pareja llevaba casada casi veinticinco años y tenía tres hijos adultos. Trudy no podía imaginarse cómo debía de sentirse aquella mujer.

Deprimida, siguió a la enfermera hasta el mostrador situado en el centro de la sala, donde una mujer de rostro adusto le entregó el auricular antes de marcharse. Era evidente que tenía mejores cosas que hacer con su tiempo que ejercer de secretaria de una humilde policía, y Trudy no la culpaba.

—Hola, soy la agente Loveday —saludó con elegancia.

—Agente. Vuelva a la comisaría enseguida, por favor. Tengo otra misión para usted. —Reconoció enseguida la voz del inspector Jennings y se puso rígida de manera automática.

—Sí, señor —respondió ella.

Regresó deprisa a la cama del señor Emerson y guardó sus pertenencias en su mochila de policía, deteniéndose en el mostrador de las enfermeras para pedir que avisaran a la comisaría local si su paciente decía algo. Luego salió corriendo, recogió su bicicleta, se montó en ella y empezó a pedalear a toda velocidad hacia St. Aldate. Por suerte, no estaba lejos y no tardaría mucho. Sabía lo poco que le gustaba esperar al detective Jennings.

Mientras pedaleaba con cuidado de esquivar a los muchos ciclistas que se agolpaban en St. Giles, se preguntó por qué la habían llamado para retirarse de su labor en el hospital tan pronto.

A sus casi veinte años, Trudy era una joven inteligente y rápidamente se dio cuenta de que al inspector Jennings no le agradaba tener a una de las pocas mujeres policías asignadas a su comisaría. Trudy se había resignado pronto a que le asignaran las tareas policiales más tediosas y menos arriesgadas, manteniéndola siempre fuera de su vista y de su camino. Por eso, había asumido que se vería obligada a permanecer en el hospital durante días, aferrándose a su cuaderno y bolígrafo por si acaso el desafortunado hombre murmuraba alguna palabra, luchando tanto contra el aburrimiento como contra la lástima.

Entonces, ¿a qué se debía la repentina convocatoria para regresar a la comisaría? Esperaba, con la cabeza gacha, no haber cometido ningún error por el que estuvieran a punto de reprenderla. Parecía que siempre se tomaba nota de cualquier pequeña falta suya y se comentaba con sarcasmo, mientras que, cuando el agente Rodney Broadstairs, el chico de ojos azules de la comisaría, cometía los mismos errores, nadie decía nada.

Cuando llegó a la comisaría, no había nadie que pudiera darle alguna pista sobre lo que se traía entre manos, aunque Walter Swinburne, el oficial más veterano de la comisaría, le dedicó una sonrisa alentadora al pasar por delante de su mesa.

Sin embargo, en cuanto tocó en la puerta del inspector, esperando a que la llamara para entrar en el despacho, su desasosiego desapareció como por arte de magia. Pues allí, sentado en la silla frente al escritorio del inspector Jennings y con el ceño fruncido, se hallaba el doctor Clement Ryder.

Y la agente en prácticas Trudy Loveday era con toda seguridad la única policía de la ciudad que se alegraba de verle.

El inspector Jennings la observó entrar, fijándose en sus mejillas sonrojadas y su pelo húmedo; sin duda, la joven estaba acalorada y el paseo en bicicleta la había dejado sin aliento. Contuvo un suspiro de impaciencia y la réplica que se le ocurrió de que un hombre habría sido capaz de soportar semejante esfuerzo físico sin problemas. Y si por su mente pasó la imagen de algunos agentes masculinos contradiciendo ese pensamiento, la reprimió con firmeza.

En lugar de eso, le señaló la silla junto a la que estaba sentado su indeseado visitante.

—Siéntese —dijo con frialdad.

—Gracias, señor —respondió Trudy sin perder la elegancia, y se acomodó en la silla indicada.

—Hola, agente Loveday —dijo Clement Ryder, volviéndose hacia ella y pensando en lo encantadora que estaba ese día. Un poco despeinada, quizá, pero sus ojos castaños bailaban con curiosidad e interés. Tal y como él los recordaba.

—Doctor Ryder —saludó ella con calma, sin mostrar su alegría al verlo.

Le costó un poco de esfuerzo, porque ya había adivinado que él había llegado a su vida para rescatarla de la monótona rutina de sus días de trabajo habituales. Como la última vez que lo había visto, cuando le pidió ayuda para otro caso. Un caso, se alegraba al recordarlo, que habían resuelto entre los dos.

Harry Jennings se sentó un poco más recto en su asiento.

—El doctor Ryder me estaba hablando sobre el caso Chadworth, agente. ¿Está familiarizada con él?

—No, señor —admitió Trudy, y enseguida se preguntó si recibiría un castigo por no saberlo. ¿Era algo que debería haber estudiado?

Harry Jennings se encogió de hombros.

—Supongo que no hay razón para que lo esté —admitió, un poco a regañadientes—. No la llamaron para participar en el caso, si no recuerdo mal. Quizá el doctor Ryder pueda hacerle un breve resumen —añadió con gesto crispado. Llevaba un cuarto de hora escuchando hablar del tema y no tenía ninguna gana de tener que reproducirlo.

—Derek Chadworth, estudiante de Derecho, lo encontraron muerto en el río la semana pasada —resumió Clement de manera escueta.

—Ah, sí. Conozco el caso —dijo Trudy de inmediato, y con cierto alivio. Odiaba parecer una ignorante delante del forense. Como había dicho su inspector, no era su caso, pero había oído a algunos de sus colegas hablar de él en el despacho exterior—. Era uno de los estudiantes borrachos de las barcazas que volcaron, ¿no? ¿Muerte por ahogamiento accidental?

—Ese es el veredicto que todos pensábamos —interrumpió el inspector Jennings con voz sardónica—. Sin embargo, parece que el... jurado... —y aquí puso bastante énfasis en agudizar la voz en la última palabra—, en su indudable sabiduría, eligió dejar el veredicto abierto en su lugar.

Los labios del forense se movieron un poco. Trudy percibió la tensión en el despacho y se obligó a sonreír. Si se trataba de algún tipo de batalla entre esos dos hombres, ella sabía quién sería el ganador.

—Y como le estaba diciendo al inspector —se metió de nuevo en la conversación Clement Ryder, con una expresión tan inocente como la de un bebé recién nacido—, un veredicto abierto requiere un poco más de investigación.

El inspector Jennings suspiró con pesadez.

—Y como yo le estaba diciendo —dijo el inspector a través de unos dientes tan apretados que parecían estar a punto de romperse—, es un veredicto que habrá causado disgustos a muchas familias.

—¿Se refiere a la del chico muerto, señor? —dijo Trudy, un poco desconcertada. Tragando saliva cuando el inspector le lanzó una mirada furiosa.

—No solo los padres del fallecido, Loveday —le espetó el inspector—. Aunque, como es natural, no deben de estar muy contentos con un veredicto tan... —Y aquí lanzó una mirada reveladora al forense de rostro inexpresivo—. También estaba pensando en los padres de todos los demás estudiantes presentes en aquel trágico día.

—La mayoría son damas y caballeros distinguidos. Y adinerados —añadió Clement, lanzando a Trudy una mirada risueña.

—Sea como sea —gruñó Jennings—, ¡hay que entender el punto de vista de ellos! Nadie quiere que su hijo o hija tenga que enfrentarse a un evento tan trágico en lo que debería haber sido un día de celebración. La muerte prematura de un amigo puede ser muy traumática en cualquier circunstancia. Pero que esa tragedia se prolongue aún más debido a un jurado de instrucción que deja las cosas tan en el aire... y sin que nadie sepa muy bien qué hacer. ¡Bueno! —El inspector levantó las manos en un gesto de frustración—. Es natural que la gente quiera respuestas para poder cerrar el tema de una vez. Y un veredicto de muerte accidental, o incluso por causas fortuitas, habría permitido hacer eso. —Cogió aire y continuó—: El comisario jefe opina que debemos resolver el caso para que los padres del joven puedan enterrarlo y llorar su muerte en paz. Y también para que todos los demás chicos implicados puedan seguir adelante con sus vidas.

El doctor Ryder pasó una pierna por encima de la rodilla y se quedó pensativo mirando sus calcetines. Tal y como el inspector Jennings había inferido con demasiada precisión, él había influido —algunos incluso habrían dicho que instigado— en el veredicto que se había dictado.

Para un hombre como Clement Ryder había sido una tarea bastante fácil. Solo había tenido que mirar al presidente del jurado con fijeza mientras les hacía un resumen de las pruebas y subrayar ciertos hechos. Por ejemplo, al decirles que «si, después de considerarlo, creen que algunas preguntas siguen sin tener una respuesta satisfactoria para ustedes, lo correcto es que emitan un veredicto abierto». Y «si creen que no están seguros de cómo se ahogó el señor Chadworth, no deben permitirse hacer conjeturas ni dejarse llevar por ninguna teoría». Eso último iba dirigido a las mujeres del Instituto Femenino, quienes habían captado bien la indirecta.

Oh, no. Él no había querido un veredicto del jurado que fuera concluyente, sino uno que le diera tiempo para llegar al fondo de lo que realmente había estado ocurriendo en su tribunal, y un veredicto abierto era el único que le permitiría hacer eso.

Dirigió una sonrisa inocente al iracundo inspector y extendió las manos en un gesto de apaciguamiento.

—Estoy de acuerdo en que es una situación intolerable para todos —sorprendió a Jennings al admitirlo—. Y por eso es necesario investigar un poco más el caso —reiteró.

—Como si no tuviéramos suficiente trabajo ya —refunfuñó el inspector—. Anoche tuvimos un atropello y fuga, y todavía estamos lidiando con el caso Sussinghurst...

—Estoy seguro de que está muy ocupado, inspector —interrumpió Clement con tono suave—. Por eso solo le he pedido que me asigne a un humilde agente de policía para ayudarme a investigar un poco más.

Mientras hablaba, vio que la cara de Trudy Loveday empezaba a brillar de alegría al darse cuenta de que sus esperanzas sobre el motivo de esa convocatoria a la oficina del inspector estaban bien fundadas. En una ocasión anterior, el forense había acudido a la comisaría para pedir un agente de policía que le ayudara con un caso, y el inspector le había asignado a Trudy.

¡Y aquella vez, entre ambos, habían conseguido atrapar a un asesino!

Por supuesto, Trudy sabía que había pocas probabilidades de que aquello volviera a ocurrir, pero aun así era mejor que estar sentada en un hospital sofocante durante horas y horas, a la espera de que su paciente dijera algo o de que el pobre hombre falleciera.

Jennings, de pronto cansado de ser la marioneta de aquel viejo, negó con la cabeza y, como Poncio Pilato, dio a entender que se lavaba las manos en cuanto a ese asunto.

—¿No le he dicho ya que puede quedarse con la agente Loveday? Pero le recuerdo que solo por unos días. No puedo prescindir de ella por mucho tiempo, yendo de un lado para otro en un caso que debería estar cerrado, ¡solo porque a usted le molesta que algunos estudiantes sean poco sinceros!

—Gracias, inspector. La próxima vez que lo vea en el club, le daré las gracias al jefe de policía por su indulgencia —dijo Clement, sonriendo con afabilidad mientras se levantaba de la silla.

Ante ese comentario de despedida, Jennings enrojeció como un tomate. Sospechaba que «el club» al que se refería el forense tenía algo que ver con los masones, una institución a la que estaba decidido a unirse tan pronto como fuera posible.

Cualquier oficial ambicioso necesitaba ser miembro de ese club, y aquel oportuno recordatorio de que no era bueno caerle mal al influyente doctor Ryder le hizo retroceder de inmediato, aunque con poca gracia.

—Sí, bueno, gracias, doctor Ryder —murmuró Jennings. Luego, cuando el médico comenzó a dirigirse a la puerta, Jennings también se levantó de su asiento—. Hablaré con mi oficial antes de que usted se vaya —añadió en voz baja.

—Bien —dijo Clement alegre, abriendo la puerta y atravesándola sin cerrarla tras de sí.

Trudy, al ver al ver la cara del inspector, se apresuró a rectificar su postura, adoptando de nuevo una más dócil ante su mesa.

Pero su corazón estaba acelerado. Iba a volver a trabajar con el doctor Ryder. Iba a mirar, escuchar y aprender cosas, en lugar de limitarse a recibir papeleo y ser ignorada por todos. Tenía ganas de ponerse a cantar de felicidad.

—Muy bien, agente —dijo Jennings con tono grave—. Ya sabe lo que tiene que hacer, lo mismo que la última vez. Mantenga al viejo contento e infórmeme todos los días. Quiero saber todo lo que hace ese hombre. ¿Entendido?

—Sí, señor —respondió Trudy. Sabía que el doctor Ryder era un hombre demasiado inteligente como para no darse cuenta de que estaría obligada a hacerlo, por lo que no se sintió una traidora al aceptar las órdenes.

—Intente que no cometa excesos. Y procure no molestar a nadie demasiado importante —añadió, señalándola con el dedo—. La mayoría de los padres de los jóvenes que asistieron al pícnic pertenecen a la aristocracia o son gente adinerada. Si les molestamos, protestarán a los de arriba y luego acabarán rodando cabezas. ¡Y desde luego no quiero que la mía sea una de ellas! ¿Entendido?

Al escuchar aquello, Trudy tragó saliva. No estaba segura de cómo iba a frenar al doctor Ryder cuando él quisiera algo porque..., bueno, él era quizá algo directo en su forma de hablar y comportarse.

Al ver su vacilación y adivinar el motivo, el inspector Jennings suspiró hondo. Incluso él tenía que admitir que no era justo pedirle a una joven de diecinueve años que se ocupara de un personaje como Ryder. Un hombre que podía hacer saltar la pintura de una pared con una simple mirada o una frase mordaz, y que era conocido por superar en astucia al abogado más perspicaz y a cualquier otra persona que se interpusiera en su camino.

—Hágalo lo mejor que pueda, agente... —terminó diciendo.

—Sí, señor —respondió Trudy, y, con una gran sensación de alivio, abandonó el despacho del inspector con paso apresurado.

Una vez fuera de la comisaría, solo había que dar un corto paseo hasta la oficina del doctor Ryder, situada en el juzgado de instrucción y el complejo mortuorio de Floyds Row. Su secretaria, que ya la conocía de su primer caso con el doctor seis meses atrás, le sonrió mientras Clement entraba con grandes zancadas, pidiendo té y un trozo de pastel al pasar junto a ella.

La mujer mayor sacudió la cabeza y suspiró ante su actitud arrogante, aunque Trudy se dio cuenta de que en realidad sonreía.

Unos minutos más tarde, Clement Ryder comía un trozo de pastel de cabello de ángel y observaba a su joven protegida, pensativo, mientras ella leía los documentos judiciales del caso del estudiante de Derecho ahogado. Estaba curioso por ver qué pensaba ella al respecto.

En su último caso, había llegado a tener un gran respeto por la inteligencia y la fortaleza de la agente. Aún era muy joven e inexperta, pero tenía mucho potencial, si se la guiaba en la dirección correcta. Por eso se había asegurado de que

Jennings le asignara de nuevo a ella. Por supuesto, que el payaso del inspector subestimara las habilidades de la chica había sido de gran ayuda. Si sus colegas más mayores y experimentados le proporcionaran la mentoría adecuada, ella podría realmente destacar. Aunque eso no era probable que ocurriera, pensó con cierta melancolía.

Aun así, haría todo lo posible por perfeccionar algunas de sus habilidades mientras ella le ayudaba a llegar al fondo de su último proyecto.

Tardó media hora en leer todas las hojas del expediente y, cuando terminó, se reclinó en la silla con el ceño un tanto fruncido, juntando sus finas cejas oscuras sobre sus ojos castaños.

—¿Y bien? —preguntó Clement de manera brusca.

—A primera vista, señor, parece bastante sencillo, ¿no? Había un grupo de estudiantes ebrios y dos embarcaciones llenas. Hubo una colisión con una tercera embarcación y, como resultado, muchas personas cayeron al río. Es muy posible que Derek no pudiera salir a la superficie lo suficientemente rápido, o tal vez fue pisoteado por los pies de alguien más, expulsando todo el aire de sus pulmones antes de que supiera qué estaba pasando.

—Oh, sí. Todo eso es posible. —El forense la sorprendió al asentir de inmediato—. Pero sigo pensando que es bastante extraño que nadie lo viera pasando apuros. Había al menos veinte o más estudiantes en el agua.

—Lo más probable es que buscaran salvarse a sí mismos —añadió Trudy.

—Oh, casi seguro.

—¿Quizá no pudo salir a la superficie por la cantidad de gente? Quién sabe, ¿quizá alguien que también trataba de salir a flote se le echó encima?

—Sí, puede ser. Pero suponiendo que todo eso ocurriera, con tantos ojos en el agua y tantos en la orilla observándolo todo, ¿es posible que nadie viera el cuerpo subir a la superficie en algún momento y alejarse flotando?

—¿Y si no subió a la superficie? —Trudy hizo de abogado del diablo.

—La mayoría de los cadáveres sí lo hacen —dijo el forense, luego se encogió de hombros—. Pero ¿quién sabe? Tal vez vieron un cuerpo flotando, pero acordaron entre ellos guardar silencio al respecto.

—Eso es bastante inverosímil, ¿no? —dijo Trudy dubitativa—. ¿Por qué harían eso?

El forense se encogió de hombros de nuevo.

—¿Quién puede decirlo? La cuestión es que, en primer lugar, la razón por la que se hace una investigación es para abordar cuestiones como los cómos y los porqués.

—¿Así que no está convencido de que el tribunal llegara al fondo de lo que ocurrió en realidad? —Había aprendido mucho de su último encuentro con el doctor, a veces difícil, pero siempre brillante. Y si él pensaba que algo no iba bien, ella no iba a negárselo de entrada.

—Olvídate de la mecánica y de los hechos por un momento, Trudy —aconsejó Clement en voz baja, reclinándose en su silla y sintiendo un ligero temblor en la pierna derecha.

Con el ceño fruncido, se frotó la extremidad a escondidas bajo al amparo de su escritorio, preguntándose si ella se habría dado cuenta de debilidad, y suspiró.

—Repasa mentalmente el testimonio de los estudiantes. ¿Qué es lo que más te llama la atención?

Trudy subió otro peldaño en su pedestal cuando no contestó de inmediato, sino que se paró a reflexionar en la pregunta.

—Bueno..., me parece bastante extraño que el difunto haya sido invitado a la fiesta. Es decir, por lo que sé, la mayoría de los asistentes a la fiesta estaban allí por invitación de ese tal lord Jeremy Littlejohn. —Tras consultar unas páginas, continuó—: El hijo menor de un duque, ¿no?

Clement resopló.

—Lo es, cierto.

Trudy le lanzó una rápida mirada.

—Aunque eso es irrelevante —dijo el forense de manera enérgica—. Continúa con lo que estabas diciendo.

—Bueno... —Trudy frunció el ceño, tratando de encontrar una manera cómoda de hablar de clase social con un hombre tan profesional como él, sin dejar que sus propios orígenes, de clase trabajadora, se interpusieran en el camino—. Me parece que los de su clase..., quiero decir, la mayoría de sus amigos, eran ricos y, bueno, de clase alta. Pero Derek Chadworth, según sus tutores y padres, era un chico becado. Su padre era un simple abogado rural. Y no parece que haya hecho nada extraordinario como para codearse con ese tipo de gente, ¿verdad? No era una estrella del remo, tampoco del *rugby*, ni nada por el estilo.

—¿Y bien? —la animó Clement a que continuara hablando.

—Bueno..., no parece que pertenezca a un grupo de gente de ese estatus social —concluyó nerviosa, y de inmediato se sintió aliviada cuando el forense asintió con la cabeza dando su aprobación.

—No, no lo parece. Tienes toda la razón. Y sin embargo, cuando llegó el momento de declarar —Clement señaló con la cabeza la carpeta que descansaba sobre sus rodillas—, lord Jeremy dijo alto y claro, y sin venir a cuento, que era posible que hubiese invitado a Derek Chadworth, pero que no podía asegurar si había aceptado o no la invitación.

Trudy asintió, leyendo las declaraciones de nuevo.

—Sí, aquí está. Dijo: «Conocía a Derek de salir por ahí, de tomarnos unas sidras alguna vez en el Eagle and Child y ese tipo de cosas. Le dije que íbamos a hacer una fiesta en Port Meadow y que, si quería venir, tenía que estar en el puente y en una barcaza a las nueve y media». Mmm... Luego continúa diciendo que, el día en cuestión, después de un par de copas de algo llamado Buck's Fizz en el desayuno, se sentía un poco perjudicado y que no estaba seguro de si le había visto o no entre la multitud que se amontonaba en las barcazas.

—El Buck's Fizz es una mezcla de zumo de naranja recién exprimido y champán —le informó secamente el doctor Ryder—. Es muy popular entre los jóvenes ociosos y los arrogantes señores que organizan desayunos en sus habitaciones para sus subordinados.

Trudy asintió y tomó nota mental. Era evidente que al doctor Ryder no le gustaba lord Littlejohn. Debía de haber hecho algo para irritar al forense. Pero por lo que había leído de su testimonio, no acababa de ver qué podía haber sido. Cierto que había hablado muy vagamente acerca del chico muerto, pero también lo habían hecho los otros estudiantes.

—¿Algo más que te parezca extraño? —preguntó Clement con un tono suave pero con una mirada aguda.

Trudy frunció el ceño. Había algo que la inquietaba, algo que no encajaba del todo. Pero por más que intentaba identificar la raíz de su desconcierto, no podía. Finalmente, se encogió de hombros y dijo:

—No estoy segura.

Clement asintió con un suave suspiro. Bueno, en realidad era de esperar. La joven agente no había asistido a tantas sesiones forenses como él.

—Bien, inténtalo de otra manera. Ponte en la piel de uno de ellos —sugirió Clement con una ligera mueca—. Acabas de terminar tus exámenes, tienes un trabajo en Londres, o en la empresa de papá, o algo así, esperándote, y toda tu vida se extiende ante ti en una neblina dorada de riqueza y comodidad. Ahora bien, ¿estarías dispuesta a manchar tu nombre involucrándote en el escándalo de una muerte por ahogamiento?

Trudy se estremeció.

—No, no me gustaría, la verdad. Y supongo que a mis padres tampoco. La gente de esa clase necesita mantener su reputación intacta, ¿verdad? —De repente, como si una luz se hubiera encendido, Trudy empezó a revisar rápidamente las transcripciones de nuevo.

—¡Exacto! —dijo el doctor Ryder de manera brusca al ver que se había dado cuenta de la discrepancia—. Entonces, ¿por qué no se limitaron a negar que el chico muerto hubiera participado en la fiesta? Después de todo, no hay nada en las pruebas físicas que indique que murió mientras asistía a la fiesta. Pudo haber caído al río por otros medios, en otro momento. Al fin y al cabo, la hora de la muerte se sitúa entre las ocho de la mañana y las dos de la tarde. Aunque admito que esa suposición fuerza bastante la casualidad —añadió con el ceño fruncido.

Trudy, atareada leyendo de nuevo las declaraciones de la chica italiana, frunció también las cejas, escuchándole solo a medias.

—Bueno, tal vez no podían negarlo. Quiero decir, si él estaba allí... y había tantos testigos..., no podían correr el riesgo de que se descubriera que mentían. ¿No es eso cometer perjurio? A menos que todos se reunieran y acordaran decir lo mismo, y eso es casi imposible, ¿no? Es decir, tanta gente..., una conspiración de esa envergadura..., seguro que no es factible. —Apartó los ojos de los papeles para mirarle fijamente.

El forense suspiró y se encogió de hombros.

—No estoy tan seguro de eso, Trudy. La gente en masa puede actuar de forma muy distinta a como lo hacen de manera individual. No hay más que ver los disturbios, la histeria colectiva y las turbas. Esos estudiantes son todos amigos y de la misma edad. Y todos tienen sus propios intereses que cuidar. Así que tenían buenas razones para contar la misma historia. Y tampoco debemos olvidar que todos ellos estaban bajo el control de nuestro querido lord Jeremy Littlejohn. ¡Un verdadero Maquiavelo! Lo pensé desde el momento en que abrió la boca para testificar en mi tribunal. También está la presión que sienten los que están en una misma posición. A nadie le gusta ser considerado un soplón. ¿Y quién de ellos podría permitirse el lujo de convertirse en un paria por ir en contra de la opinión de la mayoría? No olvides que lord Littlejohn y su familia tienen mucha influencia en el mundo en el que vive esta gente —le advirtió Ryder—. Una palabra al oído de un banquero y alguien no consigue ese trabajo en Londres que estaba deseando. O un susurro de la condesa a una mujer influyente y alguna joven puede ver desaparecer sus perspectivas de matrimonio. Sí. Encaja que todos hayan podido ser coaccionados, sobornados o intimidados.

Trudy volvió a leer los archivos y se preguntó si no estaría permitiendo que los comentarios del doctor Ryder influyeran en su visión de las cosas. ¿O es que todos los testimonios parecían tener algo en común?

—¿Así que cree que todos fueron aleccionados en lo que tenían que decir? ¿Por lord Littlejohn? —preguntó insegura—. ¿Que todos mintieron?

El forense captó el escepticismo en la voz de ella y sacudió la cabeza con insatisfacción.

—No necesariamente. Solo digo que hay algo que no me cuadra en las pruebas que aportaron —dijo Clement con gravedad—. Una y otra vez dicen lo mismo. «Derek pudo haber estado allí, pero yo no lo vi». O: «Estaba tan borracho que no podría asegurar que estuviera allí. Pero tampoco puedo decir que no estaba». ¿Por qué motivo, si la intención es distanciarse de algo tan trágico, y todos se han reunido y puesto de acuerdo para decir lo mismo, no decidieron decir: «Derek no estaba allí. Nadie lo vio»? De esa manera, la policía tendría que creer en su palabra. E incluso si no se lo creyeran, ¿cómo podrían demostrar lo contrario?

Trudy sacudió la cabeza.

—Dicho así... Pero quizá decían la verdad. Quizá estaban tan ebrios que no se acordaban.

—Tal vez —dijo el doctor Ryder, sin creérselo ni por un momento y exhalando un suspiro de fastidio—. Pero hazme caso, Trudy —ordenó sentándose más erguido en su asiento—. Alguien —y aquí señaló con la cabeza la carpeta que ella tenía en las manos— ha tratado de hacer una jugarreta en esa vista. ¡Y en mi tribunal también! Y no lo voy a consentir. Como dijo Shakespeare, algo huele a podrido en Dinamarca... ¡y tengo la intención de descubrirlo! Aunque, por supuesto —añadió, sintiéndose obligado a ser sincero con ella—, cuando lo averigüemos, puede que no sea nada del otro mundo. Puede que ni siquiera sea relevante para la muerte del señor Chadworth. Puede que resulte ser una tontería o un secreto que los estudiantes se guardan para sí mismos por alguna razón. Pero hasta que no averigüemos qué es, no podemos saberlo, ¿verdad?

—¿Cree que es posible que todos colaboraran para matarlo? —preguntó de pronto sin aliento, con los ojos brillantes y las mejillas sonrojadas por la excitación.

Y ante este arrebato de entusiasmo juvenil, Clement sonrió de oreja a oreja.

—¡Vaya! Nadie ha dicho nada de eso...

—¿Pero es posible que alguien en esa fiesta lo matara de manera deliberada? —insistió la agente.

—Bueno, vamos a pensarlo un momento —dijo el doctor con cara de estar disfrutando ahora—. Había más de veinte chicos chapoteando en el agua. ¿Qué probabilidades hay de que alguien pudiera agarrarlo y mantenerlo sumergido sin que nadie se diera cuenta? Teniendo en cuenta que la gente que se ahoga suelen pelear bastante por sobrevivir.

A Trudy se le ensombreció la cara, aunque pronto se le iluminó de nuevo.

—Pero si, digamos, tres personas lo vieron y, por alguna razón, se lo callaron... Eso podría explicar por qué cree que sus pruebas eran sospechosas.

—Quizá. Pero si fueras a matar a alguien, ¿te arriesgarías a hacerlo delante de tantos testigos potenciales? Y no olvides que, aunque estuvieras dispuesto a correr el riesgo de poder sobornar o amenazar de algún modo a tus compañeros, eso no quita la posibilidad de que alguien ajeno a ti, otro testigo que no tuviese nada que ver con ellos en la otra orilla del río, por ejemplo, te viera y lo contara.

Trudy suspiró, pero, dispuesta a no darse por vencida todavía, probó a decir:

—Bueno, tal vez no se ahogó en la fiesta. Quizá alguien sabía que iba a haber una fiesta y se aprovechó de ello. —Con creciente entusiasmo, se sentó más derecha—. El asesino atrajo a Derek al río y lo ahogó allí, sabiendo que le echarían la culpa a la fiesta.

—Si fuera así, ¿cómo podía predecir que habría un accidente? A menos que tuviera un cómplice en una de las barcazas...

Trudy suspiró.

—Eso ya me parece demasiado complicado. Pero no es imposible, ¿verdad? Dos personas conspirando para cometer un asesinato. Aunque tal vez el accidente fue solo una coincidencia —reflexionó ella—. El asesino no podía saber que iba a haber una colisión, pero en una fiesta de pícnic, en un caluroso día de verano junto al río, sí podía contar con que iba a haber bastantes bañistas. Tal vez el asesino se basó en el hecho de que un estudiante ahogado, encontrado en el río en un día en el que había tantos estudiantes metiéndose en el agua, se daría por asumido que formaba parte del grupo.

—Quizá. Pero ¿has considerado la dificultad de hacer algo así? —le advirtió Clement—. El asesino tendría que atraer a Derek al río. ¿Con qué pretexto? Tendría que haber ahogado a un muchacho en plena forma en una gran extensión de agua. Las pruebas médicas dejaban claro que no había recibido un golpe en la cabeza ni había sido incapacitado por ninguna droga evidente. Incluso si todavía estaba un poco achispado y con resaca de una noche de copas, puedes estar seguro de que Derek se habría resistido. Y las posibilidades de que fuera capaz de escabullirse son bastante altas. No es tan fácil ahogar a alguien como se podría pensar. Para empezar, el asesino tendría que empaparse también.

—Pero esa opción sigue siendo posible —insistió Trudy con obstinación.

—Quizá. Pero las pruebas médicas sitúan la hora de la muerte sobre las ocho de la mañana como muy pronto. Entonces, ¿en qué parte del río podría el asesino sentirse a salvo de miradas indiscretas? A esa hora mucha gente está yendo a trabajar, paseando a sus perros, pescando y demás. Si fueras un asesino, ¿te arriesgarías? ¿Cómo podrías estar segura de pasar desapercibida?

Trudy reconoció de mala gana todos aquellos inconvenientes, y su expresión apesadumbrada hizo sonreír al forense.

—No estoy diciendo que nada de lo que has planteado como hipótesis no haya ocurrido. Solo que no lo sabemos con certeza. Lo que significa que tenemos que investigar mucho más. Así que... ¿estás lista para empezar?

Ante esa pregunta, la agente en prácticas Loveday sonrió.

¿Estaba preparada? ¡Claro que estaba preparada!

—¿Empezamos en el lugar del accidente? —preguntó la joven con voz alegre.

—¿Para qué? —dijo Clement sorprendido, pero con una pequeña sonrisa en los labios—. Dudo que haya algo más que ver después de todo este tiempo. Y la policía ha revisado el terreno a fondo. De todos modos, cualquier pista que pudieran haber pasado por alto ya habrá sido pisoteada por el ganado o arrastrada por el río. ¿O crees que podríamos encontrar una colilla de cigarrillo que contiene tabaco fabricado solo en un pequeño pueblo malayo, y solo vendido en este país a tres eméritos y un recluso, llevándonos así directamente a nuestro principal sospechoso?

Trudy se rio.

—Muy bien, entendido. Ese tipo de cosas solo ocurren en las novelas de Sherlock Holmes. ¿Por dónde empezamos entonces?

4

Su primera parada fue Webster Hall, donde Lionel Gulliver había estado estudiando Teología durante los últimos tres años. Las clases finalizarían en dos semanas y el forense era muy consciente de que tenían que actuar con rapidez, ya que la mayoría de los testigos de lo que le había ocurrido a Derek Chadworth se marcharían en breve.

El lugar estaba tranquilo y, cuando preguntaron en la recepción por Lionel Gulliver, el bedel reconoció de inmediato al doctor Ryder. Trudy sabía —principalmente por los comentarios gruñones de su inspector— que el doctor Ryder tenía muchos amigos de alto rango en la ciudad, y los bedeles de los colegios mayores eran famosos por conocer —y halagar— a cualquier persona con un nombre reconocible. Así que no se sorprendió cuando el individuo con sombrero de copa en la cabeza saludó al forense por su nombre.

—Ah, doctor Ryder, encantado de verle de nuevo. Supongo que nuestro doctor Fairweather aún no ha conseguido ganarle al ajedrez.

—No, no lo ha logrado y tampoco lo hará. —Rio Clement—. Pero como sirve el mejor oporto de Oxford, no me importa que siga intentándolo. ¿Podrías decirnos qué casa y qué número de habitación ocupa Lionel Gulliver?

—Por supuesto, señor —dijo el bedel con tono servicial, consultando en una lista de inmediato—. Supongo que está aquí por ese pobre chico de St. Bede. Un suceso trágico, si me permite decirlo.

—Sí, desde luego —asintió Clement, con un tono y una expresión muy apagados. Trudy, que esperaba que estuviera ansioso por ponerse a trabajar, se percató de repente de que, después de todo, no tenía ninguna prisa mientras se apoyaba en el marco de la puerta y suspiraba—. Un suceso muy triste para la universidad, Barstock. ¿Conocías al joven Chadworth? —añadió despreocupadamente, lo que hizo que Trudy aguzara el oído.

Como casi todos los bedeles universitarios, Barstock parecía saberlo todo y se le podía convencer de que se explayara un poco si le apetecía.

—No mucho, la verdad. No, yo diría que no, señor Ryder —respondió el bedel—. Pero le había visto por aquí. Él y otros jóvenes pertenecían a uno de los clubes que a veces se reúnen aquí.

—¡Ah! —reaccionó el doctor Ryder con una sonrisa—. No me digas más. A los chicos les gusta crear sus clubes, ¿verdad? —dijo con tono indulgente—. En mis tiempos, yo pertenecía a un club de pudin. Una vez al mes nos reuníamos e intentábamos comer un pudin en cada restaurante de Oxford. Hoy día no podría hacerlo —añadió con pesar, dándose palmaditas en el abultado estómago—. Tendría una indigestión, para empezar.

El bedel se echó a reír. Y Trudy, que empezaba a impacientarse con tanta cháchara, se dio cuenta de repente —y bastante tarde— de que el forense estaba trabajando en algo concreto.

—Por supuesto, hoy los estudiantes forman clubes de cosas mucho más esotéricas —se atrevió a decir Clement.

—Oh, sí. El señor Gulliver, el joven por el que pregunta —continuó el bedel—, es un buen chico, su tío fue obispo de Durham. Me atrevería a decir que espera emularlo algún día. Es miembro de varios clubes.

—Todos inofensivos, estoy seguro —le siguió el juego el forense—. Siendo un estudiante de Teología y todo eso...

—Sí, señor. Totalmente inofensivos. Uno de los clubes es una asociación para la observación de aves y el otro es una sociedad folclórica. Y, por supuesto, como su tío por parte de madre es barón, también es miembro del club de lord Littlejohn.

Al oír aquello, Trudy se tensó como un perro que ha visto caer un faisán. Ahora tenía que tener mucho cuidado de mantenerse tranquila y silenciosa, para no llamar demasiado la atención y que su uniforme hiciera que el bedel se reservara información.

—Ah, sí..., lord Littlejohn —dijo Ryder, con una voz tan insípida como una sopa de hospital—. Tuvo que testificar en la investigación. Un... chico interesante.

—Sí, señor —asintió con firmeza el bedel.

—Me pareció que estaba bastante obsesionado consigo mismo y con su posición social —prosiguió Ryder, habiendo adivinado que la opinión del bedel sobre el lord coincidía con la suya—. De hecho, me dio la impresión de que creía que merecía ser el siguiente en la línea de sucesión al trono, en lugar de ser simplemente el hijo de un duque, y el segundo, para más inri.

Pero eso fue ir demasiado lejos para el bedel, que emitió un murmullo ininteligible, y el forense rectificó de inmediato:

—Aun así, me atrevo a decir que el club que formó es bastante inofensivo. ¿Tiene un nombre oficial? —preguntó con indiferencia.

—Sí, señor. Se hacen llamar el Club de los Marqueses. Creo que en el sentido de que los marqueses eran los defensores de las zonas fronterizas.

Trudy pareció perpleja, pero Ryder lo entendió sin problemas.

—Por supuesto. Guerreros. Así que lord Littlejohn se considera a sí mismo un hombre con agallas, ¿verdad? Qué gracioso. No vi señales de ello en mi tribunal.

Los labios del bedel no sonrieron, pero hicieron un gesto. Y habiendo decidido que había cumplido con su deber cívico de una manera que no desacreditaba a su colegio, puso fin a la conversación informando al forense de que estaba seguro de que encontraría al señor Gulliver. Clement, aceptando que no iba a conseguir nada más de él, le dio las gracias y se alejó con elegancia.

Mientras caminaban por el recinto hasta la escalera indicada por el bedel, Trudy miró a su alrededor con interés. No solía visitar uno de los famosos colegios mayores de la ciudad. Todo era más o menos como había esperado —edificios de piedra, césped suave y perfectamente cortado, parterres cuidados con esmero—, y rápidamente centró sus pensamientos en el asunto que tenía entre manos.

Se negó a demostrar su ignorancia preguntando al doctor Ryder por el origen del nombre del club. Además, no le hacía falta: estaba claro que los marqueses originales, fueran quienes fueran, habían sido guerreros. Y por los comentarios del bedel acerca de que Lionel Gulliver tenía un pariente que era barón, parecía que había que pertenecer a una especie de alta burguesía para ser miembro.

En cambio, se centró en el comportamiento del bedel.

—Está claro que no pensaba mucho en lord Littlejohn, ¿verdad? O el nombre que eligió para su club.

—No, y no lo culpo —dijo Clement con un pequeño resoplido—. No he conocido a un espécimen más indolente, perezoso y autoindulgente.

Trudy estaba a punto de decir algo cuando, al pie de la escalera de piedra, vio que el forense tropezaba al levantar el pie para subir el primer peldaño. Sin embargo, cuando ella alargó de manera automática la mano para ayudarle, el forense se agarró a la barandilla de madera que cubría la pared interior y, sin decir una palabra, empezó a subir los escalones con energía.

No dijo nada. Sabía que, a veces, las personas mayores no eran tan robustas como pretendían hacer creer. Y si se guiaba por la experiencia con su abuela, ¡no les gustaba que se lo recordaran!

Por su parte, el doctor Ryder subió los escalones con los labios apretados, sabía que el tropiezo no había tenido nada que ver con la incipiente vejez.

Años atrás había notado un ligero temblor en la mano izquierda que, como cirujano, le hizo saltar las alarmas. Tras someterse a una serie de pruebas, le diagnosticaron lo que sus colegas médicos empezaban a denominar enfermedad de Parkinson. La enfermedad se conocía desde hacía siglos, por supuesto, y con distintos nombres: parálisis temblorosa en Europa y Kampavata en el antiguo sistema médico indio del Ayurveda.

Pero, independientemente del nombre que se le diera, había significado el final de su etapa con el bisturí y, de ahí, su cambio de profesión. Hasta ahora había conseguido mantener su enfermedad en secreto, tanto para sus amigos como para sus compañeros de trabajo, sabiendo que, si se enteraban, acabaría con su vida laboral.

Pero a medida que la enfermedad avanzaba y empeoraba, y sus diversos síntomas se hacían cada vez más evidentes, reconoció a regañadientes que solo podía ser cuestión de tiempo que lo descubrieran.

Aun así, estaba decidido a seguir adelante el mayor tiempo posible antes de que eso ocurriera. Y, de momento, estaba seguro de que nadie lo sospechaba. Solo podía esperar que su joven protegida no se hubiera dado cuenta de su andar irregular o que lo hubiera achacado a un simple paso en falso.

Al final de la escalera encontraron la habitación ocho. Con un enérgico golpe de la aldaba de hierro contra la centenaria puerta de madera, anunció su presencia.

Les abrió la puerta con bastante rapidez un joven pequeño y delgado, cuyo rostro se descompuso en cuanto reconoció a su visitante. Tenía el pelo castaño oscuro, con tendencia a rizarse —lo que probablemente sería su gran incordio—, una barbilla más bien noble y grandes ojos color avellana. La expresión de sus ojos, cuando dejaron de mirar al forense y vieron el uniforme de Trudy, fue casi de pánico.

—¿Señor Gulliver? ¿Me recuerda? Soy el doctor Clement Ryder, forense de la ciudad.

—¡Oh! Eh..., sí, por supuesto.

—Solo tengo una o dos preguntas más sobre la muerte del señor Derek Chadworth.

El joven estudiante de Teología tragó saliva.

—¿En serio? Yo... creía que todo eso ya se había terminado.

—No, señor. No con un veredicto abierto. Seguimos investigando —dijo con tranquila satisfacción—. ¿Podemos entrar? —preguntó, con un tono que indicaba que no sabía a qué venían los jóvenes de hoy, manteniendo a sus mayores y superiores plantados ante las puertas.

El joven enrojeció al instante y se apartó a toda prisa.

—Por supuesto. Perdone. Pase. Disculpe el desorden. Estoy haciendo las maletas para irme.

Trudy echó un vistazo a la habitación, pensativa, y no le dio mucha importancia al «desorden». La habitación parecía limpia y ordenada, aunque quizá un poco vacía.

—Intentaremos no entretenerle mucho —le aseguró Clement con tono suave—. Solo hay algunas cosas que me llamaron la atención en la declaración que hizo ante mi tribunal y que me gustaría que me aclarara.

—Oh, eh..., claro. Por favor, siéntese. Puedo llamar a un *scout* para que preparen algo de té o lo que deseen —se ofreció, indicando las sillas y mirando sin entusiasmo por la ventana.

Por un momento, a Trudy le extrañó que utilizara la palabra *scout*, pero luego recordó que a los sirvientes de la universidad se les llamaba así, aunque ella desconocía por qué razón.

—No, gracias. Estamos bien —dijo Clement.

Trudy ocupó la silla más alejada de la línea de visión del estudiante y trató de parecer invisible. Sin embargo, al sacar su cuaderno de la mochila, notó que sus ojos giraban en su dirección y luego se apartaban rápidamente.

Miró con tristeza al juez de instrucción mientras se sentaba y se frotaba nerviosamente las rodillas con las manos.

—¿Mi declaración? No sé si ha servido de mucho, señor. Desgraciadamente, yo no sabía nada.

—Sí, eso era muy evidente —dijo Clement, tan secamente que el joven se ruborizó—. Veamos si podemos ser un poco más específicos, ¿de acuerdo?

El joven tragó saliva y esbozó una sonrisa.

—No estoy seguro de que sirva de mucho, señor. Si le soy sincero, no sé por qué me han llamado.

El hombre mayor apartó una ocurrencia de su cabeza como si espantara una mosca.

—¿Dijo que nunca vio a Derek Chadworth en la barcaza en la que viajaba? —empezó el doctor Ryder, con suavidad pero con firmeza.

—Sí, eso es lo que dije. Pero, por supuesto, podría haber estado en la otra barcaza.

—Mmm. —El forense no intentó ocultar su reacción ante esa tontería. En lugar de eso, siguió con otra táctica—. ¿Conocía bien a Derek? —preguntó con brusquedad.

—Oh, no.

—¿Pero no era él miembro del Club de los Marqueses? —Clement deslizó el cuchillo con suavidad.

Trudy se interesó al ver que el joven se sobresaltaba en su silla y luego se ponía muy pálido.

—¿Qué? —Por un momento, su rostro pareció luchar por encontrar algún tipo de expresión. ¿Horror? ¿Sorpresa? ¿Desconsuelo? Confusión, desde luego. Finalmente, tragó saliva con incomodidad y esbozó una sonrisa algo enfermiza—. No, estoy seguro de que no.

—Ah. Pensé que podría haber sido por eso por lo que lord Littlejohn lo había invitado —le dijo Clement, procurando mantener un tono de conversación tranquilo.

Lionel Gulliver, tal vez animado por eso, pareció recobrar la cordura con un poco de esfuerzo y logró formar una segunda sonrisa más convincente.

—Oh, no, no creo que ese haya sido el caso. Habría que preguntárselo a Jeremy, ¿no? —añadió, mirando con nostalgia por la ventana.

Trudy, con su taquigrafía llenando de manera muy competente su cuaderno, pensó que Lionel parecía como si deseara saltar fuera de lo incómodo que se le veía.

—Sí, nos aseguraremos de hacerlo cuando le veamos —dijo Clement—. Entonces, aclaremos esto de una vez por todas. Según su opinión, ¿cree que Derek Chadworth no estaba en la fiesta el día que se ahogó?

De nuevo, Lionel pareció sobresaltarse en la silla. Era un chico muy nervioso, pensó Trudy, que empezaba a sentir, quizá por primera vez con cierta seguridad, que el forense iba tras la pista de algo concreto en ese caso.

—Bueno, de hecho, no, no creo que yo esté diciendo eso —dijo Lionel, algo confuso—. Empiezo a pensar que, después de todo, Derek estaba en una de las barcazas.

Trudy se quedó boquiabierta ante aquel giro inesperado. Lanzó una rápida mirada de perplejidad al forense, que observaba al estudiante de Teología con la cabeza un poco inclinada hacia un lado, como un petirrojo a un gusano interesante.

—Entonces, ¿está diciendo que lo vio ese día? ¿En la fiesta? —dijo Clement vocalizando cada palabra de manera lenta.

—¡No! Quiero decir que... Creo que podría haber estado. Pero no puedo jurarlo.

El forense miró fijamente al joven durante unos instantes y se dio cuenta de que este empezaba a sudar, por no hablar de que se agitaba nervioso en la silla.

También notó que la boca de Gulliver había empezado a dibujar una línea delgada y obstinada, y que su mentón se había levantado. Era evidente que había llegado al punto en que estaba dispuesto a mostrarse firme. Lo que significaba que presionarlo más sería inútil.

Así que Clement suspiró y se puso en pie, pillando a Trudy desprevenida por completo.

—Bueno, gracias por su tiempo —dijo con brusquedad—. Tengo entendido que va a prepararse para el sacerdocio.

—En la Iglesia de Inglaterra, sí —respondió el joven, levantándose con presteza y con una expresión de alivio en sus rasgos anodinos.

—Mmm. En ese caso, supongo que sabrá lo que dice la Biblia sobre dar falso testimonio, ¿no?

Lionel Gulliver tragó saliva de manera audible.

—Sí, señor, lo sé —murmuró con desdicha.

El forense asintió con la cabeza, sonrió y luego le dio una palmada en la espalda con tanta fuerza que el muchacho tuvo que dar un paso adelante para no caerse de bruces.

—Bueno, buena suerte, señor Gulliver —dijo con jovialidad, y Trudy, metiendo rápidamente todos sus pertrechos en la mochila, salió a paso ligero tras él, muy consciente de que el estudiante de Teología los miraba con el rostro desencajado.

De nuevo bajo la luz del sol, la joven parpadeó un momento y suspiró con pesadez.

—Ha sido una pérdida de tiempo —murmuró la agente.

—¿Tú crees? —preguntó Clement, y algo en su tono hizo que ella le lanzara una mirada rápida y suspicaz.

¿Qué había visto, oído o deducido que a ella se le había pasado por alto?

—¿Sabes? Estaría dispuesto a apostar... Sí, estaría dispuesto a apostar media corona a que ese joven ha sido coaccionado —reflexionó Clement en voz alta—. Alguien le ha convencido para que mantenga la boca cerrada.

Trudy no sabía si estaba dispuesta a llegar tan lejos, decidió guardar silencio, adivinando que él no iba a seguir elucubrando más.

Subieron por el camino que bordeaba el patio y se despidieron del bedel al cruzar las puertas y dirigirse al coche del forense. Era un Rover P4 de aspecto elegante, que había aparcado —de manera ilegal, se dio cuenta Trudy con un sonrojo de culpabilidad— en unas dobles líneas amarillas en un callejón lateral.

Como el caballero que sin duda era, abrió y mantuvo abierta la puerta del pasajero para ella y luego la cerró una vez que Trudy estuvo a salvo dentro. Sin embargo, tras ponerse al volante, en lugar de girar la llave de contacto, se acomodó en el asiento y se puso a contemplar el ajetreo de la ciudad.

—¿Sabes, Trudy? Creo que ya es hora de que aprendas a trabajar de incógnito —dijo él de repente, sorprendiéndola y emocionándola a partes iguales.

—¿Qué quiere decir? —preguntó ansiosa.

—Bueno, tienes edad para ser estudiante. Sin uniforme, podrías pasar fácilmente por una universitaria. A partir de mañana, quiero que vistas de paisano y empieces a salir por los lugares habituales de los estudiantes, como la librería cafetería de St. Ebbes para empezar. Y el *pub* junto al río, ya sabes. Ten iniciativa. Empieza a hacer amigos. Habla de Derek y del Club de los Marqueses. Averigua qué dice y qué piensa de todo esto el estudiante medio que no pertenece al círculo íntimo de lord Littlejohn. Pero no seas demasiado obvia al respecto. ¿Crees que puedes hacerlo?

Trudy, que sentía una mezcla de alarma y excitación ante la idea de trabajar sin estar encadenada a su uniforme, se obligó a parecer tranquila y seria.

—Claro que puedo, doctor Ryder —dijo con calma.

Pero, por dentro, su corazón latía como el de un pájaro atrapado en una trampa. Trabajar como una detective de verdad, sin que su uniforme la identificara y limitara al instante, ¡era la libertad! Ascender a las filas del Departamento de Investigación Criminal era su máxima —y secreta— ambición. Sería la primera mujer en...

Pero entonces, la realidad se apoderó de ella de nuevo y sintió que su corazón se desplomaba.

—No estoy segura de que el inspector Jennings esté de acuerdo, doctor Ryder —dijo con desaliento. De hecho, si conociera a su superior —y, por desgracia, lo conocía demasiado bien—, le preocuparía que se metiera en demasiados problemas trabajando de incógnito. Le aterrorizaría que desacreditara al cuerpo y se ganara la ira de sus superiores inmediatos.

—No te preocupes. Él no va a poner ningún impedimento —predijo Clement con confianza.

Trudy, un tanto asombrada por la seguridad que el doctor tenía en su propio poder, parpadeó.

—Sí, señor —dijo ella. Pero no estaba muy segura de que ni siquiera el viejo forense fuera capaz de obligar a su inspector a hacer algo que él creía que podía perjudicarle.

Al ver que se hacía tarde, el doctor Ryder la llevó a la comisaría para que pudiera terminar su turno, y luego condujo de vuelta al despacho para trabajar en sus otros casos.

Trudy no tardó en llamar a la puerta de su oficial superior para informarle de sus actividades del día. Jennings la dejó sorprendida después de escucharla en silencio y acabar aceptando que podía prescindir —temporalmente— de su uniforme cada vez que necesitara hacerse pasar por estudiante para el doctor Ryder.

Mientras salía de su despacho, con una leve sensación de placer inundándola, llegó a la conclusión de que el inspector no creía que el hecho de que su agente hablara con un grupo de estudiantes acerca de un embrollo inventado por el propio forense pudiera meterlos en problemas.

Lo que, tal y como resultaron las cosas, ¡demostró lo poco que sabía el inspector Jennings!

5

Aquella tarde, cuando se sentó a tomar el té con sus padres en la cocina de su casa de protección oficial, les contó emocionada su último caso. En la radio, Anthony Newley cantaba *Do You Mind?* La radio solo estaba encendida porque su padre no quería perderse la repetición del programa *Hancock's Half Hour*, que empezaría en breve.

Tuvo cuidado de no entrar en detalles, por supuesto, consciente de las normas que establecían que nunca se debía hablar del trabajo policial con civiles. Pero sabía que sus padres estaban descontentos con la carrera que había elegido y quería hacerles ver que lo estaba haciendo bien en la profesión elegida, ¡aunque tuviera que exagerar un poco la situación!

—Ya veis, el inspector Jennings me ha permitido trabajar de paisano, así que debe de estar empezando a confiar en mí por fin —concluyó, con algo de falta de veracidad.

—No sé, Trudy, cariño —dijo preocupada su madre, Barbara Loveday—. Los estudiantes pueden hacer muchas locuras. Y un chico ahogado no es algo muy agradable. —Mientras cruzaba el suelo de linóleo amarillo y marrón con los platos sucios en las manos y los depositaba en el fregadero, le lanzó una mirada preocupada a su marido por encima del hombro.

Frank Loveday había sido conductor de autobús toda su vida. Estaba orgulloso de su hijo Martin, que trabajaba como carpintero en una empresa de construcción, pues lo consideraba un artesano y, por tanto, un escalón por encima de su padre. Y aunque exteriormente apoyaba a su mujer siempre que esta argumentaba que Trudy debería pensar en encontrar un buen marido para sentar la cabeza, en realidad estaba, en secreto, aún más orgulloso de su hija.

Había que tener agallas para unirse a la policía, y más siendo una chica tan joven... Aun así, no sería humano si no se preocupara por ella.

Frank dobló el periódico y miró a su hija por encima. Era un cuadro, con los ojos brillantes de emoción y las mejillas sonrojadas y felices. Y él no tenía valor para pisotear eso.

Sin embargo, sintió un ligero revoloteo de alarma en el estómago. Cuando ella recorría las calles con su uniforme, se sentía bastante seguro de que estaría a salvo. La gente admiraba y respetaba a la policía, y su uniforme le ofrecía una protección considerable.

Pero si iba a ir por ahí vestida como cualquier otra chica, husmeando en algo desagradable...

—¿Qué se supone que estás haciendo exactamente para ese forense, Trudy?

—¡Oh, papá, nada peligroso! Solo voy a ir a algunos sitios frecuentados por estudiantes a charlar y cotillear. No es que vaya a entrar en antros de mala reputación ni nada parecido.

Junto al fregadero, su madre soltó un enorme suspiro. Estaba contando dinero y metiéndolo en una lata de galletas, lo que significaba que lo estaba guardando para el alquiler. El dinero de las facturas de la luz y el agua, que llevaba a la oficina de correos y pagaba cada vez que llegaban, lo guardaba en una vieja lata de galletas y en un bote que ponía «Jengibre» respectivamente.

—Suerte que es verano y la factura de la luz no será tan alta esta vez —murmuró para sí, y Trudy sintió un destello de algo muy cercano a la vergüenza.

Aunque colaboraba en casa, sabía que su aporte no era significativo y que lo más probable era que no alcanzara para mucho. El problema residía en que su sueldo no era precisamente generoso. Sin embargo, siempre podía prescindir de algunas cosas, ¿no? Como las medias, por ejemplo, que no eran necesarias en verano.

—Mamá, ¿quieres un poco más de dinero de mi sueldo cada mes? —preguntó la joven acercándose a su madre y deslizando las manos alrededor de su amplia cintura—. Puedo arreglármelas...

—No, no es necesario —dijo Barbara Loveday con firmeza—. Trudy, cariño, Brian vino hace un rato. Quería saber si querías ir a algún baile el sábado por la noche. Ya es hora de que te pongas un bonito vestido nuevo para que te vean por ahí. Tu mejor vestido ya está un poco pasado de moda. Ahorra algo de dinero y date un capricho.

Trudy, consciente de que su madre consideraba a Brian Bayliss, un chico al que conocía desde la escuela infantil, un marido de primera, se tragó un suspiro y esbozó una sonrisa fingida.

—Supongo que lo veré por ahí —respondió aparentando tranquilidad y soltando los brazos de la cintura de su madre para salir caminando de manera despreocupada hacia la mesa de la cocina.

Como de costumbre, esta tenía un mantel de encaje que había heredado de su tocaya, la tía Gertrude. En el centro había un pequeño jarrón de cerámica de Poole —orgullo de su madre, legado de su abuela materna— con un pequeño ramo de Sweet Williams. Su padre las cultivaba con religiosidad en el jardín, ya que sus dos «chicas», como se refería a su mujer y a su hija, sentían predilección por los aromas que desprendían las flores de esa planta de la familia de los claveles.

—Un baile estaría bien —dijo Trudy.

Era más fácil mantener contenta a su madre que discutir con ella que no tenía prisa por casarse y empezar a tener hijos. Y Brian, que era un héroe local por su destreza con el balón de *rugby*, era un chico bastante simpático. Además de un buen bailarín.

—Procura no salir de noche a esos sitios de estudiantes, hija mía —le dijo su padre, haciendo que ella lo mirara con cariño. Como si su palabra siguiera siendo la ley, pensó Trudy.

Aunque ya no era su niñita y, si el inspector Jennings o el doctor Ryder pensaban que tenía que salir por la noche, ¡tendría que hacerlo!

Pero Trudy Loveday no había llegado a la madura edad de diecinueve años sin aprender a manejar a sus padres.

—Sí, papá —respondió con voz dócil.

Se preguntó qué ropa se pondría al día siguiente. Repasó mentalmente su escaso armario. No estaba segura de tener algo adecuado. Al fin y al cabo, las estudiantes de Oxford eran de clase alta y su ropa era, por supuesto, de la mejor calidad. Estaba bastante segura de que sus harapos de Woolworths no darían el pego.

Cómo deseaba atreverse a preguntarle al doctor Ryder si podía comprarse ropa más elegante para encajar con más facilidad y ser aceptada como una más de la pandilla. Pero no se veía a sí misma pidiéndole dinero para un sombrero elegante. Y la cara que pondría el inspector Jennings si tuviera que reclamar los gastos de un nuevo atuendo era demasiado cómica —y horrible— como para planteárselo siquiera.

6

Reginald Porter, conocido como Reggie por su familia y unos pocos amigos, se apoyaba con indiferencia en la pared que rodeaba el Museo Ashmolean, mientras miraba con despreocupación hacia arriba y hacia abajo por Beaumont Street. Era un caluroso día de verano y el lugar se hallaba abarrotado de comerciantes y turistas. Un poco más abajo, un par de estudiantes estaban sentados en las escaleras que conducían al mundialmente famoso museo, fumando cigarrillos franceses y conversando animadamente sobre algo relacionado con el arte oriental. Con una expresión de desprecio en su rostro, Reggie decidió ignorarlos. ¿Qué importaba lo que pensaran aquellos individuos sobreeducados y sobreprotegidos?

Dos hombres de negocios con un par de impecables trajes azul oscuro a rayas y bombines a juego pasaron por delante hablando de tenis.

—Acuérdate de lo que te voy a decir, la final masculina de este año va a estar solo en manos de Australia —dijo uno de ellos a su compañero, con un matiz de amargura en su acento de los Home Counties—. A día de hoy, Wimbledon parece ser de ellos.

—¿En serio? ¿Y quién crees que levantará el trofeo entonces? ¿Rod Laver o Neale Fraser? Aunque no es que me importe mucho, la verdad es que me gusta más el críquet. ¿Has seguido la segunda prueba contra Sudáfrica? Ha sido vergonzoso, yo diría que...

Pasaron de largo con su charla banal sobre un deporte sin sentido para él. Entonces, Reggie mantuvo los ojos fijos en el progreso de su presa. Lo había seguido por todo el Broad desde que salió por la puerta de la universidad. Eso sí, pensó Reggie con maldad, era bastante fácil seguirle la pista, con aquella ostentosa melena rubia que era casi blanca, y su pavoneo diciéndole al mundo que se creía el dueño de todo.

Ahora mismo estaba cruzando la carretera junto al monumento a los mártires y se dirigía, por supuesto, a comer al hotel Randolph. ¿A qué otro lugar iría a comer alguien como lord Jeremy Littlejohn?, pensó con desprecio Reggie Porter.

Llevaba más de un mes vigilando ocasionalmente a su colega, según su horario de trabajo se lo permitía. Gracias a ello, Reggie había desarrollado una idea general de cómo era y cuáles eran sus costumbres. Por eso, estaba familiarizado con la selecta lista de restaurantes que el lord frecuentaba con regularidad.

Suspiró cuando la rubia desapareció al adentrarse en el hotel. Él iba vestido con su habitual atuendo de color blanco, que consistía en una camisa blanca impecable y una chaqueta de lino, también blanca, sobre unos pantalones en un ligero tono de gris pálido.

Reggie no había tardado mucho en darse cuenta de que su presa tenía una especie de fijación con respecto al color, y de nuevo su corazón se retorció con amargura en su pecho. ¡Qué farsante! ¡Qué señoritingo! ¡Y qué inapropiado! Que lord Jeremy Littlejohn, entre todas las personas, prefiriera el blanco, ¡el supuesto color de la inocencia! No podía entender lo que Rebecca, su hermana pequeña, había visto en él.

Al pensar en Becky, Reggie sintió que el corazón le daba un vuelco. ¿Dónde estaba? ¿Qué le había ocurrido? ¿Había huido de verdad a Londres como todo el mundo insistía? Y si no lo había hecho, ¿dónde estaba? Tenía que averiguarlo. No saberlo lo estaba matando. Recordaba que sus padres la habían traído a casa cuando él apenas tenía siete años. Al principio le guardó rencor por haber puesto su vida patas arriba amenazando con robar todo el amor de sus padres, el que una vez había sido solo suyo.

Pero ella le había fascinado poco después, cuando era un bebé llorón y luego una niña regordeta que daba sus primeros pasos. De niña era adorable, con una alborotada mata de pelo rubio y rizado, con un leve matiz cobrizo y una carita de duendecillo. Precoz, divertida y un poco alocada, no tardó en hacerle girar alrededor de su dedo meñique, al igual que a todos los demás.

En cuanto llegó a la adolescencia, empezó a cantar y bailar, a maquillarse demasiado y a expresar su interés por ser una estrella. De algún modo, la ingenuidad de sus extravagantes sueños solo había conseguido que su familia la complaciera aún más. Por supuesto, debajo de toda aquella falsa sofisticación seguía siendo una inocente total.

Se le torció la cara al pensar en ella ahora, sola y desamparada en algún lugar del grande, ancho y desagradable mundo, sin su familia para protegerla. Fue entonces cuando se percató de que una mujer que pasaba con una cesta de la compra en la mano lo miraba asustada y se apresuraba a pasar a su lado.

Borró toda expresión del rostro al instante. Sabía que, con su pelo pelirrojo y su cara llena de pecas, no pasaba desapercibido, así que no quería llamar más la atención. Después de todo, lo último que deseaba, sobre todo ahora, era que la gente empezara a fijarse en él.

Con disimulo, sacó su cuaderno y anotó la hora y los movimientos de Littlejohn aquella mañana. Le complacía saber que estaba construyendo un plano de la vida de aquel hombre. Aprendiendo sus rutinas y debilidades. Todos sus pequeños y sucios secretos.

Así era mucho más fácil atormentarlo.

Y el tormento no cesaría hasta averiguar qué le había ocurrido a Becky, porque estaba seguro de que ese cerdo aristócrata sabía algo al respecto.

Suspiró y se estiró, dándose cuenta de que pronto tendría que dejar la vigilancia y volver al trabajo. En la actualidad era el subdirector de una tienda de bicicletas en High, pero confiaba en que pronto le nombraran gerente. El viejo Huddlestone iba a jubilarse en invierno y con total seguridad el puesto sería suyo. Aun así, no podía permitirse el lujo de descuidar sus obligaciones, y tener que compaginar su campaña de desgaste contra lord Jeremy Littlejohn con su trabajo diario era ya suficiente distracción.

Por lo que podía observar, el constante flujo de cartas anónimas venenosas y cada vez más amenazadoras que le habían enviado parecía no tener ningún efecto en él, al menos en apariencia. Continuaba con sus fiestas desenfrenadas y su estilo de vida despreciable como si el mundo le perteneciera. Y a su pesar, así debía de ser.

Pero Reggie tenía planes para intensificar aún más la presión. Entonces vería cuánto tiempo sería capaz de mantener su indiferencia y su actitud bravucona.

Una sonrisa siniestra se formó en su rostro al rememorar los acontecimientos de la semana anterior. La muerte de su adulador y despreciable amiguito seguramente lo había golpeado de lleno, de eso no cabía duda. Oh sí, lo que le había sucedido a Derek Chadworth sin duda le estaba causando noches de insomnio al rey del reino.

Con un sombrero que ocultaba su distintivo cabello rojo, Reggie logró conseguir un lugar en la sala del tribunal durante la investigación. Se percató de que lord Jeremy estaba notablemente nervioso en el estrado, a pesar de haber testificado con su característico tono lacónico y molesto.

Pero por dentro había estado muy inquieto. Preguntándose cuál sería el desenlace de todo...

Saber que se encontraba en tal estado había sido muy satisfactorio, pensó Reggie Porter con una sonrisa depredadora. Ahora todo lo que tenía que hacer era encontrar una pequeña grieta en la armadura de riqueza y privilegio del lord y seguir trabajando en ella.

Estaba decidido a encontrar a su hermana menor o descubrir qué le había sucedido, sin importar los obstáculos que se interpusieran en su camino. Estaba dispuesto a hacer lo que fuera necesario, sin límites.

Sus manos grandes y pecosas temblaron ligeramente cuando guardó el cuaderno y, con una última y fulminante mirada de desprecio a la bonita fachada del hotel, se alejó a paso enérgico hacia High Street.

7

Maria DeMarco retorcía con nerviosismo las manos sobre el regazo mientras miraba al inquietante anciano sentado frente a ella.

Había ido al salón de té Bluebell para reunirse con su amiga Lucy para un almuerzo de despedida, pero, como de costumbre, su algo huidiza compañera llegó tarde. Estaba a punto de intentar deshacerse de aquel hombre que había ocupado una silla en su mesa murmurando: «Espero que no le importe que me quede unos minutos con usted», con la contundente respuesta de que sí le importaba —y mucho—, cuando lo reconoció.

—Señorita DeMarco, ¿verdad? —preguntó el doctor Clement Ryder con una sonrisa jovial en la cara mientras hacía ademán de acomodarse en la silla Windsor—. Me ha parecido reconocerla. Espero que no le importe que descanse aquí con usted un rato.

Por supuesto, no era casualidad que se encontrara con ella allí. Había ido a su facultad expresamente para entrevistarla, pero, de camino, la había visto caminando por la acera de enfrente y la había seguido hasta el pequeño café.

—Este calor no me gusta nada —dijo el doctor tras suspirar de manera teatral—. Supongo que usted está acostumbrada a climas más cálidos, como los que hay en Italia.

Maria, que había sido educada en el respeto a los mayores, sonreía nerviosa, deseando que llegara su amiga para tener una excusa para deshacerse de él sin parecer descortés.

—Sí, supongo que sí —murmuró ella con indiferencia.

—Me preguntaba si había vuelto a pensar en la muerte de ese pobre joven. —Desconcertó a la chica con esa pregunta tan directa, pues ella justo había estado buscando un tema de conversación que mantuviera alejado al muchacho muerto de cualquier mención.

—¿Yo? No... Bueno, sí, claro que lo he tenido en mente —se corrigió con rapidez, sintiendo que había metido la pata—. Fue algo muy trágico. —Intentó sonar despreocupada y educada a la vez.

—Sí, para sus padres desde luego —dijo Clement con tono seco, echando por tierra sus intentos de distanciarse de los acontecimientos de la semana anterior.

Maria palideció ante esa brutal refutación y asintió sintiéndose un tanto miserable.

—Sí, ¡sus pobres padres! Oh, cómo desearía no haber ido nunca a ese pícnic —dijo la joven con un repentino malestar visible en su rostro.

Y esa, pensó Clement cínicamente, era probablemente la primera cosa sincera que ella le había dicho.

—Sí, me temo que la vida no siempre es de color rosa —respondió el doctor.

Maria se sonrojó.

—Se está burlando de mí.

—Mis disculpas, señorita DeMarco —dijo Clement con un leve gesto con una mano—. Seré franco. No estoy satisfecho con lo ocurrido en mi tribunal en relación con la muerte de Derek Chadworth. En absoluto.

Maria respiró hondo y sus ojos oscuros exploraron el salón de té en busca de una posible manera de salir. Sin embargo, las camareras, vestidas con sus uniformes blancos y negros, estaban ocupadas sirviendo almuerzos y nadie parecía prestarle atención. Junto a la ventana, dos jóvenes fumaban y charlaban, y uno de ellos la miraba de forma favorable, pero ella se dio cuenta de que no le interesaba lo suficiente como para interrumpir su conversación con el doctor.

Maldijo en silencio a Lucy por llegar siempre tarde e intentó evitar la mirada del forense.

—¿Ah, sí? —murmuró ella con tristeza.

—Sí. Verá, creo que la gente me ha mentido. Y cuando eso ocurre, tengo tendencia a enfadarme —dijo Clement con tono suave.

Maria parpadeó sintiéndose furiosa. Era intolerable que la pusiera en tal situación...

—Espero que no piense que yo le he mentido, *dottore*. —Maria, poniéndose a la defensiva, le miró a los ojos con valentía.

—No —respondió el doctor dejándola sorprendida de nuevo—. No creo que ninguna buena chica católica pueda poner la mano sobre la Sagrada Biblia y mentir, a riesgo de perder su alma inmortal. —Le dedicó otra sonrisa amable.

Esas palabras le remordieron la conciencia y sintió que sus ojos se llenaban de lágrimas no derramadas. Se las tragó como pudo. No quería perder el control sobre sí misma ni sobre la situación.

—Tiene toda la razón —dijo la joven con total sinceridad—. No mentí bajo juramento.

El doctor Ryder suspiró con suavidad.

—Pero ¿es posible que no dijera toda la verdad? —insistió él.

Maria se sonrojó.

—Dije que no había visto a ese pobre joven el día del pícnic, y no lo vi —habló con firmeza.

—Mmm. Eso dijo usted y todos los demás. Pero ¿le sorprendería si le dijera que algunos de sus compañeros de aquel día dicen ahora que podrían haberle visto? —preguntó con curiosidad.

Y no exageraba. Desde que habló con Lionel Gulliver, se había entrevistado con otros tres estudiantes, que no habían sido citados como testigos en la investigación, pero que habían estado en la fiesta el fatídico día, y los tres habían reconocido lo mismo. Que Derek podría haber estado allí. Aunque ellos, personalmente, no podían jurarlo.

Enseguida se dio cuenta de que la noticia había sorprendido a Maria. Ella frunció el ceño, desconcertada, y luego se encogió de hombros.

Clement se dio cuenta de que, quienquiera que hubiera transmitido la recomendación de que nadie debería estar tan seguro de que Derek no estuvo presente aquel día, no había logrado comunicarle ese mensaje a Maria.

El doctor se inclinó, apoyando los codos en el borde de la mesa y entrelazando las manos frente a él. Descansó la barbilla sobre los nudillos en un gesto pensativo mientras la observaba a través del pequeño jarrón de margaritas que se encontraba en el centro de la mesa, sobre un mantel a cuadros azules y blancos.

—¿Quién mueve los hilos, Maria? —preguntó el doctor en voz baja—. ¿Lord Littlejohn? —Notó que ella se sobresaltaba un poco—. Bueno, es el cabecilla indiscutible, ¿no? —continuó Clement—. El jefe de la pequeña banda. —Pronunció la última frase con cautela, aunque no captó nada más que un breve gesto de desagrado en el rostro de ella.

—¡Oh, eso! Un club para tontos aristócratas que no respetan a las mujeres y se creen rebeldes. ¡Ja! ¿Qué me importa a mí todo eso? —preguntó ella, con su magnífica arrogancia italiana—. Solo estaba allí porque un chico que me gustaba me lo pidió.

—¿Y le sigue gustando? —preguntó Clement, divertido por aquella exhibición de mal genio a pesar de la gravedad de la situación.

—No —replicó la enérgica joven—. Como dije antes, ojalá nunca hubiera salido con ellos aquel día.

Clement asintió.

—Entonces..., ¿hay algo que quiera decirme, Maria? ¿Ahora que estamos fuera de la sala y lejos de ojos y oídos indiscretos?

La chica vaciló de forma visible.

—En breve volverá a su casa, ¿no? Volverá a Italia y se alejará de todo esto y de todos los que estamos aquí, ¿no es así? —insistió él—. Lo que me diga será estrictamente confidencial, se lo aseguro.

Maria hizo una pequeña mueca.

—Cierto. Y estaré encantada de irme —dijo, contemplando la ciudad a través de la ventana.

Tras las delicadas cortinas, ese día lucía particularmente encantadora, con sus piedras de Cotswold oscurecidas por el hollín, brillando doradas bajo la capa de suciedad, los muros cubiertos de hiedra asomándose entre la bruma del verano y todas las torres de los relojes, que sonaban desordenadas en las calles de la ciudad.

—Al principio, este lugar parecía agradable, pero en el fondo... —María suspiró. Luego se enderezó un poco en la silla y dirigió al anciano una mirada solemne—. Creo, *dottore*, que debería tener cuidado por aquí. Oxford es un lugar muy... elitista. Y creo que usted no tiene el tipo de poder que podría necesitar... si empezara a... ¿Cómo se dice en inglés?... Enfadar a la persona equivocada.

Clement Ryder experimentó una oleada de sorpresa. Por un momento, pensó que la joven estaba atreviéndose a amenazarlo. Sin embargo, al encontrarse con su mirada preocupada, se dio cuenta de que en realidad estaba intentando advertirle.

Se aguantó las ganas de reír y asintió con solemnidad.

—Yo no carezco de poder e influencia, señorita DeMarco.

Por un momento, Maria se lo pensó. Sabía que debía de parecer tan insegura como se sentía. El problema era que, incluso después de tres años, seguía siendo una desconocida. Y aunque sabía algunas cosas, desconocía otras. Sabía, por supuesto, multitud de cosas que sabían sus compañeros. Así que era consciente de que tenía que mantener la boca bien cerrada sobre aquella horrible tarde en el río. No conocía quién tenía realmente influencia y quién no. Por supuesto, sabía todo sobre el Club de los Marqueses, y que la élite y los miembros ricos de esa pequeña camarilla tenían familias con influencia y poder. Los hijos de los duques siempre estarían protegidos y mimados. Así funcionaba el mundo, tanto en Inglaterra como en Italia. Maria lo sabía.

Sin embargo, no conocía lo suficiente sobre la política de la ciudad como para saber si ese hombre, ese forense, tenía razón al sentirse tan seguro de sí mismo. Había oído que tenía amigos poderosos en las altas esferas. Pero ¿eran lo bastante poderosos?

Cuando se encontró con su mirada firme y convincente, sintió que se debilitaba. Después de todo, como él había dicho, la semana siguiente estaría de vuelta en Italia, y podría dejar atrás esa parte de su vida. Su propia familia era lo suficientemente poderosa en su propio país como para protegerla de cualquier posible consecuencia.

—Señorita DeMarco, ha muerto un chico —dijo Clement de manera brusca, interrumpiendo sus pensamientos—. Si puede ayudarme de algún modo, ¿no cree que debería hacerlo?

Maria se sonrojó. Sí, eso estaría bien. Pero una chica tiene que cuidar de sí misma. Además, tampoco era conveniente ser una chismosa.

Suspiró. Tal vez una o dos indirectas no le harían daño. Después de todo, él había prometido que nada de lo que ella le dijera se repetiría.

—No sé nada sobre cómo pudo ahogarse ese chico —dijo con rotundidad, mirándole directamente a los ojos—. ¿Puede creerme?

—Sí. Creo que sí.

—Muy bien —dijo, con cierta satisfacción en su tono—. No puedo decir más sobre lo que ocurrió esa tarde. Pero lo que puedo decirle es que... no creo que el chico que se ahogó fuera una buena persona.

Clement parpadeó incrédulo. Fuera lo que fuese lo que esperaba que ella le soltara, no se parecía en nada a lo que acababa de oír. Desplegó las manos y los brazos con lentitud y se reclinó en la silla para poner un poco más de distancia entre ellos.

—¿Por qué dice eso? —preguntó con curiosidad, procurando mantener un tono de voz ligero. No quería asustarla justo cuando empezaba a confiar en él. Pero necesitaba más información—. Creía que había dicho que no lo conocía.

—Y no lo conocía —confirmó Maria con brusquedad—. Pero oí cosas. No muchas... —Levantó rápido una mano para que no la interrumpiera—. Solo rumores. Alguien decía algo y yo lo oía. Nadie hablaba mal de él abiertamente, ni nada por el estilo. Pero yo me daba cuenta. Se notaba en el tono de sus voces. En las miradas cómplices que se cruzaban cada vez que salía su nombre. Había algo en ese chico que no era agradable. Y eso es todo lo que puedo decirle —añadió la joven con firmeza.

Entonces, su rostro se iluminó de alivio y el forense giró un poco la cabeza para ver a una morena alta que se abría paso entre las mesas hacia ellos.

—Oh, Maria, siento llegar tan tarde... —Hizo una pausa, obviamente esperando una presentación del acompañante de su amiga.

Pero la italiana se levantó del asiento al verla y dijo con tono firme:

—No pasa nada, Lucy. Este caballero ya se iba.

El doctor Ryder le dedicó una breve sonrisa un tanto sardónica, murmuró algo a las señoritas y se marchó.

Sin embargo, su rostro, al salir a la tarde soleada y luminosa, se volvió pensativo.

8

Trudy pidió un *Welsh rarebit* y una taza de té en el mostrador y deseó no parecer tan nerviosa como se sentía. No es que hubiera visto algo que le diese motivos para alarmarse.

Estaba en una cafetería situada en el sótano de una librería justo enfrente de la estación de tren, un lugar barato y alegre, lleno de estudiantes sin dinero —según ellos— y uno o dos trabajadores de la tienda, atraídos por su menú barato a la hora de comer.

Aquella pequeña habitación sin apenas ventilación estaba llena de humo, ya que casi todo el mundo tenía un cigarrillo encendido, y a ella le costaba un poco respirar. Nunca le había gustado el olor de los cigarrillos, y las pocas veces que había intentado fumar uno, había tosido tan fuerte que le daba náuseas. Por eso, aunque todas sus amigas fumaban, ella era una de las pocas mujeres del café que no daban caladas a un cigarrillo.

Había conseguido entablar conversación con otras tres chicas en la cola, después de oírlas hablar de una redacción que estaban escribiendo y darse cuenta de que eran estudiantes. Las siguió con su bandeja mientras se dirigían a una de las pocas mesas libres. Tal y como esperaba, una de las chicas le hizo un gesto y le ofreció un sitio con ellas.

—¡Gracias! —dijo Trudy sonriendo y tomando asiento—. Odio comer sola, ¿y vosotras?

Una de las chicas, una morena alta con el pelo recogido en un peinado francés, la miró con sus bonitos ojos azules y suspiró.

—Oh, sí. Te sientes el centro de todas las miradas, ¿verdad? Por cierto, soy Mavis Whitchurch. Y ella es Mary-Beth —añadió mientras saludaba con la mano a una chica con mucho sobrepeso y el pelo corto, tan oscuro que era casi negro—. Esta es Christine —terminó las presentaciones señalando con la cabeza al último miembro del grupo, una amazona alta y rubia que parecía lo bastante en forma como para destrozar a cualquiera que se encontrara en un campo de *hockey*.

—Encantada de conoceros. Yo soy Trudy —se presentó, y de inmediato pensó que ya podía haberse mordido la lengua.

¿No se suponía que iba de incógnito? ¿No debería haber dado un nombre falso? ¿O no era necesario? Se sintió un poco nerviosa y deseó haber tenido la sensatez de preguntar al doctor Ryder o al inspector Jennings qué se esperaba exactamente que hiciera —y no hiciera— mientras recopilaba los cotilleos.

Luego se dijo a sí misma que no fuera tan miedica. Al fin y al cabo, solo iba a hablar con la gente.

—Me arrepiento de no haber pedido el *rarebit* en lugar del pastel de pastor —dijo Mary-Beth, empujando desconsolada su plato de carne picada y puré de patatas, que no tenía muy buena pinta.

—Oh, siempre te arrepientes de lo que pides —dijo su amiga, la amazona Christine—. A mí lo que me interesa es saber si alguna de vosotras ha terminado la redacción para el viejo Pinkers o no. Y si la habéis hecho, ¿puedo copiarla?

—La mía no, desde luego —dijo Mavis con rotundidad—. Eres una vaga, Chris. Haz tu propio trabajo.

—Bueno..., está bien —replicó la otra chica—. Ya sabes cómo se lo toma Pinkers si llegamos tarde.

—Mis tutores son iguales —dijo Trudy, sintiendo que era el momento de mostrar su (falsa) buena voluntad y atreverse a abordar un tema delicado, de lo contrario, nunca lograría llevar la conversación hacia donde ella necesitaba—. Creo que están un tanto obsesionados con los horarios o algo así. Como si fuéramos autómatas capaces de hacer trabajos como máquinas. Debo decir —continuó, disfrutando de repente de su actuación— que yo, por ejemplo, no puedo realizar un trabajo verdaderamente bueno si no estoy de humor.

—Yo tampoco —dijo Christine triunfante, mirando a su amiga.

—Bueno, pero hay que hacerlo, ¿no? —murmuró Mavis con rebeldía.

—Es cierto. —Trudy intentó sonar compungida—. Debo decir que puede resultar excesivo cuando no toman en cuenta ciertas circunstancias personales. Por ejemplo, esos estudiantes que estuvieron en ese terrible pícnic donde aquel pobre chico se ahogó. No creo que ninguno de ellos pueda concentrarse en sus estudios en este momento.

Dio un mordisco a su tostada con queso, esperando no haber ido demasiado deprisa o no haber sido demasiado obvia, y lanzó una mirada rápida alrededor de la mesa para ver cómo había sido recibido su comentario. La primera vez que puso un pie en la cafetería, se sintió muy nerviosa. No solo no estaba convencida de poder hacerse pasar por una intelectual, sino que tampoco estaba segura de lo bien que se le daría mentir. Ahora, para su vergüenza —mezclada con un poco de euforia—, pensó que podría dársele bastante bien.

—Por Dios, ¡no! Supongo que no —dijo Mary-Beth con cara triste, pero llevándose un enorme bocado de comida a la boca—. Me dan escalofríos solo de pensar en ello —añadió después de tragar.

—Y tampoco parece que nadie sepa con exactitud lo que pasó —continuó Trudy, inclinándose hacia delante y bajando un poco la voz. Sabía por sus propios días de estudiante lo mucho que gustaba a la gente el ambiente de conspiración—. Por lo que he leído en los periódicos, nadie parece haberlo visto —casi susurró.

—Oh, bueno, eso no es tan sorprendente —dijo Mavis de manera enérgica—. Teniendo en cuenta que era una de las fiestas del Caballero Blanco, me atrevería a decir que la mayoría de ellos estarían borrachos como cubas.

Trudy parpadeó sorprendida.

—¿El Caballero Blanco?

—Sí. Ya sabes..., lord Littlejohn —dijo Mary-Beth, lanzándole una mirada rápida y desconcertada.

—Ah, claro —dijo Trudy reaccionando con rapidez, y con la esperanza de no haberse sonrojado. En realidad, el corazón le latía de repente como un martillo al darse cuenta de lo fácil que era tropezar. Si realmente hubiera sido una estudiante como ellas, conocería de sobra el apodo. Para intentar recuperarse, se encogió de hombros y esbozó una sonrisa de impotencia—. Tengo que admitir que no me muevo en esos círculos. Y no me ha quedado más remedio que tener la nariz en los libros todo el tiempo desde que llegué. Para ser sincera, mi cerebro no es de los más privilegiados.

Contuvo la respiración, esperando que su aparente honestidad las convenciera. Por suerte, Christine acudió en su ayuda.

—Yo tampoco —dijo ella cabizbaja. Luego sonrió—. De todos modos, nunca me invitarían a una de las fiestas del Caballero Blanco. No encajo en su visión del sexo débil.

—No —coincidió Mavis con una sonrisa—. A los hombres del Club de los Marqueses les gustan las mujeres delicadas y sin cerebro. Eso deja fuera a Christine. Bueno, al menos en un aspecto.

Christine agarró una porción de su sándwich de pollo y miró a su amiga por encima de la comida.

—¿Estás diciendo que no soy delicada? —preguntó con sorna, y las tres chicas se echaron a reír de repente.

Trudy, solo un segundo por detrás, hizo lo mismo.

—Ninguno de ellos me miraría dos veces, a menos que fuera para decirme alguna burrada —dijo Mary-Beth con bastante naturalidad.

—Y yo soy demasiado lista para ellos —dijo Mavis, más bien con tristeza—. Así que también me deja fuera.

—Parece que ninguna de nosotras está a la altura de las expectativas de lord Littlejohn —dijo Trudy con tono alegre—. Menos mal, al menos en mi opinión. Aún tendría pesadillas si hubiera estado allí aquel día. Solo de pensar en..., bueno, en ese pobre chico ahogándose... —Escenificó un teatral escalofrío y luego pensó en si no habría exagerado demasiado—. Supongo que se golpeó en la cabeza o algo así y que luego salió flotando sin que nadie se diera cuenta.

—Me atrevería a decir que todos estaban demasiado ocupados luchando por llegar a la orilla del río —dijo Mavis en tono seco—. No veo a ninguno de ellos preocupado por algo más que salvar su propia vida.

—Aun así... —Suspiró Trudy—. Si todos eran tan buenos amigos, supongo que alguien se habría dado cuenta de que faltaba a la fiesta y se preguntaría dónde estaba —añadió de forma despreocupada.

Notó que las tres chicas se lanzaban miradas rápidas y pensativas y contuvo la respiración.

—Supongo que sí —dijo Mavis, aunque no parecía muy convencida.

—¿Sabes?, nunca pude entender qué hacía un chico como Chadworth en medio de toda la panda del Caballero Blanco —añadió de pronto Mary-Beth—. El viejo Bodger me dijo que solo era hijo de un abogado de Lancashire o algo así. No tiene ningún título en su linaje, ni siquiera de algún antepasado lejano.

—Sí, he oído algo parecido —comentó Christine, terminándose un sándwich y empezando con el otro. Con casi dos metros de estatura y un cuerpo repleto de músculos atléticos, Trudy suponía que necesitaba alimentarse bien.

—Puede que no le hubiesen invitado al pícnic. —Trudy hizo de abogado del diablo con astucia—. Tal vez se coló. Es posible que ni siquiera conociera a lord..., al Caballero Blanco.

—¡Oh, sí que lo conocía! —la corrigió Mavis de inmediato—. Les vi por la ciudad en algunas ocasiones. Por los clubes nocturnos y todo eso. A mí me parecía que eran amigos íntimos.

—Sí, yo también los he visto juntos —dijo Mary-Beth con cara alegre—. En el *pub* de la cabecera del río y en ese nuevo local cerca de Pitt Rivers. De hecho, me pareció que los estaban echando a los dos una noche que pasé en bicicleta por allí.

—Umm... En mi opinión, creo que ese Club de los Marqueses se formó solo para que pudieran salir a ligar con todas las chicas de la zona y hacer el ridículo —dijo Christine con rotundidad.

—Me pregunto si le pidieron que se uniera al pícnic para que hiciera fotos —dijo Mary-Beth, haciendo que Trudy se incorporara y prestara más atención—. Ya sabéis, como una especie de fotógrafo oficial o algo parecido.

—¿Le gustaba hacer fotografías? —preguntó Trudy—. No había oído nada sobre eso.

—Sí, le vi muchas veces paseando por la ciudad con una cámara haciendo fotos —dijo Christine—. Edificios, mariposas, gente y todas esas cosas artísticas —añadió con un suspiro. Apartó su plato vacío y se puso a mirar la comida de Trudy, que apenas la había tocado.

Trudy captó la indirecta y, con un pequeño bostezo, empujó su plato hasta la mitad de la mesa.

—Estoy llena. ¿Alguien quiere el trozo que me ha sobrado?

Pero antes de que la amazona pudiera alcanzarlo, Mary-Beth se abalanzó sobre él y se lo arrebató delante de sus narices, entonces las otras dos chicas empezaron a reírse de ella con tantas ganas que Trudy no se atrevió a interrumpirlas. Puede que fuera nueva en lo que estaba haciendo, pero incluso ella se daba cuenta de que intentar volver a hablar ahora de lo sucedido en el pícnic del río sería tentar demasiado a la suerte.

Así que se contentó con permanecer allí sentada y participar en la diversión. Además, había aprendido mucho y estaba satisfecha con su primera incursión en el trabajo encubierto.

Veinte minutos más tarde, salió de la cafetería y recorrió la corta distancia que la separaba del despacho del forense. Allí, su secretaria le dijo que el doctor aún no había regresado de su hora de comer, por lo que se tomó su tiempo para acomodarse en el despacho exterior y escribir sus notas. Y para sentarse a pensar.

Cuando, diez minutos más tarde, Clement Ryder regresó de su interesante entrevista en el Bluebell Tea Room, ella tenía algunas preguntas para él.

Una vez instalados en su despacho, intercambiaron información y entonces Trudy se inclinó hacia delante en su asiento y dijo:

—¿Sabe, doctor Ryder? He estado pensando...

—Esa siempre es una buena forma de pasar el tiempo, agente Loveday —afirmó mirándola con ojos brillantes y una sonrisa.

Trudy correspondió a su sonrisa. Iba vestida con una falda azul oscuro, una blusa blanca y unos zapatos negros. Era el mejor atuendo —de incógnito— que se le había ocurrido de su escaso armario, pero aun así le resultaba extraño estar sentada en la oficina del forense sin su caluroso y pesado uniforme.

—Se trata de la tercera barcaza —dijo, ahora seria—. Me parece que, si en realidad hubo algo dudoso en el accidente de Derek, entonces tuvo que originarse en la colisión. ¿Verdad?

—Desarróllalo un poco más —la animó Clement.

—Bueno, solo hay tres cosas que podrían haber sucedido ese día. Una, Derek se ahogó de forma accidental. Dos, fue ahogado con toda intención. O tres, se suicidó.

El forense asintió con el rostro serio.

—Continúa.

—Hasta ahora, no hay nada que sugiera un suicidio. Sus padres, tutores y amigos declararon que actuaba con normalidad. Y no dejó ninguna nota en su habitación de la universidad. Así que yo dejaría esa opción de lado.

—De acuerdo —asintió complacido el hombre mayor.

—Creo que también estamos de acuerdo en que un accidente sigue siendo la opción más probable de las tres —continuó

Trudy—. Y que los estudiantes no quisieran admitir que había formado parte de su grupo podría significar que querían distanciarse de él. Supongamos que por si alguien les culpaba de no haber acudido a su rescate. O..., bueno..., por la razón que fuera.

—Umm... —murmuró el doctor, dando a entender que no estaba tan seguro.

—Bueno, de todos modos, dejemos eso a un lado también de momento —se apresuró a decir Trudy, antes de que él pudiera empezar a buscar agujeros en su razonamiento. (¡Sabía por experiencia lo bien que podía hacerlo!)—. El asesinato. —Sintió un pequeño rubor de excitación al pronunciar la palabra.

—De acuerdo, abordemos esa opción —aceptó Clement, observándola con los labios crispados.

—Entiendo. Bueno, si alguien hubiese querido matar a Derek, parece que, en mi opinión, o bien lograron provocar la colisión para así tener la oportunidad de mantener a Derek bajo el agua y ahogarlo, o bien simplemente aprovecharon la oportunidad que les brindaba la colisión accidental para llevar a cabo su cometido y matarlo.

—Suena razonable.

—Así que tal vez deberíamos concentrarnos en la tercera barcaza y en los estudiantes que iban en ella —señaló Trudy con entusiasmo.

Clement odiaba aguarle la fiesta, pues parecía tan alegre y feliz consigo misma, pero no tenía otra opción.

—Sí, eso fue lo primero que se me ocurrió a mí también —dijo con tono suave, fingiendo no darse cuenta de cómo le había cambiado la cara a ella—. Antes de ir a pedir ayuda a tu inspector, hablé con todos los estudiantes de la tercera barcaza y llegué a la conclusión de que ninguno de ellos tenía nada que ver. En primer lugar, ninguno conocía ni a Derek ni a lord Littlejohn, y ninguno era miembro del Club de los Marqueses. Además, todos eran estudiantes de Ingeniería que se conocían bien. El chico que se encargaba de remar me explicó cómo había ocurrido el accidente, y a mí me pareció convincente. Dobló la curva y se encontró con las otras dos barcazas bloqueando el paso del río. No tuvo tiempo de esquivarlos.

—Oh... —dijo Trudy, un poco desilusionada—. Y supongo que ni él, ni ninguno de los otros ingenieros, vieron a Derek en dificultades.

—No, ninguno de ellos fue consciente de que alguien tuviera problemas en el agua. Y quienes no tenían mucha destreza nadando al parecer tenían amigos que les ayudaban a su lado.

—Bueno, entonces, eso significa que lo más probable es que la colisión en sí fuera un accidente —insistió Trudy—. Así que, si fue un asesinato, alguien en la fiesta aprovechó el accidente para deshacerse de Derek de forma que pareciera un ahogamiento accidental.

—Tal vez —dijo el forense con tono suave, y sus labios volvieron a crisparse al ver que la había irritado con sus evasivas—. Pero eso es lo que intentamos averiguar, ¿no? —añadió, tratando de apaciguarla con una sonrisa.

9

Aquella tarde, Jimmy Roper cortó meticulosamente el césped de la parte trasera de su casa y luego se relajó con el periódico local en una tumbona situada bajo el cerezo en flor en una esquina. Tyke, con un suspiro, se acurrucó a la sombra bajo el respaldo hundido de la silla y comenzó a roncar suavemente.

Con un suspiro de satisfacción, el lechero jubilado consultó primero las páginas de deportes, pensando que podría tomarse una botella fría de Bass de la nevera, una vez que su mujer se hubiera ido a la ciudad en el autobús para hacer la compra.

Todavía pensando en esa agradable y deliciosa posibilidad, empezó a hojear de forma distraída el periódico hasta que, de repente, el nombre del estudiante que se había ahogado hacía una semana le llamó la atención.

Al igual que el resto del pueblo, su mujer había estado muy pendiente de ello en los últimos días, y cuando se había dado cuenta de que su marido había estado paseando junto al río poco antes de que todo hubiera sucedido, pasó a ser considerada una fuente de información fiable. Pero, aunque ella se sintió muy halagada, a Jimmy no le gustaba pensar demasiado en ello.

Ya había presenciado suficientes muertes en la guerra, especialmente las de jóvenes valerosos... No le gustaba pensar en más vidas truncadas, y mucho menos tan cerca, justo en las puertas de su hogar.

Casi pasó por alto el artículo, pero el breve encabezado llamó su atención. Era una petición del médico forense de la ciudad, un tal doctor Clement Ryder. Estaba solicitando a cualquier persona que hubiera estado en la zona aquel día, pero que no hubiera sido convocada a declarar, que se pusiera en contacto con su oficina.

Jimmy frunció el ceño, pensativo, y siguió leyendo de mala gana. El forense pedía que se presentaran todos los testigos, por poco que creyeran que pudieran ayudar. Le interesaba hacerse una idea de la vida en el río aquel día, y toda la información que recibiera sería confidencial.

Jimmy suspiró. Estaba seguro de que nada de lo que pudiese contar sería de utilidad. Como le pasaba a la mayoría de la gente, su primer instinto era el de no querer tener nada que ver con cualquier cosa fuera de lo común y desconocida. Si algo le había enseñado la guerra, era a no ofrecerse voluntario para nada. Verse envuelto en cualquier tipo de situación desagradable cuando no era necesario no era algo que el ciudadano británico medio deseara.

Pero también, como la mayoría de la gente decente y trabajadora, Jimmy respetaba la ley y el orden, y desde pequeño le habían inculcado que había que hacer lo correcto y lo que se esperaba de uno. El deber cívico era algo que todo el mundo debía considerar de manera cuidadosa.

Suspiró de nuevo y se agachó para rascar a Tyke detrás de sus orejas blancas y negras.

—Bueno, viejo amigo. ¿Algún consejo? ¿Me pongo en contacto con ese forense o no?

Su viejo perro se estiró y bostezó, luego volvió a dormirse.

Pero Jimmy Roper no era el único que había leído esa petición en el periódico. Otras dos personas también lo habían visto, y con reacciones similares a la suya.

Una de ellas era la señora Enid Clowes, una mujer de sesenta y ocho años que vivía en un pequeño bungaló en el otro extremo de Wolvercote, y su reacción fue una mezcla de alarma y excitación. El mundo de Enid se regía por una estricta rutina que la hacía sentirse segura y protegida, aunque también tendía a convertir su vida en algo aletargante y aburrido.

Así que cualquier cosa que se saliera de la norma era motivo tanto de celebración como de extrema precaución.

Ese día había salido a pasear y, como el resto del pueblo, se había sentido conmocionada y consternada por la terrible tragedia, aunque también un tanto emocionada —pero eso nunca lo hubiese admitido, ni siquiera a sí misma, y mucho menos a nadie—.

No se le ocurría cómo podía interesar lo que había visto u oído a un hombre tan importante como el juez de instrucción. Viuda desde la guerra, era una de esas ancianas vacilantes y que se ponía nerviosa con facilidad, también que solían impacientar a la mayoría de la gente a los cinco minutos de conocerla. Además, era de la misma opinión que Jimmy Roper, en el sentido de que no quería verse envuelta en nada desagradable. ¿Qué dirían sus vecinos?

Por supuesto, la convertiría en el centro de atención si mencionara... Pero no. Mejor no. Como su madre siempre había dicho: «Más vale prevenir que curar».

Por otro lado, el anuncio en el periódico decía que estaban interesados en cualquier pequeña información, por insignificante que pudiera parecer.

Al no tener a un perro mestizo blanco y negro al que pedirle consejo, pasó el resto de la tarde dándole vueltas al asunto en su cabeza, mientras se entretenía y hacía sus tareas habituales en su tranquila, pulcra y solitaria casita.

Era típico de ella que al anochecer aún no hubiera llegado a ninguna conclusión ni tomado ninguna decisión definitiva sobre lo que debía hacer.

La tercera persona que leyó el breve artículo fue un hombre de treinta años llamado Clive Horton. Tenía un trabajo respetable, aunque no muy bien pagado, como empleado en una compañía de seguros de Somertown, un suburbio cercano a la ciudad.

Vivía con su madre viuda en un piso minúsculo, no muy lejos de una prestigiosa avenida, cuya hilera de cerezos se podían ver —si estiraban un poco el cuello— desde la ventana del cuarto de baño.

Clive, un hombre bajo, delgado y, por desgracia, sin barbilla, disfrutaba del cálido clima veraniego sentado junto a la ventana de su habitación, sin corbata y con los dos botones superiores de su camisa almidonada desabrochados con atrevimiento. Leyó el artículo del periódico con su meticulosidad y minuciosidad habituales, y luego, algo más deprisa, volvió a leerlo de nuevo.

Acostumbrado a analizar documentos con gran precisión, Clive tendía a reflexionar detenidamente antes de tomar cualquier acción. Al final, decidió que no sería una buena idea acercarse personalmente al forense. Temía que alguien de su empresa pudiera verlo entrar en el tanatorio y comenzar a hacer preguntas. Clive vivía con un temor constante de que cualquier comportamiento fuera de lo común de su parte fuera reportado a la alta dirección de la empresa. Siendo el único sostén de su familia y su madre, mantener su empleo era su máxima prioridad en la vida.

Pero era su deber responder a aquella llamada directa de información, pues él también había estado cerca de Port Meadow en el momento en cuestión, dando su paseo habitual. Después de todo, un hombre debe mantenerse sano y en forma.

El hecho de no ofrecer de forma voluntaria la información de que disponía podría repercutir de algún modo en él y dejarlo en mal lugar si alguna vez se descubría que no había informado a las autoridades de lo poco que sabía.

Clive, había que decirlo, era el tipo de persona que siempre prestaba la debida atención a las autoridades. Ya fuera a su madre, a Dios o a cualquier funcionario.

Sí, lo mejor sería enviar una carta a la oficina del forense, pensó el diligente empleado, detallando todo lo que había visto ese día que pudiera ser de algún interés. Naturalmente, tendría que tomarse su tiempo con una carta tan importante. Quizá tuviera que utilizarla en algún momento con carácter oficial y se quedase archivada en alguna parte. Y todo lo que llevara su firma tendría que estar muy bien redactado y con cuidado de que nada de lo escrito pudiera perjudicarle en un futuro.

Así que no tendría prisa. Tenía que hacerlo perfecto.

Sacó una libreta y un bolígrafo y empezó a tomar algunas notas preliminares. Después haría un primer borrador y lo estudiaría detenidamente antes de empezar un segundo.

Y cuando por fin estuviese contento con el resultado, lo enviaría.

Con un sello de los baratos, obviamente, ya que su situación económica no le permitía otra cosa.

10

Celia Morrison abrió de un empujón la verja del cementerio, ignorando el chirrido habitual que emitía al superar cierto punto. Era responsabilidad del sacristán mantenerla engrasada, pero, en realidad, ¿a quién le importaba? En su mano sostenía un gran y fragante ramo de flores Sweet Williams de colores, recién cortado de su jardín delantero hacía unos minutos.

A su alrededor, el bonito pueblecito de Islip dormitaba bajo el soporífero sol de la tarde. Los abejorros zumbaban entre las flores silvestres que bordeaban el camino que discurría junto al muro del cementerio y, en la pradera, el río brillaba en tonos plateados y dorados mientras atravesaba los pastos.

Sus pies empezaron a arrastrarse mientras la llevaban a la hilera de tumbas más reciente, pues no tenía prisa por llegar a su destino. En lugar de eso, se detuvo un rato para mirar a su alrededor. En las partes más antiguas del cementerio, las tumbas solían estar inclinadas, y ninguna de ellas tenía vistosas ofrendas florales. Por supuesto, como la mayoría de sus habitantes llevaban muertos más de un siglo, incluso sus hijos habían muerto hacía tiempo, sin dejar a nadie que los recordara o conmemorara su fallecimiento.

Sin embargo, a medida que avanzabas por las hileras más recientes, te encontrabas con alguna que otra lápida adornada con flores, hasta que, poco a poco, casi todas las lápidas estaban cubiertas de flores.

Las dos últimas tumbas, las más recientes, se hallaban adornadas con coloridas ofrendas de recuerdo dispuestas alrededor del nombre de un ser querido.

Y luego estaban las más recientes de todas...

Tragando un nudo duro y amargo que se le había subido a la garganta, Celia Morrison se obligó a acercarse a una de ellas. Agachada junto a la lápida de su hija, retiró las flores marchitas que había dejado allí la semana anterior y vertió el agua verde y estancada del jarrón sobre la hierba.

—Aquí tienes, Jenny, las primeras Sweet Williams de este año. Tus favoritas —murmuró en voz baja.

Se dispuso a verter agua fresca de una vieja botella de refresco reutilizada —limonada, otra de las favoritas de Jenny— en el jarrón, luego colocó las flores. Después las depositó sobre la piedra, bien pulida e inmaculada, y finalmente se puso de cuclillas para leer la inscripción que ella y su marido, Keith, habían elegido para su única hija.

«En memoria de nuestra querida hija, Jennifer Elizabeth Morrison, que nos dejó el 12 de enero de 1959. Edad, 17 años. A salvo en las manos de nuestro Señor».

A salvo. Sí, ella había insistido en eso. Porque era la única forma en que podía soportar pensar en su adorable Jenny. Por fin a salvo y en paz. Por supuesto, había algunas personas en el pueblo —miserables, sin amor, viejas sin corazón en su mayoría— que se habían escandalizado porque su hija había sido enterrada allí.

Pero el rector había sido muy amable y había llevado su caso ante su obispo. Al final, les permitieron enterrarla allí, junto a algunos de sus tíos y tías, un par de abuelos y cuatro primos. La familia Morrison había vivido en Islip durante generaciones. Bueno, al menos por parte de Keith.

Celia, una mujer delgada, morena y de grandes ojos castaños, suspiró profundamente y sintió que algo caliente caía sobre el dorso de su mano. Cuando bajó la vista, sorprendida, se dio cuenta de que era una pequeña gota de agua.

Tardó un momento en darse cuenta de que era su propia lágrima.

Con gesto cansado, levantó la mano y, con la manga de su vestido de verano, se secó la cara. ¿Para qué llorar?

Se levantó desganada y se alejó con lentitud, diciéndose a sí misma que tenía cosas que hacer y gente a la que ver.

Para empezar, tenía que ir a por el té de Keith.

Mientras la madre de Jennifer Morrison regresaba a su casa para empezar a preparar la cena, lord Jeremy Littlejohn, en sus habitaciones del St. Winnifred's College de Oxford, se emborrachaba de manera lenta pero con decisión.

Era algo que estaba acostumbrado a hacer y que se le daba muy bien. El arte de beber bien, como les decía a sus divertidos amigos, consistía en tomárselo con calma y disfrutar del proceso. También era el deber de un hombre, les decía con altivez, aprender a aguantar el alcohol y comportarse en todo momento como si estuviera sobrio. Y para conseguirlo había que practicar.

Ese discurso solía ser recibido con aplausos y vítores, y todos estaban de acuerdo en que tenía razón y que ellos también tenían que practicar. Sin embargo, hoy estaba bebiendo solo. Y no estaba de humor para bromas.

El joven lord se encontraba estirado en un gran sillón de cuero bastante maltratado. Como la mayoría de las habitaciones de su antiguo colegio, había sido amueblada y decorada con las donaciones de antiguos alumnos. Así que los muebles podían ser de cualquier época, desde el siglo XVII hasta escandinavos modernos. Era cuestión de suerte lo que te tocara —podías encontrarte algo espantoso, pero también había cosas dignas de admiración—, ya que en varios testamentos se habían dejado a la antigua *alma mater* toda clase de extraños legados.

Incluso conocía a alguien que había tenido que vivir con un paragüero de pata de elefante, dejado por algún desgraciado que había sido virrey de la India o algo así de horrible. Al parecer, apestaba cuando se mojaba. Lord Jeremy Littlejohn resopló mientras pensaba en ello, luego se llevó la botella de

Beaujolais a los labios. Ya se había bebido una e iba a por la segunda. Era un buen vino, aunque no de los mejores. No se emborrachaba con los mejores, naturalmente. Después de todo, no era tan bruto.

Sin embargo, en ese día en particular, no había placer alguno en su indulgencia, y sus ojos se dirigían amargamente hacia el trozo de papel que descansaba sobre su escritorio, junto con todos los demás restos de su vida estudiantil: principalmente montones de libros que no se había molestado en estudiar.

Era un papel pequeño, blanco y barato. Y que contenía amenazas también pequeñas y baratas.

Había empezado a recibirlas hacía casi dos meses. Amenazas de muerte. Amenazas de tortura. Amenazas de exposición pública. Todas escritas en un estilo deprimentemente escabroso y poco imaginativo.

Al principio, se las había enseñado a uno o dos amigos, ya que le había dado la oportunidad de ser gracioso. A Jeremy le gustaba ser gracioso. Uno de sus héroes era Noel Coward. Aunque, para sorpresa de uno o dos de los suyos, no compartía las inclinaciones sexuales de ese gran hombre, Jeremy admiraba enormemente su seco ingenio.

Utilizaba las cartas para lucirse, tanto con su magnífico rechazo de las mismas como burlándose de las frases banales del remitente. Por nada del mundo habría mostrado una gota de preocupación o verdadera aprensión, como haría cualquier mortal común.

Si tan solo pudiera averiguar qué envidioso bastardo las había escrito. Al principio, naturalmente, se había inclinado a pensar que podría haber sido uno de sus supuestos amigos; la mayoría de ellos no eran más que aduladores y envidiosos que aprovechaban la primera oportunidad para apuñalarse mutuamente. —¡Justo como a él le gustaba!—.

Así que empezó a preguntarse si se trataría de alguien ajeno al Club de los Marqueses. ¿Quizá un estudiante que se sintiera menospreciado por no haber sido invitado a formar parte del círculo íntimo? Pero también tuvo que descartar esa idea cuando comprobó que todas las cartas habían llegado por correo. Ninguna había sido entregada en mano. Y el hecho de no utilizar un arma psicológica tan buena como la de deslizar una de esas cosas desagradables por debajo de su puerta en persona solo podía significar una cosa.

Que era muy probable que el remitente no fuera un estudiante. No tenía acceso a la universidad. Lo que significaba que era un chico de la calle. De la calle, no con toga académica. Y esa revelación fue lo que más le asustó.

Porque el joven lord sabía que tenía poder donde se encontraba, en los salones sagrados de la academia, donde la riqueza, el nombre y el privilegio reinaban con supremacía; pero ahí fuera, en el mundo real, su control y su alcance eran mucho menos seguros.

La idea de que un tipo normal y corriente, sin rostro y sin nombre le observara y le juzgara empezaba a ponerle de los nervios.

No por primera vez, maldijo el nombre de Derek Chadworth. ¡Ese estúpido bastardo! ¿En qué los había metido? ¿Hasta dónde había llegado? A uno le gustaba divertirse, jugar y todo eso, reflexionó Jeremy, pero había una regla no escrita que decía que nunca se iba demasiado lejos. Así se entendía. Bueno, al menos entre caballeros.

El caso es que, pensó Littlejohn con desánimo, Derek nunca había sido uno de ellos, ¿verdad?

Lo que sí tenía claro era que tendría que registrar la antiguas habitaciones de Derek en St. Bede's antes de que el tesorero se las reasignara a otra persona. Porque si ese estúpido había escondido algo incriminatorio, podría seguir estando allí.

Sin dejar de beber —y manteniéndose, de manera increíble, todavía sobrio—, lord Littlejohn empezó a plantearse un hurto común y menor. Aunque eso fuera caer un poco bajo para alguien de su rango, por supuesto.

Pero aun así... podría resultar bastante divertido.

11

Aquella misma noche, Clement Ryder regresó a la casa victoriana de South Parks Road que había sido su hogar durante muchos años. Sus hijos, Julia y Vincent, hacía tiempo que habían abandonado el nido. Llevaba viudo diez años, y a veces le parecía un lugar demasiado tranquilo. Pero no era un hombre que temiera el silencio y, tras un día duro o agitado, a menudo agradecía la paz que le proporcionaba su hogar.

Al cruzar la puerta principal, se dio cuenta enseguida de que la mujer que se encargaba del buen mantenimiento de la vivienda aún seguía en casa, pues la oía corretear por la cocina y el agradable olor a comida recorría el vestíbulo cuando abrió la puerta de un empujón.

—¿Es usted, doctor? —preguntó la mujer, como hacía la mayoría de los días en que se cruzaban sus caminos. Nunca sabría quién más esperaba que entrara por la puerta.

—Sí, señora Lorne —contestó, caminando por el corto pasillo hasta la cocina.

Allí, con los brazos cubiertos por una ligera capa de harina hasta el codo, una mujer de mediana edad, de formas redondeadas, levantó la vista del bol en el que trabajaba y sonrió. Llevaba el pelo rubio recogido en un moño algo suelto y su habitual pichi floreado sobre un sencillo vestido azul marino.

—Le estoy haciendo una tarta de frambuesa y manzana. Lleva un poco de manteca fresca que compré en la carnicería esta mañana, así que la masa quedará muy crujiente, tal y como a usted le gusta.

Se inclinó para observar las migas de masa que se formaban en el cuenco y sonrió.

—Parece que eso va a estar muy rico —dijo el doctor mostrándose agradecido.

Al hacerlo, levantó la vista y captó una breve expresión de desagrado que pasó rápidamente por el rostro de la mujer. La disimuló al instante y ella pareció un poco avergonzada al cruzar sus miradas.

Preguntándose de qué demonios iba todo aquello, se apartó con lentitud, le dio las gracias y se dispuso a preparar una taza de café. Luego se apartó de su camino. Llevaban juntos el tiempo suficiente para saber que no debían meterse el uno en los asuntos del otro.

En el estudio, Clement tomaba un sorbo de café y leía los periódicos, pero su mente no estaba en las noticias locales. Sus pensamientos giraban en torno al caso Chadworth. Si es que había caso. ¿No estaría haciendo una montaña de un grano de arena debido a su aburrimiento y hastío? Al fin y al cabo, aparte de unas cuantas mentiras extrañas y vagas respuestas de un grupo de estudiantes, ¿que tenía en realidad?

Por otro lado, sin duda había algo en todo aquello que apestaba un poco.

Sus pensamientos se dirigieron a la agente en prácticas Trudy Loveday y una pequeña sonrisa se dibujó en su rostro. No había duda de que disfrutaba teniéndola cerca, no solo por ser joven y guapa, lo cual suponía un cambio refrescante en comparación con su vida cotidiana habitual y aburrida, sino también por su espíritu y su agilidad mental.

Cuando, a principios de año, se dirigió por primera vez al papanatas de Jennings para pedirle un enlace policial que le ayudara con un caso sin resolver, no albergaba muchas esperanzas de que el inspector prescindiera de uno de sus mejores y más brillantes agentes. Y, por supuesto, según la propia estimación del aburrido oficial de policía, ¡él tampoco! No, Jennings se había conformado con asignarle a la joven y solitaria agente, solo para sacarla de su comisaría.

Pero Clement no había tardado mucho en darse cuenta de

que se trataba de un diamante en bruto. Oh, sí, estaba verde como la hierba, y a veces seguía siendo asombrosa y desgarradoramente joven. Sin embargo, era una mujer decidida y tenía agallas, además de ambición y cerebro.

Se había desenvuelto bien en el caso de Marcus Deering a principios de año, que había resultado ser un asesinato. Era la primera vez que trabajaba con ella y estaba dispuesto a admitir que, sin su valiosa ayuda, habría sido mucho más difícil atrapar al culpable.

No obstante, no estaba tan seguro de este último asunto. Estaba dispuesto a aceptar que el chico se había ahogado por accidente. Aunque... Encogiéndose de hombros, el forense pasó a la página del crucigrama y cogió un bolígrafo. Al hacerlo, su mano comenzó a temblar de forma salvaje.

Con una maldición, intentó ignorar las sacudidas de su mano. Concentrándose en rellenar la primera de las pistas, se sintió gratificado y aliviado al ver que las letras eran claras y no presentaban líneas temblorosas.

Trudy había ido a casa a tomar el té, pero había vuelto a salir por la tarde, diciendo a sus padres que iba a reunirse con unos amigos en el club juvenil local. En realidad, había entrado —y salido— de varios bares en busca de más estudiantes cotillas. (¡Solo esto ya habría preocupado a su madre!).

Trudy tuvo que admitir, aunque solo fuera para sí misma, que le ponía los nervios de punta. Era muy extraño pensar que, de haber llevado uniforme, ahora estaría amonestando a los propietarios por hacer la vista gorda con las normas que rigen la concesión de licencias. En lugar de eso, les dedicó una sonrisa de agradecimiento por ignorar su evidente juventud, mientras se acercaba a la barra en busca de grupos de bebedores que parecieran sospechosos.

Al final tuvo suerte en el tercer local en el que probó, un local apartado de Walton Street. The Dog and Duck era pequeño, oscuro y estaba lleno de gente formal, en su mayoría estudiantes, leyendo sobre política, filosofía y economía. Mientras se llevaba con nerviosismo su vaso de zumo de naranja a un rincón bastante ruidoso, solo podía esperar no tener que participar en ninguna discusión seria. Porque su lamentable ignorancia sobre cualquiera de esos tres temas la señalaría rápidamente como un fraude.

Aunque a menudo había jugado con la idea de lo bonito que habría sido ir a la universidad, siempre había sabido que eso era imposible. Para empezar, las chicas de clase trabajadora como ella no podían permitirse el lujo de no empezar a trabajar justo después de la escuela. Sus padres no habrían podido mantenerla, ¡y menos en Oxford! Y, si de verdad era sincera consigo misma, sabía que, aunque le había ido bien en la escuela, el mundo académico no era su fuerte. Le gustaban las clases —bueno, quizá no las de matemáticas—, pero era el tipo de persona a la que le gustaba salir, hacer cosas y marcar una diferencia práctica y útil en la vida de la gente.

Estudiar libros todo el día en bibliotecas polvorientas la habría vuelto loca con toda probabilidad.

Por suerte, el grupo mixto de tres chicas y cuatro chicos que ocupaban la mesa alrededor de una ventana mugrienta que daba a la calle discutían sobre el futuro, o no, de la televisión.

Cogiendo un taburete y acercándolo al grupo, pudo escuchar y esperar su oportunidad. Uno de los chicos se fijó enseguida en ella y le dirigió una mirada especulativa que la hizo sonrojarse un poco.

—Te digo que lo de toda esa gente viendo la coronación fue un hecho aislado —dijo una chica con cara de caballo—. Mi padre dice que es una moda pasajera y que, de todos modos, él nunca tendrá un televisor en casa. Y lo que él dice, así se hace.

—Pobre —dijo con conmiseración otra chica, con menos cara de caballo—. Mi antigua niñera insistía en tener una y mi madre acabó complaciéndola. Así que ahora las dos adoran a esa mujer que acaba de empezar a trabajar para la BBC para tratar de convencernos de que estemos en contra de esa Barbara Mandell.

—Ah, ¿te refieres a Nan Winton, la de *Town and Around*? —preguntó uno de los chicos encogiéndose de hombros—. Yo no le veo el atractivo a escuchar a mujeres parloteando, ¡y mucho menos a que lo hagan en televisión!

Como era de esperar, ese comentario provocó un alboroto de réplicas, tanto a favor como en contra. Trudy tomó un sorbo de zumo de naranja y esperó con paciencia.

Se había puesto su vestido de verano más bonito, uno blanco y naranja, y se había dejado suelto el pelo largo, oscuro y rizado. Por supuesto, no se había atrevido a maquillarse, pues su madre lo habría notado enseguida, pero se dio cuenta, casi con alivio, de que ninguna de las otras chicas llevaba maquillaje.

Al final, como esperaba, el chico que llevaba un rato mirándola se armó de valor y le dijo algo, dejándola entrar en el grupo. Y del mismo modo que había hecho antes al hablar con el trío de chicas de la cafetería, sacó el tema de Derek Chadworth. No es que necesitara mucho esfuerzo, estaba claro que su prematura muerte seguía siendo un tema candente de discusión entre sus compañeros. Se especulaba mucho sobre él. Como la mayor parte de los comentarios se referían a lo mismo que en su conversación con Mary-Beth y las demás, se contentó con sentarse y escuchar, hasta que se dijo algo nuevo.

Lo cual no tardó mucho tiempo en ocurrir.

—Me pregunto qué estará haciendo ahora su novia —dijo con lástima una de las tres chicas. Era una joven con sobrepeso y pelo rubio muy largo—. Supongo que debe de estar destrozada.

—No sabía que tuviera novia —comentó Trudy con tono suave.

—Creo que sé a quién te refieres. —Cayó en la cuenta un muchacho, chasqueando los dedos sobre su pinta de Waddingtons—. Esa criatura con aspecto de duendecillo. Pero creo que se separaron. Era de la ciudad, ¿no?

Es decir, tradujo Trudy con facilidad, no era una de ellos ni tampoco estudiante.

—Sí, yo también sé a quién te refieres —dijo su amigo, otro joven con el pelo demasiado largo—. Y creo que tienes razón. Antes los veía por todas partes, pero desde hace un mes, más o menos, no hay rastro de ella.

—¿No dijeron que se había ido a Londres en busca de fama y fortuna? —soltó una segunda chica con desgana, y con tono bastante mordaz, pensó Trudy—. Supongo que creyó que con su carita garbosa conseguiría un billete a la fama. Quería entrar en el mundo del cine o convertirse en modelo de ropa para uno de esos catálogos o algo así. ¡Ja! Buena suerte. —Luego resopló de forma poco elegante.

—¿Cómo se llamaba? —preguntó Trudy, ansiosa por obtener alguna pista concreta.

Hubo un intercambio de miradas de desconcierto, pero fue el tercer muchacho, un joven de apariencia tranquila con el pelo bien cortado y modales impecables, quien dio la respuesta.

—Becky algo, creo —murmuró él en voz baja, y volvió a beber de su pinta de Guinness hasta dejar el vaso vacío.

—Así es. ¿Y no hay un tipo pelirrojo que anda preguntando por ella? —comentó uno de sus compañeros.

—Oh, sí, me acuerdo de él —dijo la chica tras otro bufido—. Es un poco raro, en mi opinión. Sí, preguntaba por ella. Y por Derek también, ahora que lo pienso.

Por un momento, todo quedó en silencio y Trudy sintió que el corazón le latía deprisa. ¿Habría dado por fin con algo?

—¿Qué tenía de raro? —preguntó ella con disimulo.

De nuevo hubo un intercambio de miradas y encogimiento de hombros.

—No lo sé —dijo uno de los chicos de pelo largo, tomando la iniciativa—. No paraba de preguntarnos dónde estaba Becky y qué sabíamos de Derek. Era un poco intenso, ¿sabes?

Trudy no lo sabía. Pero antes de que ella pudiera preguntar nada más, alguien dijo algo sobre un amigo que acababa de recibir una mala calificación, cuando esperaba conseguir al menos un simple aprobado, y la charla derivó hacia otras cosas.

Se quedó unos diez minutos más y luego se marchó. Una vez fuera del bar, sacó su cuaderno del bolso y anotó todo lo que había averiguado antes de que fuera a olvidársele.

Aunque ni siquiera era consciente de cuánto habían avanzado en la investigación tras esa conversación. Así pues, el chico ahogado llevaba un tiempo saliendo con una chica del pueblo llamada Becky, que se había marchado a Londres para intentar triunfar de alguna forma indeterminada.

Pero ¿y si Derek Chadworth la hubiera amado de verdad y se hubiera ahogado en un arrebato depresivo porque ella le hubiera abandonado?

Trudy lo dudaba. Y ese hombre pelirrojo, ¿qué papel jugaba en todo ese lío?

Con un suspiro, emprendió el camino de vuelta a casa, sabiendo que, si no regresaba antes de que oscureciera del todo, sus padres tendrían algo que decir al respecto.

12

A la mañana siguiente, aunque no precisamente temprano, lord Jeremy Littlejohn se dirigió a St. Bede's, el colegio elegido por Derek Chadworth. En pocas ocasiones se levantaba antes del mediodía, y no le gustaba nada gastar energía en cualquier clase de ejercicio físico, pero ese día hizo una excepción y se puso en camino a buen paso, ansioso por terminar su tarea de una vez. Tal vez porque estaba muy distraído, no reparó en el hombre alto y pelirrojo que le seguía de cerca y sin disimulo.

Reggie Porter había decidido que, en lugar de esforzarse por mantener su vigilancia en secreto, había llegado el momento de subir un poco la apuesta y hacer que aquel engreído aristócrata se diera cuenta de su presencia. Y si realmente tenía el valor de enfrentarse a él..., bueno..., eso también sería interesante.

Reggie estaba seguro de que podría vencer al joven de aspecto lánguido en una pelea directa. Pero también podría divertirse haciéndole la vida imposible de otras maneras. Después de todo, si Littlejohn le acusaba de seguirle los pasos, podía alegar que se había equivocado o que estaba mal de la cabeza. Un hombre tiene derecho a caminar por las calles de Oxford, ¿no? Sí, podía hacerse el inocente y hacer que el rubio dudara de sí mismo. O también podía admitir que le seguía y aumentar la presión de las cartas anónimas con algunas amenazas verbales.

La idea de llegar a enzarzarse en una pelea con aquel tipo hizo que a Reggie le picaran las manos de anticipación. Le habría encantado agarrar a lord Jeremy por el cuello y zarandearlo como un terrier a una rata, exigiéndole que le contara lo que le había hecho a Becky.

Pero tendría que andar con cuidado. Para empezar, habría de asegurarse de que nadie lo viera. Y de que atacaría a Littlejohn en algún lugar aislado donde ninguno de sus amigos o algún transeúnte pudiera acudir en su ayuda. Sí, cuando se decidiera a dar el paso, quería un poco de privacidad y la certeza de que no sería interrumpido hasta que obtuviera la información que quería de ese presuntuoso.

Lord Jeremy, por el contrario, era ajeno a la presencia del hombre. Su mente estaba en la tarea que tenía por delante. Entrar a los terrenos de la universidad no debería ser un problema, pues era conocido por prácticamente todos los bedeles de cada colegio. Pero acceder a la antigua habitación de Derek podría ser un poco más difícil. Quizá ayudara sobornar a algún un *scout*. No estaba seguro de quién era el encargado de limpiar las habitaciones de Derek, pero sabía que los *scouts* siempre estaban dispuestos a complacer por dinero extra.

También conocía a otro chico que estaba en St. Bede's, y todo el mundo sabía que, a veces, las puertas más antiguas de las residencias de estudiantes tenían cerraduras que se abrían con la misma llave. Los tesoreros eran muy tacaños, y ¿por qué instalar en cada puerta una cerradura y una llave distintas cuando se podía tener una cerradura y una llave para todas? Sí, valía la pena intentarlo, y primero probaría con esa opción. Siempre podía pedirle a Blinkers Blenkinsop que no dijera nada de que le había prestado su llave.

Cuando Jeremy llegó a la entrada de la universidad y se metió dentro, Reggie Porter sintió que le invadía una repentina e inesperada oleada de auténtica rabia. Después de haberse decidido a actuar, se vio obligado casi de inmediato a reconocer su derrota. No había forma de que pudiera pasar por encima del bedel. Sus propios rasgos físicos le hacían reconocible al instante y el guardián de la puerta se daría cuenta al instante de que no era un estudiante y que no pintaba nada allí.

Maldiciendo en voz baja, se retiró al otro lado de la calle y decidió esperar bajo la sombra a que saliera de nuevo. Tal vez fuera mejor que le hubieran dado la oportunidad de reconsiderar su estrategia, pensó con cierta melancolía. De momento, aún tenía tiempo para pensar bien las cosas. Tuvo que admitir que, si abordaba a su presa de frente, lo más probable era que lord Littlejohn utilizara su influencia para que lo arrojaran al foso de los leones. Tal vez incluso consiguiera que lo condenaran por asalto. Y no podía encontrar a Becky si estaba entre rejas.

Pero mientras Reggie observaba, esperaba y se enfurecía, se prometió que pronto, de alguna manera, acabaría sacándole la verdad al líder del Club de los Marqueses. Y al diablo con las consecuencias.

13

Trudy —a quien, a diferencia de cierto aristócrata, no le costaba madrugar— estaba en el despacho del forense a las nueve en punto, y no le sorprendió en absoluto encontrar al doctor ya trabajando en su escritorio.

Mientras se ponían al día mutuamente sobre sus diversos proyectos, Clement compartió con ella una tetera y algunas de sus galletas Huntley and Palmer favoritas.

—Así que creo que debería tratar de averiguar más sobre esa chica con la que el señor Chadworth fue visto saliendo por ahí, ¿no le parece? —concluyó Trudy—. Supongo que no se mencionaba nada de una novia en la investigación.

—No —confirmó Clement con aire pensativo—. Y sus padres nunca la mencionaron tampoco. Pero es posible que no lo supieran. A los jóvenes no siempre les gusta que sus padres estén al tanto de todo lo que hacen.

Trudy, recordando sus mentiras piadosas de la noche anterior, tuvo que darle la razón y solo esperó no estar ruborizándose.

—¿Y qué hacemos ahora? —preguntó la agente.

El forense cogió la última galleta del plato y suspiró.

—Creo que ya es hora de acorralar al león en su madriguera, o, en este caso, al Caballero Blanco, ¿no crees?

Trudy asintió. Volvía a llevar uniforme, ya que Jennings insistía en que solo se le permitiría ponerse ropa de paisano cuando se dedicara de forma activa a recabar información entre los estudiantes, y tuvo cuidado de no dejar caer ninguna miga sobre su falda.

Fuera hacía otro día caluroso y se alegró de que su gorra de policía la protegiera del sol abrasador, aunque el resto de su ropa oscura le diera un calor horrible.

Llegaron al colegio de lord Littlejohn apenas unos minutos después de que el susodicho regresara de sus actividades matutinas.

Cuando oyó que llamaban a su puerta, lord Jeremy estaba contemplando con cara melancólica una botella abierta de *whisky* escocés y gruñendo por la necesidad imperiosa de tener —por una vez— cierta moderación. Normalmente bebía lo que le daba la gana y cuando le daba la gana.

Pero como no había encontrado nada en la habitación de Derek que valiera un penique, era muy consciente de que necesitaba mantener la cabeza sobria y despejada si quería salvar su pellejo.

Por eso, cuando se dio cuenta de que tenía visita, no se alegró mucho. Esperaba encontrar al otro lado de la puerta a un amigo o a un grupo de juerguistas llamándole para ir a hacer algo divertido, pero le sorprendió ver a un distinguido hombre mayor y a una mujer con uniforme de policía.

Se preguntó si no sería alguna broma de sus amigos. ¡Ese uniforme de policía era fantástico! Pero no podía ser real.

La mujer que vestía aquel uniforme era muy agradable a la vista. Sin duda, Derek habría... Dejó de pensar en eso y se dijo que no era el momento de dar rienda suelta a sus fantasías. Era hora de mantener la cabeza fría y despejada. Al menos durante un tiempo, debía pasar desapercibido y portarse bien. Al menos hasta que el furor por la muerte de Derek se calmara y cayera en el olvido.

Sin embargo, no pudo resistirse a dejar que sus ojos recorrieran de arriba abajo sus magníficos rasgos, que incluían unos encantadores ojos castaños oscuros, una bonita cintura y unas curvas que ni siquiera aquella fea falda negra de su uniforme podía disimular. Y sí, ¡la descarada se estaba sonrojando! Y le gustó ver que el color de sus mejillas tenía más que ver con la ira y el resentimiento que otra cosa.

Por una vez, sintió ganas de aplaudir a sus amigos por presentarle algo un poco diferente, y casi alargó la mano para llevarla a su habitación y averiguar hasta qué punto su mirada feroz era una actuación, y hasta dónde era capaz de mantenerla.

Entonces, justo a tiempo, se dio cuenta de que ya había visto la cara de aquel hombre antes, y el instinto le impidió decir nada demasiado escandaloso. Pero si se trataba de una treta y uno de los miembros del Club de los Marqueses le había gastado una broma, tendría algo que decir al respecto. Una cosa era tomarle el pelo a otra persona y ponerlo en ridículo, pero no iba a tolerar de ningún modo que se lo hicieran a él.

—¿Lord Littlejohn? —dijo el hombre, y su voz despertó en él un recuerdo aún más profundo. De repente, se dio cuenta de quién era. Y se sintió un poco enfermo. Pensar que había estado a punto de cometer un error tan colosal...

—Doctor Ryder, creo —balbuceó, recuperándose al instante.

Estaba orgulloso de que su voz sonara tan tranquila. Nunca había tenido muy buena memoria, pero cerebro no le faltaba. Si sus estudios languidecían y sus tutores no dejaban de amonestarle, era solo porque no se esforzaba en el estudio. Después de todo, ¿qué sentido tenía?

—Sí, milord. —El forense se las arregló para que el uso cortés de su título sonara irónico y un poco irritante—. Ella es la agente Loveday. ¿Podemos pasar?

—Agente Loveday. ¿En serio? Qué apellido tan evocador. —No pudo resistirse a bromear lord Jeremy—. Un apellido encantador para una dama encantadora. Pero... Dios mío, no sabía que dejaran entrar a las mujeres en la policía. Creía que eso era un mito, perpetuado y difundido por los miembros más indeseables de Fleet Street.

Trudy se mordió una respuesta grosera y se obligó a entrar en la habitación y cerrar la puerta tras de sí con cuidado y en silencio.

La primera vez que vio a lord Jeremy Littlejohn se le pusieron los vellos de punta. Era demasiado guapo para ser verdad, parecía irreal. Llevaba unos pantalones blancos de verano tan impecables que casi deslumbraban los ojos. Su pelo era rubio como un rayo de sol, despeinado sin artificios, y con su barbilla puntiaguda y sus pómulos afilados le recordaba a un gato. Cruel, egoísta y despiadado, y sin embargo capaz de encandilar al mismo tiempo.

Pero fue la manera en que la miró, como si ella no significara nada, y luego la forma odiosa en que le habló con ese acento despectivo...

Se obligó a respirar hondo y solo entonces se dio cuenta de que sus manos se cerraban por instinto en forma de puño. Se alegró de que fuera el doctor Ryder quien hablara, porque en ese mismo instante sintió un fuerte deseo de darle una patada en la espinilla a aquel gandul insolente. O en algún sitio aún más doloroso.

—Tenemos algunas preguntas más sobre la muerte de Derek Chadworth, milord —dijo Clement con tono suave.

—¿Derek? Creía que ese asunto ya estaba zanjado —dijo con brusquedad lord Littlejohn. Y, por primera vez, en sus ojos brilló algo muy distinto a su descaro habitual.

—Sí, pero con un veredicto abierto, así que la investigación continúa —le corrigió Clement, dejando que una sonrisa lobuna se dibujara en su rostro. Con su metro setenta de estatura, Clement era unos centímetros más bajo que él, y disfrutaba mirándole por encima del hombro. Se daba cuenta de que a Littlejohn le molestaba tener que mirarle desde arriba.

El joven se arrojó de forma teatral en un gran sillón y dijo:

—Bueno, ¿por qué no se sienta? —le ofreció de manera un poco torpe y se inclinó hacia un estuche de cigarrillos de color dorado que había sobre una mesa y extrajo un puro con toda la parsimonia del mundo—. ¿Quiere uno? —le ofreció con indiferencia.

—No, gracias —dijo Clement, manteniendo con intención

deliberada una voz suave y una sonrisa lobuna—. Hay algo que me intriga y esperaba que usted pudiera ayudarme.
—Oh, vaya.
—El chico muerto.
—¿Qué pasa con él?
—Era miembro de su club, ¿no?
—¿A qué club se refiere?
—Al Club de los Marqueses.
—¡Por Dios, no! ¡Él era un donnadie, no podía ser miembro!
—Ah. Eso me preguntaba. Sin embargo, usted y él eran amigos.
—Soy amigo de mucha gente. Soy una persona muy amable. —Sonrió a través de las columnas de humo que exhalaba y entrecerró los ojos al mirar al hombre que seguía de pie.
—Estoy seguro de que sí, milord —concedió el forense continuando con su tono suave—. ¿Y por eso lo invitó a la fiesta del río? Porque es usted muy amable...
El joven se encogió de hombros, pero no dijo nada. En lugar de eso, dejó que sus ojos se deslizaran de forma deliberada hacia la bonita muchacha con el pelo oscuro oculto bajo su sombrero.
Sus ojos empezaron a brillar con lascivia. Y la cara de Trudy se quedó helada.
Lord Littlejohn sonrió con cierta maldad y dijo:
—¿Lleva usted esposas, agente Loveday?
—Sí, señor —respondió Trudy con fuerza y rapidez.
Le hubiera gustado mucho usarlas con él en ese momento, arrastrarlo a la comisaría y tener la enorme satisfacción de cerrarle la puerta de la celda en su cara sonriente.
Lord Jeremy, casi como si leyera su mente, sonrió de repente con más ganas. Desearía estar disfrutando la mitad de lo que estaba fingiendo.
Sí, era bastante delicioso —y una verdadera novedad— desafiar así a la policía, pero desconfiaba mucho del hombre mayor. El instinto le decía que el doctor Clement Ryder podía convertir-

se en un verdadero problema. Era inteligente y tenía influencia en esa ciudad. Sí, tendría que vigilarlo.

—Bueno, si eso es todo lo que quería saber... —dijo, empezando a ponerse en pie.

—Puedo asegurarle, lord Littlejohn, que no hemos hecho más que empezar —soltó Trudy con voz firme, en un esfuerzo por controlar su ira y tomar el mando de la entrevista.

—Qué lástima —dijo lord Jeremy, volviéndose para soplar un anillo de humo en dirección a la ventana—. Porque tengo una cita en... —Consultó su ostentoso reloj, un Patek Philippe que le había regalado su padre por su decimoctavo cumpleaños—. ¡Oh, demonios! Tengo que darme prisa. Me esperan en cinco minutos. Espero que puedan salir solos. Voy a comer con el diputado local, ¿saben? —mintió con descaro.

Y así, sin más, fueron despedidos.

O eso le hubiera gustado a lord Littlejohn. Pero pronto aprendería, como tantas otras personas de rango y poder habían aprendido antes que él, que no era tan fácil deshacerse del doctor Clement Ryder. Porque, en la puerta de su habitación, Clement se volvió de repente y le sonrió.

—Ha olvidado responder a mi pregunta, lord Littlejohn —dijo el forense con toda la tranquilidad del mundo.

—¿En serio? —respondió el joven. Sus ojos centelleaban de diversión o de ira reprimida; a Trudy le resultaba difícil distinguirlo.

—¿Invitó o no a Derek a su fiesta en el río? —preguntó Clement alto y claro.

Littlejohn suspiró con pesadez y agitó una mano en el aire.

—Oh, Dios mío, ¿tiene que ser usted tan pedante? No tengo ni idea de si lo hice o no —dijo con tal exasperación que rozaba lo teatral. Luego, al ver que Trudy abría la boca, decidida a exigir una respuesta adecuada, continuó, sin duda, con la intención de agravar la situación más—: Desde luego, no le entregué una tarjeta impresa, con su nombre escrito y pidiéndole que confirmara su asistencia, si es eso a lo que se refiere. No era un evento de esa clase, como puede imaginar.

—¿Y qué clase de acontecimiento era, señor? —preguntó Trudy, negándose de manera resuelta a utilizar el título que le correspondía.

Pero si el joven privilegiado se dio cuenta del desliz, no mostró ninguna señal de que le importara.

—Oh, ya sabe —respondió él con ligereza—. Nos reunimos un grupo y lo planeamos. Luego cada uno se fue e invitó a otra persona, y se fueron añadiendo y quitando nombres... Todo estaba pensado para que fuera espontáneo y la gente asistiera o no según le apeteciera. —Se encogió de hombros—. Nada formal. Me limité a poner un montón de champán y aperitivos para unos cien, para no quedarme corto, y no pensé más en ello.

Trudy no pudo evitar un grito ahogado ante la despreocupación de su generosidad, y al instante sus ojos se dirigieron hacia ella, entonces una mueca sardónica apareció en sus labios.

—De todos modos, los *scout*s siempre se quedan con todo lo que sobra en las excursiones como esa; son como aves de rapiña. Así que no se preocupe, agente Loveday, nada se desperdicia —se burló—. Puede guardarse su moralidad de clase trabajadora para usted, por favor.

Trudy sintió el insulto casi como un golpe físico y se dio la vuelta.

Clement se apresuró a cortar el breve y tenso silencio que se hizo en la habitación.

—Qué caritativo de su parte, milord —dijo el doctor con sequedad—. Alimentar a los criados hambrientos de la universidad.

Esta vez fue el estudiante quien palideció ligeramente, aunque soltó una leve carcajada.

—Un poco exagerado, estoy de acuerdo —añadió tratando de ser cortante—. Pero ahora debo prepararme para mi cita.

Trudy se alegró de atravesar la puerta al fin y bajar por la escalera de caracol de piedra.

¡Qué hombre más insufrible!

Un minuto después, de pie, a la sombra del claustro del colegio, Trudy se sentía hervir de resentimiento.

A su lado, y tras decidir sabiamente dejarla en paz durante un rato, Clement Ryder estaba sumido en profundos pensamientos. A menos que estuviera equivocado —una posibilidad tan absurda que resultaba casi imposible—, el Caballero Blanco parecía estar nervioso. Debajo de toda esa actuación e indiferencia, Clement estaba seguro de que el arrogante cachorrito se había burlado de él.

Pero ¿por qué?

Todas las personas con las que habían hablado hasta ese momento sobre aquella tarde en el río habían afirmado que lord Littlejohn se había metido en el agua junto con todos los demás, pero que se había dirigido inmediatamente hacia la orilla más cercana. Él mismo lo había declarado durante la investigación, admitiendo que, aunque sabía nadar, no tenía mucha experiencia.

También mencionó que varios de sus compañeros de fiesta lo habían acompañado en el trayecto desde la barcaza volcada hasta la orilla, arrastrándose en masa hasta la hierba.

Nadie había sugerido la posibilidad de que pudiera haber encontrado a Derek Chadworth en medio del caos de brazos y piernas agitadas, y mucho menos que hubiera logrado ahogar al chico sin ser visto o detectado.

¿Qué había hecho sudar tanto al Adonis rubito?

—Qué hombre más arrogante... —Trudy comenzó a desahogarse a su lado, pero Clement solo escuchaba distraídamente.

Por supuesto, él no pasó por alto la forma en que había intentado provocar a su colega. Sin embargo, estaba convencido de que fue en parte por costumbre y en parte por simple travesura. Parecía que el señorito tenía buen gusto por las chicas atractivas.

—Me gustaría enseñarle mis esposas... —dijo Trudy.

Clement dejó que sus pensamientos se desviaran hacia otras cosas. Hubiera jurado que Littlejohn se había asustado cuando le dijo que la investigación sobre la muerte de Chadworth no había terminado.

Entonces, ¿qué le preocupaba tanto que pudiera revelar una investigación en curso?

—¿Lo haremos?

De repente, Clement se dio cuenta de que Trudy le estaba hablando y percibió en su tono que se había percatado de su distracción.

—¿Que si haremos qué? —preguntó el doctor. Y la mirada fulminante de Trudy confirmó sus sospechas.

—Que si vamos a arrestar a lord Littlejohn...

—¿Bajo qué cargo? —preguntó él.

Trudy se mordió las ganas de decir algo que acabaría metiéndola en problemas.

—Era... Era... ¡odioso!

—Sí, lo era, ¿verdad? —asintió Clement y, antes de que ella pudiera decir algo más, levantó una mano—. Y fue a por ti. Lo que acabó impidiéndote pensar con claridad. Lo cual ¿no crees que podría ser exactamente lo que él buscaba?

Trudy abrió la boca y luego la cerró bruscamente. Poco a poco, comenzó a controlar su enfado, reconociendo que su compañero probablemente tenía razón. Clement observó el proceso de asimilación que se reflejaba de forma clara en el rostro de Trudy y asintió con aprobación.

—Bien. Ahora que vuelves a usar la cabeza, agente Loveday, dime..., ¿qué es lo que más te llamó la atención de su actitud? —preguntó él con curiosidad.

Cuando empezaron a pasear por los jardines del colegio, Clement alargó la mano para admirar un ramo de rosas que destacaba entre los demás en hermosura —rosas Peace, sus favoritas— y, para su horror, se dio cuenta de que su mano temblaba de forma más que visible.

Apartó la mano con rapidez, pero no lo suficiente para que Trudy no se diera cuenta. Al instante se sintió avergonzada de sí misma. Había estado pensando en que al doctor no le había importado la forma en que lord Littlejohn había actuado con ella. Que había dado por sentado que un hombre podía tratar así a una mujer y que ella no tenía más remedio que soportarlo. Pero le quedaba claro que él estaba tan enfadado como ella, hasta el punto de temblar literalmente de rabia.

Pero él, a diferencia de ella, se había controlado.

Bueno, si él podía, ella también. Y la próxima vez que se encontrara con lord Jeremy Littlejohn, ¡no le daría la satisfacción de que se metiera con ella!

—¿Y bien? —preguntó Clement, un poco impaciente, y Trudy volvió a centrar su mente al instante.

Trabajar con el doctor Ryder era una oportunidad maravillosa para ella, aunque era muy consciente de que tenía que mantenerse alerta. El forense no era de los que aguantaban tonterías. No tardó ni un segundo en ponerse a repasar la entrevista, filtrando su ira, y luego asintió.

—Se comportó muy mal —dijo ella con rotundidad—. Pero solo porque tenía... miedo. De nosotros —añadió con gran satisfacción.

—¿Y eso qué significa?

—Que está ocultando algo.

—Sí, creo que sí. ¿Quieres averiguar de qué se trata? —le preguntó él, con los ojos brillantes y las manos temblorosas y delatoras metidas con firmeza en los bolsillos del pantalón de franela.

—Oh, sí —dijo la agente Trudy Loveday, con ojos brillantes también—. Nada me gustaría más.

Y si, mientras caminaba de vuelta a la oficina del forense, dejaba volar su imaginación con el delicioso pensamiento de arrestar a cierto aristócrata por cualquier cosa... Bueno, ¿quién la iba a culpar?

Trudy y el doctor Ryder no eran los únicos que se dirigían al despacho de él aquel caluroso y soleado día.

Jimmy Roper —sin saberlo— acababa de bajarse del autobús que había conducido a la ciudad el padre de Trudy Loveday. Llevaba casi treinta años conduciendo autobuses y, mientras veía a sus pasajeros apearse, nunca se le pasó por la cabeza que uno de ellos se dirigiría a hablar con su hija.

Jimmy había decidido dejar atrás a Tyke en esa ocasión. Su perro podía ser un poco molesto en la ciudad, pues tendía a ponerse demasiado nervioso y a colarse entre los pies de la gente. Hubo de pararse a preguntar a varias personas el camino a Floyds Row, donde estaba el tanatorio, y sintió un incómodo escalofrío por tener que ir allí. Pero la oficina del forense se hallaba en el mismo recinto, así que no le quedó más remedio que ir allí. Llevaba puesta su mejor ropa de verano —su mujer había insistido en que la luciera— y se sentía algo incómodo con sus elegantes zapatos.

Solo esperaba que aquello no le llevara mucho tiempo.

Encontró el lugar correcto siguiendo la señalización, y una agradable mujer del despacho exterior le aseguró que el forense acababa de entrar. Tras preguntarle a qué se debía su visita, se dirigió a otra sala y regresó menos de un minuto después.

Jimmy, no sabía si aliviado o preocupado porque no le iban a hacer esperar, fue conducido a una agradable habitación llena de libros, en la que había flores secas dispuestas de forma artística en la chimenea apagada y una mariposa de carey revoloteaba alrededor de una ventana abierta.

Un hombre mayor, de aspecto distinguido, se levantó a medias de detrás de su escritorio y una chica joven y guapa con uniforme de policía, que estaba sentada en una de las sillas a un lado del escritorio, le dedicó una breve sonrisa.

—Hola —saludó primero a la chica—. No esperaba que el forense tuviese compañía.

—Ella es la agente Loveday —dijo Clement Ryder—. Está conmigo por el caso de Derek Chadworth. Mi secretaria me ha dicho que tiene información.

—Sí. Bueno, no estoy seguro de que sea nada importante... —Dudó con inquietud.

—Por favor, siéntese —dijo Trudy con una sonrisa.

Jimmy se dirigió a la otra silla vacía frente al escritorio y se sentó nervioso. Clement lo examinó con la mirada y sonrió con benevolencia.

—Supongo que vio mi anuncio en el periódico local.

—Sí, así es.

—¿Estaba en el río ese día?

—Sí, pero antes de que ocurriera el accidente —explicó Jimmy con rapidez—. Llevaba a mi perro Tyke a dar su paseo matutino habitual y me crucé con el grupo de estudiantes justo cuando estaban preparando el pícnic. Pasé junto a ellos. Más tarde, al doblar el río, vi otra barcaza llena de gente. —Hizo una pausa para tomar aliento y se encogió de hombros—. Supongo que sería una de las embarcaciones que sufrieron el accidente.

—¿No vio lo que pasó?

—Oh, no. Seguí caminando hacia unos árboles y me senté un rato a la sombra. Hacía mucho calor. Luego volví a casa. Pero di un pequeño rodeo alrededor de la fiesta. No quería importunar a los jóvenes... Bueno, cuando los demás se divierten, uno se siente un poco intruso, ¿no es cierto? —Jimmy hizo una pequeña pausa y luego continuó—: Como puede ver, en realidad no vi nada interesante. Pero pensé que debía venir y..., eh...

—Y me alegro mucho de que lo hiciera —dijo Clement de todo corazón—. Ojalá todo el mundo tuviera el mismo espíritu cívico que usted —añadió con cierta sequedad. Hasta ahora, su petición pública de ayuda no le había aportado mucha información nueva. Ahora que tenía a alguien nuevo a quien interrogar, no iba a dejarle marchar hasta dejarlo seco—. ¿Así que salió a dar el paseo a la hora de siempre? —preguntó en tono suave.

Jimmy Roper asintió y le ofreció una estimación aproximada de la hora a la que había adelantado a los estudiantes, que coincidía con sus declaraciones.

—Y antes de llegar a ese grupo de jóvenes, ¿no vio a nadie más en los alrededores? —insistió Clement, mientras Trudy escribía palabra por palabra, tomando notas rápidamente de la declaración del testigo—. ¿Quizá vio a otra persona paseando a su perro, por ejemplo?

—No —respondió Jimmy—. No vi a nadie más paseando a su perro. ¡Ah!, pero había dos pescadores.

Tanto el juez de instrucción como la mujer policía se interesaron de inmediato en ellos, y Jimmy les dio una descripción tan buena como pudo.

—Pero me di cuenta —añadió con escrupulosa imparcialidad— de que cuando pasé por esa parte del río de regreso a casa los dos ya se habían ido. Me atrevería a decir que el ruido que hacían esos jóvenes debió de asustar a todos los peces en kilómetros a la redonda.

—«Me atrevería a decir...». —Sonrió Clement—. Así que siguió caminando y se fijó en los estudiantes. ¿Podría describirlos?

—Bueno, no estoy seguro de poder hacerlo —se disculpó Jimmy—. Eran jóvenes. Vestidos a la moda de ahora —añadió con un gruñido—. Pero me di cuenta de que había más chicas que chicos. Las chicas estaban preparando la comida y los chicos estaban tumbados en la hierba... Ah, sí, había un joven de aspecto extraño, algo apartado. No estoy seguro de si formaba parte del grupo o no. Estaba a unos dos metros del grupo más cercano y miraba fijamente al río. Los demás se arremolinaban en grupos y hablaban entre ellos, pero ninguno parecía prestarle mucha atención. Tuve la sensación de que era alguien que había ido por su cuenta, ¿sabe? Que simplemente estaba allí, dando un paseo o de paso, pero que no formaba parte del grupo principal. Tampoco estaba comiendo ni bebiendo, ahora que lo pienso.

—¡Oh! —exclamó Clement—. ¿Puede describirlo?

—Sí, lo recuerdo perfectamente. Tenía un poco cara de tonto, era alto y delgado, pero lo que más recuerdo de él era su pelo rojo. Un tono de pelirrojo muy brillante. También tenía pecas... Y no recuerdo más. —Frunció el ceño, pensativo.

Con mucho cuidado, Clement fue sonsacando todo lo que pudo de aquella mañana, pero, aparte de los dos pescadores y el muchacho pelirrojo un tanto misterioso, Jimmy no tenía nada más que ofrecer.

No obstante, el forense le agradeció con efusividad que hubiera ido hasta allí y, cuando salió del despacho, sintiéndose bastante satisfecho de sí mismo, Jimmy Roper ya se había olvidado de lo nervioso que se había puesto por ir.

Cuando se hubo ido, Clement se estiró y bostezó.

—Bueno, puede que sea algo o nada. Tal vez quieras consultar con los clubes de pesca locales, a ver si encuentras a esos dos pescadores. Puede que hayan visto algo útil.

Trudy le dirigió una mirada de sufrimiento. Reconocía una apuesta arriesgada cuando la oía. Pero, aun así, su trabajo consistía en hacer las cosas aburridas y rutinarias, además de las más emocionantes.

—¿Y el chico pelirrojo? —preguntó ansiosa—. ¿Podría ser el mismo que ha estado haciendo preguntas sobre la novia de Derek Chadworth? ¿Había oído algo sobre él antes?

—No, es la primera vez que lo mencionan —dijo Clement pensativo—. La próxima vez que vayas en busca de información entre los estudiantes, a ver si averiguas quién es.

Trudy asintió bastante contenta. Un muchacho alto, delgado y pelirrojo quedaría grabado en la memoria de la mayoría de la gente, así que no sería difícil localizarlo.

Si es que era estudiante.

14

Keith Morrison atravesó la puerta trasera de su casa y caminó por el césped. Su gran jardín, situado en la periferia del pueblo de Islip, disfrutaba de una hermosa vista de la pradera fluvial, donde el río bordeaba el límite de su propiedad por el sur.

A pesar de que era otro día caluroso y soleado, Keith no se fijó en el canto de los pájaros ni en el revoloteo de las mariposas mientras se dirigía al nuevo estanque que acababa de crear y se quedaba mirándolo con aire distraído.

La mayor parte del cieno y la suciedad se habían asentado ahora que había transcurrido el primer mes, y las plantas oxigenadoras que había colocado habían empezado a limpiar bien el agua. Observó que los restos de la pequeña zanja que había cavado hasta la orilla del río, a menos de veinte metros de distancia, y que había utilizado para rellenar el agujero recién excavado con agua del río, habían desaparecido casi por completo, y que la hierba volvía a crecer sobre ella de manera hermosa. Cuando arraigaran los ásteres y las dalias que había plantado alrededor, nadie sabría que había estado allí.

Una lavandera boyera amarilla y gris se dirigió hacia el estanque, le vio y, con un movimiento de su larga cola, se alejó de nuevo dando un pequeño grito de alarma.

Pensó en lo bonito que había quedado y, con gran dolor, en cuánto le habría gustado verlo su hija Jenny. Ella tenía vena de artista, dibujaba flores y al gato del vecino, pájaros y todo tipo de cosas en sus cuadernos.

Pero Jenny nunca más volvería a ver ninguna de esas cosas.

Con tristeza, miró hacia el estanque oscuro. A sus cuarenta y ocho años, medía poco más de metro ochenta y era más bien ancho y fornido. Con mucho pelo grisáceo y ojos hundidos, seguía siendo lo que la mayoría de la gente habría considerado un hombre apuesto, pero en aquel momento su rostro tenía un aspecto amargo y tenso. Era propietario de un taller en Cowley, donde fabricaba el ciclomotor Morrison, un pequeño y fiable *scooter* que les había proporcionado a él y a su familia una modesta fortuna. Pero ¿de qué les iba a servir ahora?, pensó con amargura. ¿Qué sentido tenía trabajar duro para comprar una bonita casa en un pueblo agradable y tener un buen y próspero negocio si ya no tenía a nadie a quien dejárselo?

Cuando él y Celia se habían casado hacía casi veintidós años, ambos habían pensado que tendrían una familia numerosa. Pero al final la vida solo les había bendecido con un hija.

La habían llamado Jennifer.

Y era difícil imaginar una niña más brillante, más bonita y más cariñosa. Desde el momento en que nació, ambos sintieron adoración por ella.

Como era menudita, quiso ser jinete. Soñaba con ser la primera mujer en ganar el Derby, el Grand National y todas las carreras de caballos importantes. A los siete años estaba adorable vestida de jinete, con su cara pequeña y triangular, su abundante pelo castaño oscuro y sus grandes ojos azules. Y luego, sobre los catorce años, cambió a la doma clásica, para alivio de sus padres, ya que era un objetivo mucho más alcanzable. Pero entonces, en algún momento, alrededor de su decimosexto cumpleaños, dejó de ser la chica alegre y despreocupada que conocían para convertirse en una ambiciosa despiadada que se esforzaba por triunfar. El modesto colegio femenino al que había asistido no había sido suficiente para ella, y sus padres tuvieron que gastar una fortuna en clases particulares de equitación.

Su sueño era ganar en los Juegos Olímpicos y su vida pasó a centrarse en conseguir ese objetivo.

Sus antiguos amigos se quedaron en el camino y ella se volvió poco comunicativa y retraída. Ellos lo achacaban a su feroz deseo de triunfar en el mundo de la equitación, y durante un tiempo ninguno fue capaz de ver el peligro que entrañaba el cambio que se había apoderado de ella. Al fin y al cabo, los adolescentes eran muy temperamentales. Las chicas, sobre todo, podían ser difíciles. Incluso Celia, su propia madre, pensaba que solo estaba luchando con ese difícil periodo en el que las niñas se convierten en mujeres.

Pero se había vuelto cada vez más callada y retraída. Un poco ausente. Incluso reservada, lo que no era propio de ella. Estabas hablando con ella y de repente te dabas cuenta de que no había oído ni una palabra. A veces, Keith también la había sorprendido mirándolo con una mezcla de perplejidad, lástima y algo parecido al desprecio en sus ojos.

Su cambio radical había sido un *shock*. De niña de papá se había convertido en alguien a quien apenas conocía. Celia le había aconsejado paciencia. Pero entonces, unas semanas después de la Navidad del año anterior, la habían perdido.

Más tarde, su familia y el amable inspector de policía al que le habían asignado el caso de Jenny habían reconstruido todo. Cómo había ido a casa de una amiga a tomar el té y, más tarde, con la excusa de que necesitaba usar el baño de arriba, había saqueado el dormitorio principal, donde sabía que la madre de su amiga guardaba una dosis de somníferos en la mesilla de noche.

Luego estaba la botella de *whisky* que había robado para tomársela con las pastillas, que se guardaba en casa de los Morrison y que solo se había abierto aquella Navidad.

Había sido Celia quien la había encontrado. Dormida, o eso creía ella, en su dormitorio. Sin dejar una nota ni ninguna explicación. Era aún más desconcertante dado que sus tutores de equitación y doma estaban satisfechos con sus mejoras en el ámbito deportivo.

Keith siguió mirando el agua oscura, observando los reflejos de las nubes y fijándose en el extraño y repetitivo movimiento giratorio de un escarabajo remolino, como si pudiera encontrar una respuesta en algún lugar de la naturaleza. Pero allí, en ese lugar, no había respuestas para él. Alguna especie de solución quizá, pero ningún alivio real para las preguntas que lo atormentaban.

—¿Por qué, Jen-Jen? —murmuró al fin, con voz ronca y sin venir a cuento en aquel bonito jardín—. ¿Por qué lo hiciste? No era necesario, cariño. Habría seguido pagando a ese bastardo.

A unos kilómetros de distancia, en Oxford, Reggie miró con desprecio a la chica que no dejaba de retorcerse incómoda en su asiento y contuvo un suspiro de impaciencia.

Había visto a Minnie *Mouse* Hartley, la mejor amiga de Becky desde la escuela primaria, entrando en la cafetería cuando volvía al trabajo y no pudo resistirse a seguirla.

Dentro, se alegró de ver que estaba sola y, haciendo caso omiso de cómo se le había quedado la cara al verle, se sentó con ella a la mesa. Ni siquiera el ofrecimiento de invitarla a té y pasteles consiguió arrancarle una sonrisa. Era una chica regordeta, con más pelo rizado y castaño del que ella era capaz de dominar, y que en una situación normal habría estado encantada de degustar el despliegue de pasteles que la camarera acababa de dejar sobre la mesa.

Sin embargo, ahora miraba al hermano mayor de su amiga con ojos muy abiertos y preocupados.

—Sinceramente, señor Porter, como le dije a su padre, no sé dónde está Becky —se quejó.

Era la misma historia que contaba a todos desde que la familia Porter había encontrado la carta de Becky, olvidada en su dormitorio, en la que decía que se iba de casa y que no se preocuparan por ella.

Reggie se contuvo las ganas de coger a aquella atontada por los hombros y sacudirla hasta que se le salieran los dientes, y en su lugar se obligó a esbozar una breve sonrisa.

—Vamos, Mouse. Becky y tú siempre fuisteis uña y carne. Y sé cómo sois las chicas. No podríais guardar un secreto aunque vuestra vida dependiera de ello.

Minnie, con cara apesadumbrada, se sirvió una rebanada de Battenberg, pero la dejó sin tocar en el plato. En ese momento no podía comer nada. Por supuesto, Becky siempre había dicho que su hermano mayor era un auténtico aguafiestas, que siempre la vigilaba como un halcón y que era peor que su madre y su padre juntos. Y en realidad Minnie ya había visto por sí misma cuán protector podía ser. Siempre se quedaba en el club juvenil para acompañarla a casa y siempre le hacía preguntas sobre sus novios. Era espeluznante, pensó ella.

¡No era de extrañar que Becky le odiara! Ahora deseaba que se fuera y la dejara en paz. Pero era consciente de que él no tenía intención de hacerlo.

—En serio, nunca me lo dijo —mintió la terca de Minnie.

A sus casi veinte años, había trabajado en la frutería al final de su calle desde que había dejado la escuela a los catorce. Era una mujer adulta, acostumbrada a ganarse el sustento. Le parecía una tontería dejar que Reggie Porter la intimidara.

Sabía que Becky nunca se había dejado someter por él, a pesar de todos los intentos de su hermano por imponerse. No era de extrañar que se marchara de casa y huyera a Londres, donde podía divertirse. El tipo de diversión que le gustaba a Becky. Pero no podía decirle nada de eso al hombre de rostro adusto que tenía en ese momento sentado frente a ella.

—Mire, señor Porter —insistió ella—. Becky siempre dijo que quería hacer algo en su vida. Que no quería quedarse en Oxford para siempre. Siempre hablaba de Londres, de las luces brillantes y todo eso, y de que quería ser modelo o entrar en el mundo del cine. —Eso era cierto. Pero no se atrevía a decir nada sobre lo que Becky había hecho para financiar su sueño. Todavía le daba asco pensar en ello, pero entonces... Bueno, Becky no era como ella. Nunca lo había sido.

Reggie sintió ganas de gritar de frustración.

—¿Cuántas chicas crees que van a Londres todos los días con los mismos sueños tontos en la cabeza? Que crean que pueden entrar en una agencia de modelos y que las contraten así como así. Que saldrán en las revistas y que algún famoso director de cine las «descubrirá» y se las llevará del brazo a los estudios de Pinewood. ¡De esas hay cientos! Probablemente miles —gruñó con desprecio—. ¿Y cuántas crees que lo consiguen? Por cada Vivian Leigh o Margaret Lockwood, ¿cuántas crees que nunca llegan a...? ¡Oh, esto no tiene sentido! Si sabes adónde ha ido, dímelo ahora o te juro que...

Minnie, alarmada por el enfado creciente que veía en su rostro, tragó saliva.

—Con toda sinceridad, le digo que no lo sé, señor Porter —respondió con cara de lamento. Y en cierto modo era verdad que no lo sabía.

Antes de salir de la ciudad, Becky había estado muy orgullosa de sí misma y de sus planes de futuro. Y si, efectivamente, entre sus planes estaba hacer la ronda de las agencias de modelos, no había sido tan tonta ni tan cabeza hueca como parecía creer su hermano mayor, pensó Becky con resentimiento.

Para empezar, tenía un plan sobre dónde podría vivir. Ambas conocían a otra alumna del instituto que se había ido a vivir a la capital, y Becky había conseguido averiguar su dirección. Así que tendría un lugar donde quedarse.

Es más, Becky sabía que, para que una agencia te contratara, tenías que tener un portafolio fotográfico decente, hecho por un fotógrafo profesional, que incluyera fotos glamurosas y todo eso. Y ella se había hecho uno —un poco de aquella manera— antes de irse.

De todos modos, pensó Minnie con un movimiento de cabeza mental, no le sorprendería que Becky hiciera exactamente lo que decía que iba a hacer. ¡Así era ella! Tenía valentía y determinación. Y aunque parecía inocente y delicada, en el fondo era fuerte como una roca.

Sin embargo, no era tan tonta como para decirle eso a su hermano mayor, quien seguía considerándola un verdadero angelito. Cómo se había reído Becky de él a sus espaldas... «Sinceramente, Mouse, ¡Reggie sigue pensando que soy una niñita de seis años!», le había dicho su amiga una vez.

—¡Tuvo que contarte algo! —rugió Reggie, haciéndola saltar y haciendo que los clientes de la mesa de al lado los miraran y fruncieran el ceño.

—No, no lo hizo —mintió Minnie con valentía—. Solo me dijo que iba a hacer autostop para ahorrarse el dinero del tren. —Lo cual, de nuevo, era bastante cierto.

De hecho, Becky estaba segura de que conseguiría que la llevara algún camionero. Según ella, siempre estaban dispuestos a llevar a una chica guapa en la cabina.

Ante la noticia de esa última locura, Reggie Porter se puso blanco de furia y preocupación.

Si eso era cierto, lo más probable era que ella ni siquiera hubiese llegado a Londres. Hoy en día se oían cosas tan malas sobre chicas jóvenes desaparecidas...

—¿Y qué hay de ese tipo con el que andaba? —Reggie se negó a pensar en que hubiese tomado ese camino. En lugar de eso, entrecerró los ojos cuando la chica regordeta que tenía delante empezó a retorcerse aún más en la silla—. Me refiero a ese estudiante y sus amigos —insistió con cara de preocupación.

Minnie, nerviosa, tragó saliva y se preparó para seguir mintiendo.

De vuelta a la comisaría, Trudy se puso delante de la mesa del inspector Jennings y le entregó su último informe sobre la investigación del forense. Describió lo que habían averiguado hasta el momento, nada de lo cual parecía impresionar o interesar demasiado a su superior.

—Así que no se ha molestado en hablar con ninguno de

los padres de los alumnos. —Era todo lo que Jennings quería saber. Se sintió aliviado cuando Trudy negó con la cabeza.

—No, señor. Aunque el doctor Ryder quiere que vayamos al norte mañana para hablar con los padres del señor Chadworth. Quiere saber más sobre su hijo, ahora que se les ha pasado el *shock* y han vuelto a su territorio.

—Sí, sí, de acuerdo —dijo el inspector Jennings con ligereza.

En lo que a él concernía, el molesto forense podía acosar a los padres del chico muerto tanto como quisiera. Siempre y cuando se abstuviera de hacer preguntas a los poderosos y ricos padres de los otros estudiantes implicados, especialmente al duque, el padre de lord Jeremy Littlejohn.

Su jefe de policía ya le había dicho que el duque esperaba que todo aquel desafortunado incidente fuera ocultado de la forma más discreta posible. Y el jefe de policía había prometido al duque cumplir sus deseos. Y... ¡cuidado con los inspectores que no captaran el mensaje!

—¿Y solo ha hablado una vez con lord Littlejohn? —volvió a preguntar bruscamente.

—Sí, señor —contestó Trudy con toda la paciencia del mundo. Era la tercera vez que su inspector se lo preguntaba—. No me gustó nada, señor —soltó sin pensárselo dos veces—. Fue grosero, condescendiente y...

—Cuando quiera su opinión, agente Loveday, se la pediré —dijo Jennings, cortándola de forma seca.

Trudy palideció al instante y asintió con la cabeza.

—Sí, señor —dijo con la mayor elegancia que pudo.

—De acuerdo. Siga el rastro hasta... donde sea que Ryder quiera llevarla mañana. Deje que pregunte todo lo que quiera acerca del chico muerto. Pero manténgame informado.

—Sí, señor —dijo Trudy, contenta de poder irse.

De vuelta a la oficina exterior, empezó a telefonear a los clubes de pesca, intentando encontrar alguna pista sobre los testigos de los pescadores desaparecidos; sin embargo, la mayoría de las personas con las que pudo hablar no fueron de mucha ayuda. Desde luego, ninguno de los clubes locales había organizado una competición de pesca ese día.

Me parece que esos pescadores estaban pasando el rato. Espero que al menos tuvieran las licencias adecuadas o el alguacil del río les habría puesto una multa, pensó Trudy, y con un suspiro se marchó y dejó la tarea de encontrar a los pescadores al final de su lista. Aunque lograra localizarlos, probablemente no tendrían nada interesante que decir.

—Ese ha sido un suspiro de tristeza, me temo —dijo el agente Rodney Broadstairs, acercándose a ella y posando con descaro una nalga en el borde de su escritorio—. Entonces, ¿estás con algún caso interesante? —Rio, sabiendo cuál sería su respuesta—. El sargento y yo estamos con los robos de esos almacenes en Botley —presumió.

—Bien por ti —dijo Trudy apretando los dientes.

—Entonces, ¿por quién estabas suspirando? —preguntó Rodney.

Era un hombre alto y rubio, de ojos azules, también era, literalmente y en sentido figurado, el niño bonito de la comisaría. Jennings le daba siempre los mejores trabajos, e incluso su sargento, Mike O'Grady, parecía apreciarlo.

—Por los clubes locales de pesca —dijo Trudy de mala gana—. Estoy tratando de rastrear a dos testigos potenciales de una muerte.

Por un momento, Rodney, que había estado mirando lascivamente su busto, pareció desanimado. Luego, su hermosa cara volvió a la normalidad.

—Oh, te refieres a lo del estudiante ahogado. Sí, oímos que habías vuelto a trabajar con nuestro querido quebrantahuesos. Menudo majareta.

—¡No está majareta! —dijo Trudy enfadada—. Y tiene más cerebro en el dedo meñique que tú en toda la cabeza.

—¡Agente Loveday! —Se sintió aliviada al oír que la voz no era la del inspector Jennings, sino la de su sargento. Aun así, el ladrido de advertencia la hizo estremecerse.

Sabía que Mike O'Grady la apreciaba lo suficiente, pero él, como casi todo el mundo en la comisaría, no creía realmente que las mujeres tuvieran un lugar en el cuerpo de policía. El hombre se acercó y Trudy pudo observar cómo Rodney fue apartándose poco a poco y con disimulo de su escritorio hasta quedarse erguido en su totalidad.

—Le recuerdo que usted todavía es una agente de policía en prácticas, Loveday. Como tal, mostrará el debido respeto a los compañeros que hayan completado con éxito su propio periodo de prueba. ¿Está claro?

—Sí, sargento —respondió ella tras morderse el labio.

—Y en cuanto a usted, Broadstairs, deja de holgazanear y póngase a trabajar. ¿O es que no le he dado suficiente trabajo?

Trudy reprimió una sonrisa cuando el chico de ojos azules se marchó. El sargento suspiró mirando al techo y luego continuó su camino.

Trudy agachó la cabeza y esperó con paciencia a que llegara la hora de fichar. La idea de pasar todo el día siguiente fuera de la comisaría le resultaba una inmensa alegría en ese momento.

15

—Así que esta es la autopista —dijo Trudy a la mañana siguiente—. Nunca había estado en ella.

La autovía se había inaugurado el año anterior, en 1959, y era una obra maestra de la ingeniería, o eso había sostenido siempre su padre. Cuando le dijo que ella y el forense la utilizarían, él se puso casi celoso y le confesó que le gustaría ir en su viejo autobús por la nueva carretera, solo para disfrutar de la sensación de ir por un lugar abierto con tráfico más rápido y fluido.

Ahora que se encontraba observando la vasta extensión de espacio casi libre de tráfico, echó un vistazo al velocímetro del coche del forense y vio con emoción que ¡casi rozaban los sesenta por hora!

—¿Te gusta? —dijo Clement, con una sonrisa de agradecimiento por su entusiasmo.

Llevaba su uniforme, por supuesto, pero no la gorra, y, con las ventanillas bajadas debido a otro día caluroso, su largo y rizado pelo castaño se le agitaba hacia atrás. Además, ante la insistencia de él, había dejado la chaqueta negra sobre el asiento trasero y se había arremangado la blusa blanca hasta los codos.

—¡Es fantástico!

—A este ritmo, no tardaremos mucho en llegar a nuestro destino —informó Clement, sin dejar de mirar la larga carretera vacía que tenía delante—. Este es el futuro del automovilismo, ¡y no me equivoco!

***

Los Chadworth vivían en una casa de estilo Tudor en una de las nuevas urbanizaciones que habían surgido en las afueras de las ciudades a lo largo y ancho de Gran Bretaña justo después de la guerra.

Tanto Anne como Paul Chadworth esperaban su llegada, ya que el padre del chico se había tomado unos días libres en el pequeño bufete de abogados del que era socio.

—Por favor, pasen. —La madre de Derek llevaba un sencillo y encantador vestido de verano azul marino con ribetes blancos, pero su rostro parecía agotado bajo la capa de maquillaje aplicada a conciencia.

El padre del joven fallecido vestía un ligero pantalón de verano, camisa y corbata. Tenía una expresión tensa que no varió ni una sola vez durante toda la entrevista.

El forense, tras quitarse el sombrero en el vestíbulo, y Trudy, ahora vestida de nuevo de forma adecuada con su uniforme al completo, siguieron a la pareja hasta una pequeña habitación delantera que, por su aspecto impoluto, parecía que utilizaban muy poco.

La pareja se sentó en un pequeño sofá, y Trudy y Clement ocuparon los dos butacones a juego que les ofrecieron. La estancia olía a cera para muebles y Trudy podía imaginarse a la señora Chadworth, o más bien a su sirvienta, dando vueltas por la habitación para asegurarse de que todo estuviera impecable.

—Gracias, no le robaremos mucho tiempo —empezó Clement, dirigiéndose a Paul Chadworth, que asintió brevemente—. Como sabe, un veredicto abierto significa que la investigación no pudo llegar a ninguna conclusión definitiva sobre el caso de su hijo. Como resultado, todavía se está investigando. He venido con mi oficial de enlace de la policía —dijo señalando con la cabeza a Trudy, justo cuando ella estaba sacando su cuaderno— porque nos gustaría saber algo más sobre su hijo.

Anne Chadworth, que sujetaba un pañuelo blanco con una mano, suspiró suavemente, pero no dijo nada.

—No queremos causarles ninguna molestia indebida —continuó Clement—, y espero que ninguna de nuestras preguntas les resulte demasiado intrusiva.

—Pregunte lo que quiera —dijo de pronto Paul Chadworth, con voz tan sombría como su rostro.

Clement lo miró pensativo. ¿También el padre del chico creía que había algo raro en la muerte de su hijo?

—Hemos estado haciendo algunas averiguaciones —comenzó el forense con cautela— y parece que su hijo fue visto en compañía de una chica de la zona, bastante a menudo, en los meses anteriores a su..., a su muerte. ¿Ustedes saben quién era? ¿Les mencionó su nombre en algún momento?

Trudy vio que marido y mujer intercambiaban miradas rápidas y desconcertadas entre ellos. Pero fue la madre del chico quien habló:

—No. Nunca mencionó a nadie en concreto. Sabíamos que tenía amigas. —Esbozó una pequeña sonrisa—. Derek era un chico guapo y tenía un don. Mi madre, su abuela, siempre decía que podía atraer hasta los pájaros de los árboles. Pero cuando se fue a Oxford, nos dijo que iba a dedicar todo su tiempo a estudiar. El tonteo con las chicas y todo eso podían esperar. Al menos es lo que nos dijo. —Su voz se entrecortó como si se hubiera quedado sin aliento.

Su marido tomó el relevo de forma brusca.

—Sé lo que están pensando —dijo Paul Chadworth, con la barbilla empezando a erguirse—. Que todo eso son las típicas tonterías que se dicen para que estemos contentos. Sé cómo son los jóvenes cuando salen de casa por primera vez. Pueden ser un poco salvajes. Así que supongo que nuestro hijo no era ningún ángel, y bien podría haber estado correteando por ahí con una chica. Pero déjeme decirle algo, doctor Ryder —se inclinó un poco hacia delante en su silla, más que nada para enfatizar lo que estaba a punto de decir—, mi hijo tenía grandes ambiciones. Hicimos todo lo que pudimos por él: le dimos un buen hogar y le pagamos la matrícula en un buen colegio. Pero desde que terminó la escuela primaria dejó claro que quería algo más en la vida. —Agitó una mano alrededor de la habitación, observando la respetable *cul-de-sac* llena de casas que se veía al otro lado de la ventana—. Quería quedarse en el sur, para empezar, y encontrar trabajo en Oxford, Londres o Surrey, en algún sitio así. Decía que cualquier lugar al norte del Támesis era demasiado provinciano.

Su mujer soltó un pequeño resoplido de angustia, pero el padre del muchacho sonaba más orgulloso que censurador ante esta afirmación tan radical.

—Quería ir a sitios y hacer algo por sí mismo. Decía que nuestra generación no entendía los tiempos modernos, que la guerra era cosa del pasado y que se avecinaba un nuevo orden. Un mundo en el que un hombre podía llegar tan alto como quisiera, si estaba dispuesto a trabajar por ello. Y Derek pretendía hacer precisamente eso.

—Y usted apoyaba esa ambición —formuló Clement, más como una afirmación que como una pregunta.

—Yo no iba a ser quien lo retuviera —dijo Paul Chadworth con tristeza—. ¿Por qué iba a hacerlo? Le deseé buena suerte y, cuando me contó que se había hecho amigo del hijo de un duque, no pude estar más contento. Como siempre he dicho, en este mundo lo que cuenta no es lo que sabes, sino a quién conoces.

Trudy guardó silencio y tomó notas.

—Ah, sí..., lord Littlejohn. —El forense aprovechó la ocasión para tirar por ese lado—. ¿Y qué les dijo su hijo sobre él exactamente?

De nuevo, los padres del chico intercambiaron una mirada y fue la madre quien respondió:

—No nos hablaba mucho de la universidad ni de Oxford cuando venía a casa de vacaciones, doctor Ryder. Sabía que no sabíamos nada de ese mundo. En vez de eso, nos mostraba sus fotografías y hablaba de sus planes para el futuro.

—Ah, sí. He oído que era un gran aficionado a la fotografía —comentó Trudy, hablando por primera vez y dedicando a la otra mujer una sonrisa alentadora—. ¿Tiene algo de su trabajo aquí?

—Ah, sí, guardé un álbum —comentó la orgullosa madre.

Sin necesidad de que la animaran, se levantó, se dirigió a un gran armario de madera oscura que había en una esquina y, acercándose a una de las puertas inferiores, la abrió y sacó un gran libro rojo forrado de terciopelo.

—Cuando era más joven, solía presentar sus fotografías en concursos locales. Incluso ganó algunos premios; le dieron equipos fotográficos. Una vez le publicaron una foto en una revista local.

—Oh, entonces era muy bueno —observó Trudy, mientras la mujer regresaba al sofá y dejaba el álbum sobre la mesita de madera que había entre ellos.

—Sí. Pero me dijo que no tenía ningún futuro. —De nuevo se le cortó la voz, como si estuviera demasiado agotada para continuar hablando.

Trudy se inclinó hacia delante y pasó algunas páginas, dándose cuenta de que el forense también las estaba mirando.

La mayoría eran fotos en blanco y negro de Oxford y la campiña del norte. Algunas eran instantáneas de la vida salvaje. Otras eran retratos de personas desconocidas, o tal vez fueran familiares.

—Son buenas —dijo Trudy, y lo dijo en serio. No es que fuera una experta, pero se daba cuenta de que las fotografías tenían cierto sentido artístico.

Tras relajar un poco el ambiente, Trudy miró a Clement indicándole con los ojos que ya podía volver a tomar las riendas.

Él le dirigió una mirada apreciativa y entonces volvió a hablar, pero sin ser del todo sincero:

—Parecía ser un buen muchacho, pero ¿notaron algún cambio en él en las últimas semanas? ¿Cuándo fue la última vez que lo vieron?

—Por Pascua —dijo Anne Chadworth de inmediato—. Vino a casa dos semanas.

—¿Y se comportó como solía hacerlo?

—Oh, sí. Estaba alegre y feliz como siempre. Nos llevó a comer al hotel Carrisforth el sábado anterior al Domingo de Pascua. El Carrisforth es un hotel de cinco estrellas. El menú era francés. —No quedaba duda de la alta estima que la señora Chadworth tenía por ese establecimiento.

Paul Chadworth resopló.

—Tienen un chef francés de categoría. Todos nuestros amigos estaban entusiasmados con ese sitio y Derek dijo que deberíamos ir, que él pagaría.

Una vez más, el forense se quedó pensativo mirando al padre del chico. Lo primero que se preguntó al oírlo fue cómo un estudiante podía permitirse los precios de ese tipo de hoteles. ¿Su padre se había preguntado lo mismo? ¿Intentaba decirles algo?

—Ya veo. Entonces, ¿no les pareció preocupado por nada? —preguntó Clement con suavidad.

—No. Estaba como siempre —dijo Ana con tristeza.

—¿Mencionó algo sobre el pícnic y las barcazas?

—No. Pero siempre andaba por allí —dijo Paul Chadworth—. Derek decía que cultivar una vida social adecuada era casi tan importante como obtener un buen título.

Trudy dejó salir un ligero suspiro y siguió tomando notas.

—¿Hay algo que puedan decirnos, cualquier cosa, que ahora les parezca extraño? ¿Algo que se le haya escapado? —preguntó Clement, mirando al padre con atención.

Si Paul Chadworth había estado tratando de decirles algo, no iba a decirlo ahora de forma directa. Tal vez no podía hacerlo. Después de otros diez minutos más o menos de preguntas infructuosas, los Chadworth los acompañaron amablemente hasta la puerta y se quedaron en el umbral, observándolos hasta que subieron al coche y se marcharon.

—Bien. ¿Hemos averiguado algo nuevo? —preguntó Trudy, una vez que habían dejado atrás la *cul-de-sac*.

—No estoy seguro. Pero creo que sí —contestó Clement con cautela.

Trudy lo miraba mientras conducía, preguntándose con un suspiro si alguna vez sería capaz de aprender a conducir ella misma. Sabía que Rodney Broadstairs se había apuntado en la comisaría a unos cursos de conducción y estaba segura de que lo aceptarían. Pero ya sabía de antemano que sería inútil si ella se apuntaba, pues casi podía oír la voz desdeñosa del inspector Jennings diciéndole que debería estar contenta de que le hubiesen dado una bicicleta.

—¿Por qué suspiras tanto? —preguntó Clement, divertido, y Trudy esbozó una pequeña sonrisa.

—Estaba pensando en lo bonito que sería poder conducir un coche yo misma.

Los ojos castaños de Clement se arrugaron de perplejidad.

—¿Y qué es lo que te impide hacerlo?

Trudy se echó a reír.

—La policía no paga para que las mujeres aprendan a conducir. No puedo permitirme clases particulares, y no creo que mi padre fuera bueno enseñándome, ¡está acostumbrado a conducir autobuses! Además, no tenemos coche para practicar. Él va y vuelve con un amigo al trabajo. —Suspiró de nuevo—. La mayoría de los hombres piensan que las mujeres al volante son una amenaza.

Clement la miró al instante y dijo con cara divertida:

—¿Y acaso no crees que lo sean?

Trudy sonrió.

—No, la verdad es que no. Cuando trabajé en Tráfico, vi muchas cosas malas al volante, y casi todos los accidentes los causaban hombres, sobre todo después de salir de los *pubs* por la noche. Creo que las mujeres son más sensatas y prudentes.

—¿Entonces?

Trudy se encogió de hombros.

—Entonces nada —dijo con melancolía—. El inspector Jennings no cree que yo pueda aprender a conducir, así que nunca me apuntará.

—¿Y de verdad crees que eres incapaz de aprender a conducir? —preguntó Clement de forma enérgica.

Trudy le lanzó una mirada un poco enfadada.

—No veo por qué no podría hacerlo —dijo con cierta aspereza—. Mi tía Margaret condujo una ambulancia en la guerra, también durante el bombardeo. Y si ella puede hacerlo, no veo por qué yo no.

—Bien dicho. —Sonrió Clement—. Te diré una cosa. Sácate el carné y yo te enseñaré a conducir, si quieres.

Trudy se quedó boquiabierta durante unos segundos, sin saber qué decir. Se sentía eufórica, luego aterrorizada. ¿Y si realmente no podía hacerlo? Se sentiría como una tonta. O peor, ¿y si le estropeaba el coche? No la dejaría volver a trabajar con él.

—¿Qué pasa? ¿Te estás acobardando? —preguntó Clement, girando la cabeza un instante para mirarla, y se sintió orgulloso cuando vio que sus hombros se enderezaban y levantaba la barbilla.

—Claro que no —dijo Trudy con firmeza—. Pero tendría que darme unos meses para ahorrar dinero para el permiso de conducir.

Clement parpadeó y se obligó a asentir como si nada. A veces le sorprendían las circunstancias tan diferentes en las que vivían. Por supuesto, él podía permitirse pagarle el permiso sin más y su bolsillo ni siquiera lo notaría. Pero su instinto le advirtió de que no se lo ofreciera. No quería que ella se lo tomara como caridad.

—De acuerdo, trato hecho. Avísame cuando quieras empezar. Ahora, volvamos al caso. ¿Sabes lo que estaba pensando cuando el señor Chadworth nos contaba todo sobre su hijo? Me preguntaba de dónde sacaba el dinero. —Fue a cambiar de marcha, pero lo hizo a tientas y sus dedos sufrieron un rápido espasmo. Maldijo, y el coche dio una ligera sacudida antes de poder usar el embrague y encontrar la marcha correcta.

Trudy, al ver que su mano temblaba sobre el volante, sintió un repentino escalofrío.

¿El forense estaba bajo los efectos del alcohol?

El traidor y desagradable gusanillo de un pensamiento se deslizó en su mente antes de que pudiera detenerlo. Entonces recordó cómo casi había tropezado en la escalera cuando habían ido a hablar con Lionel Gulliver.

Pero en su formación le habían enseñado que la mayoría de los comportamientos antisociales se debían a un exceso de alcohol. También había aprendido a que solían darse una serie de síntomas: habla arrastrada, marcha inestable, torpeza...

Le lanzó una mirada rápida, pero él parecía lo suficientemente alerta y despierto. Aunque todo el mundo sabía que algunas personas podían disimular y aguantar muy bien la bebida. El sargento O'Grady decía que a veces no se podía adivinar que alguien estaba borracho si esa persona estaba acostumbrada a beber mucho con regularidad.

—¿Qué te parece? —preguntó Clement, haciendo que Trudy parpadeara y saliera de sus pensamientos. Y cuando él le lanzó una rápida mirada, se dio cuenta de que ella se había ruborizado un poco.

—¿El qué?

—Que de dónde crees que procedía el dinero de Derek —aclaró el forense, un poco impaciente. ¿No le había prestado atención?—. ¿Era estudiante y podía permitirse pagar a tres personas para que cenaran como emperadores en un lujoso hotel de cinco estrellas? ¿No te parece extraño?

—Oh, sí. Sí me lo parece. —Estuvo de acuerdo Trudy—. No es como si su padre fuera un duque, ¿verdad? Supongo que sus padres le daban algún tipo de asignación, pero aun así...

Clement asintió.

—Creo que cuando preguntemos por él, descubriremos que a nuestro ambicioso amigo muerto nunca le faltaron uno o dos chelines en el bolsillo.

Trudy frunció el ceño.

—¿Cree que lord Littlejohn le dio dinero?

—Es posible —dijo Clement, aunque en realidad no lo creía.

Por un lado, dudaba que lord Littlejohn tuviera la costumbre de dar dinero, a menos que se lo prestara a alguien de su entorno. Y por otro, sospechaba que Derek Chadworth hubiese preferido morderse su propio pie antes de pedir un préstamo a la clase alta.

Alguien en la precaria posición de Derek —la de un muchacho de clase media que se pasea por los círculos aristocráticos— sin duda había debido de tener que esforzarse siempre por pagarse lo suyo y actuar en todo momento como si estuviera acostumbrado a volar alto.

No. A menos que estuviera muy equivocado, el chico muerto había encontrado de algún modo una lucrativa fuente de ingresos para financiar su estilo de vida.

Y quién sabe... Si descubrieran de qué se trataba, ¡tal vez podrían estar avanzando en la resolución del caso!

A su lado, Trudy intentaba dejar de lado sus infelices sospechas sobre la sobriedad de su amigo. Aun así, cuando volviera a la comisaría aquella noche, quizá hiciera algunas preguntas a alguien sobre los hábitos de los bebedores en secreto...

16

El gimnasio de boxeo de Bernie estaba ubicado en un edificio pequeño y anodino situado junto a New Inn Hall Street, entre dos edificios mucho más imponentes. Nadie sabía cómo alguien como Bernie había conseguido instalarse allí, pero el establecimiento se había convertido en el lugar predilecto de los remeros, a quienes además del agua les encantaba boxear. En consecuencia, era uno de los sitios a los que acudir si se era estudiante y se disponía de tiempo libre, sobre todo porque el propietario —que curiosamente no se llamaba Bernie— hacía la vista gorda cuando sus chicos introducían licor de contrabando.

Naturalmente, debido a todo lo anterior, el pequeño gimnasio atraía a un montón de parásitos de todo tipo que jamás se subirían a un *ring* de boxeo, y era una de las moradas donde a varios miembros del Club de los Marqueses les gustaba pasar el rato. Era tan sórdido y despreciable que les encantaba. Además, el hecho de que lord Jeremy Littlejohn hubiera instalado allí un *ring*, en el que se celebraban combates de boxeo de larga duración, con apuestas muy altas a favor de boxeadores aficionados bastante buenos, no había hecho sino aumentar los ingresos y la popularidad del club.

Así fue como el segundo hijo del duque hizo una visita al gimnasio, no mucho después de haberse levantado esa mañana. Desde su insatisfactoria búsqueda de las ahora vacías habitaciones universitarias de Derek Chadworth, había estado devanándose los sesos tratando de pensar dónde podría haber escondido su amigo muerto alguna prueba incriminatoria, y de repente había recordado que él había sido miembro del gimnasio. Y que, como a todos sus miembros, le habían dado una pequeña taquilla.

Cuando Littlejohn entró por la puerta de entrada, no le sorprendió encontrar la sala principal y el *ring* vacíos. Los estudiantes y los chicos de la ciudad que utilizaban el gimnasio lo hacían sobre todo por las tardes; sin embargo, el propietario lo mantenía abierto todo el día, con lo que a él le gustaba llamar el personal de servicios mínimos. Que consistía en un gigante con orejas del tamaño de una coliflor llamado Tiny, y que pasaba la mayor parte del tiempo dormitando en una esquina con un ejemplar de las páginas de carreras sobre la cara y una caja de cerveza a sus pies.

Tiny estaba allí, en un rincón, roncando como un estegosaurio a través de su arruinada nariz aplastada. Littlejohn lo ignoró y entró por la pequeña puerta del fondo, donde estaban los vestuarios y las taquillas.

Apenas dos minutos después, intrigado y con cautela, Reginald Porter asomó la cabeza por la puerta y sus ojos se abrieron de par en par al ver el *ring* vacío. Al segundo, oyó los ronquidos del hombre del rincón y estuvo a punto de salir corriendo. Pero el hecho de que la sala estuviera totalmente desierta, por no hablar de su propia curiosidad compulsiva, le detuvo justo a tiempo.

En lugar de eso y conteniendo los nervios, echó un vistazo a la poco salubre habitación y, arrugando un poco la nariz ante el agrio aroma a sudor mezclado con líquido de limpieza, se dirigió lentamente hacia la única otra puerta que podía ver, a medio camino de la pared del fondo.

Allí se detuvo a escuchar primero, luego abrió la puerta con cautela y volvió a agudizar el oído. Delante de él había un pequeño laberinto de taquillas, bancos y armarios de malla metálica que tanto gustan en los vestuarios deportivos de todo el mundo.

Estuvo a punto de salir corriendo otra vez. Lo último que quería era que le pillaran husmeando en un gimnasio de boxeo. Después de todo, ¿quién sabía cuántos boxeadores estarían encantados de complacer a Littlejohn dándole una buena paliza a un entrometido a cambio de un puñado de monedas? Pero entonces se dio cuenta de que tanto esa habitación como la otra estaban muy silenciosas. Es decir, no se oía ningún murmullo de conversación. Sin embargo, sí pudo percibir un débil sonido procedente de una de las esquinas.

Envalentonado por las altas y ocultas hileras de taquillas de latón gris que casi tocaban el techo, se dirigió sigilosamente hacia el origen del sonido. Sentía que su corazón latía de forma enfermiza en el pecho y empezó a sudar debido a la tensión.

Tratando de controlar su respiración, se asomó con cautela alrededor de una taquilla especialmente abollada y vio la espalda ya conocida de lord Jeremy Littlejohn. Como de costumbre, vestía de blanco; ese día llevaba un jersey blanco de críquet sobre unos pantalones de color azul pálido. Su rubia cabellera brillaba suavemente bajo el sol que se filtraba por una ventana alta y sucia. Estaba registrando frenéticamente una taquilla. Reggie estaba seguro de que no era suya, aunque no sabía exactamente por qué. Quizá se debía a la rapidez del registro y a la furia de sus movimientos. Un hilo de sudor le corría por la frente y se obligó a ignorarlo, a pesar del impulso casi incontrolable de querer limpiar el molesto goteo con la manga de su camisa.

Era muy consciente de que estaban totalmente solos allí y que, incluso el más mínimo sonido, como el roce de su ropa, podría alertar a su presa de su presencia. Aunque no temía enfrentarse a él en una lucha directa cuerpo a cuerpo, era muy consciente de la presencia del gigante durmiendo en la otra habitación.

Una llamada de socorro de lord Littlejohn y Reggie podría encontrarse en un grave aprieto.

Continuó forzando la respiración y se concentró en lo que hacía el hombre de pelo rubio. ¿Por qué estaba allí? ¿De quién era esa taquilla? ¿Qué buscaba? Y... ¿podría ser de alguna utilidad averiguarlo?

Entonces, casi se sobresaltó cuando el hombre de pelo rubio maldijo con furia y le dio a la taquilla un despiadado y frustrado golpe provocando un ruido metálico y desagradable que resonó por toda la habitación. Como un conejo que de repente ve una serpiente en la hierba, Reggie se quedó inmóvil, presintiendo un peligro inminente. Estaba claro que lord Littlejohn no había encontrado lo que buscaba y ahora se disponía a hacer otra cosa.

Y allí estaba Reggie, justo en la línea de fuego, corriendo el peligro de ser descubierto.

El sudor que le había brotado en la frente le salía ahora por toda la piel, haciéndole sentir tembloroso.

Por suerte, cuando Littlejohn cerró la taquilla de un portazo y se alejó, lo hizo por el estrecho pasillo al otro lado de la fila de taquillas donde se escondía Reggie; de lo contrario, al pelirrojo no le hubiese quedado otra que salir corriendo emprendiendo una deshonrosa huida.

Así las cosas, contuvo la respiración cuando el odiado Littlejohn pasó despreocupadamente —y con total ignorancia— a pocos metros de él. Cuando se hubo ido, Reggie lanzó un suspiro de alivio y se dejó caer de espaldas contra una de las taquillas.

Tardó un segundo o dos en recobrar el equilibrio; luego estiró la espalda, se dirigió a la taquilla que había sido ultrajada y la registró él mismo, en busca de algunas respuestas muy necesarias. Los extraños movimientos de ese odioso Littlejohn lo habían intrigado.

Los libros y algunas cartas dejaban claro que la taquilla había pertenecido a Derek Chadworth.

De inmediato, y tal y como había hecho lord Littlejohn unos minutos antes, buscó frenéticamente entre las bolsas de ropa deportiva vieja, algunos libros de derecho y demás pertenencias del fallecido. Pero no había nada que le ayudara a averiguar adónde podía haber ido Becky. Ningún diario con anotaciones que apuntara alguna noticia sobre ella, ni resguardos de billetes de tren que pudieran darle una pista de dónde había estado el chico muerto fuera de Oxford. Ningún indicio de que pudiera haber alquilado una casa para otra persona, ninguna carta de su hermana... Nada.

Irónicamente, al igual que lord Littlejohn había hecho antes que él, maldijo y pateó la taquilla.

Entonces, Reggie se calmó y se quedó pensativo. Cerró la puerta y la miró con curiosidad. En el centro había una de esas ranuras cuadradas abiertas en las que se puede introducir una tarjeta blanca con el nombre del propietario. La de esa estaba vacía, no todo el mundo se molestaba en marcar su propiedad.

Pero cuando Reggie empezó a merodear con celeridad entre el resto de las filas de taquillas, pronto encontró una que llevaba el nombre de lord Jeremy Littlejohn.

Perfecto. ¡Y ni siquiera estaba cerrada! Después de todo, la gente que frecuentaba ese lugar con toda probabilidad pensaba que era lo suficientemente seguro. No solo era anónimo, ¡sino que también había exboxeadores duros merodeando constantemente! Pero cuando Reggie lo registró, descubrió que no contenía gran cosa, salvo unos cuantos pantalones cortos y camisetas, un par de toallas y dos botellas de *whisky* escocés sin abrir.

Con una sonrisa sombría, Reggie cerró la taquilla con cuidado y se lo pensó unos segundos. Luego asintió con la cabeza.

Ahora que conocía ese lugar, y lo fácil que era colarse durante el día, la próxima vez que lord Littlejohn abriera su taquilla se encargaría de que lo primero que se encontrara ante sus ojos fuera una sorpresa muy desagradable.

¿Un excremento de perro, tal vez? Y junto al apestoso pastel podría dejar una bonita nota. Diciendo algo parecido a que él mismo era un excremento viviente.

Sí, pensó Reggie con cara de satisfacción. Eso borraría esa

sonrisa perezosa y arrogante de la cara de lord Littlejohn y haría que se encogiera un poco.

¿O era demasiado infantil? ¿Tal vez debería ser algo más amenazador? Reggie frunció el ceño. Tendría que pensarlo un poco. Estaba seguro de que se le ocurriría algo mejor.

Con sigilo, Reggie Porter pasó de puntillas junto al boxeador dormido y salió a la calle iluminada por otro día soleado de Oxford. Las cosas iban a llegar pronto a un punto crítico. Lo presentía.

Ignorando las desagradables sorpresas que le aguardaban, lord Littlejohn regresó a la universidad, contrariado y decepcionado. Estaba seguro de que la taquilla del gimnasio era el lugar más obvio donde Derek habría guardado sus cosas, y el hecho de haberse encontrado otro callejón sin salida le molestó de forma considerable.

Dado que aquel entrometido forense andaba husmeando, tendría que encontrarlo pronto, o las cosas podrían ponerse muy feas para él. A su querido padre no le haría ninguna gracia tener que sacar a su segundo hijo de otro atolladero. Jeremy era muy consciente de que la paciencia de su padre no era ilimitada.

Confiar en que Derek moriría y le dejaría en un lío aún mayor del que podría haber tenido si... Sus pensamientos se detuvieron con brusquedad cuando se acercó a la entrada de su colegio y vio a una figura femenina que le era familiar, con uniforme de policía, sentada en un muro bajo cerca de la entrada de la residencia, aprovechando la sombra que proyectaba el alto edificio.

Intentó decirse a sí mismo que la situación era divertida y que no se sentía preocupado, pero era consciente de que se sentía algo incómodo mientras se acercaba a ella. Y él no estaba acostumbrado a que le hicieran sentir incómodo, era algo que no le gustaba nada.

—Vaya, vaya, vaya, si es la agente de la ley —dijo él, tomando la iniciativa y forzando la voz para sonar encantador y despreocupado. Antes de que ella pudiera levantarse, él se sentó a su lado y le miró los pies, que habían estado balanceándose suavemente de un lado a otro mientras ella esperaba—. Por Dios, creo que son los zapatos más feos que he visto en mi vida. —Miraba con desagrado los zapatos negros planos con cordones de Trudy—. Las chicas guapas deberían llevar calzado bonito en un día tan soleado como hoy. Tal vez unas de esas sandalias de tiras, por ejemplo.

—Dudo que pudiera perseguir a un sospechoso con eso —replicó Trudy con elegancia, pero sabía que se había puesto muy colorada y deseaba darse una patada a sí misma por esa reacción. Después de todo, ¿qué le importaba a ella el desprecio de semejante individuo?

—¿Y hace usted muchas persecuciones, agente... ¿Cuál era su nombre?

—Agente Loveday, señor —respondió Trudy con rigidez—. Y tengo algunas preguntas más que me gustaría hacerle.

En realidad, sabía que no debería estar allí. El inspector Jennings sin duda no lo aprobaría, y ni siquiera le había dicho a Clement que pensaba volver a interrogar a lord Littlejohn. Pero le irritaba pensar que se veía obligada a tratarle con guantes de seda y no entendía por qué él debía disfrutar de privilegios especiales. Estaba decidida a tratarlo como a cualquier otra persona.

—Pregúntame, corazón —dijo, imitando a su héroe, Noel Coward. Y mientras ella se sonrojaba de la forma más atractiva por la burla, él se preguntó de repente qué habría hecho Derek con ella. Cómo habría babeado ante...

—Queríamos saber por qué el señor Chadworth era miembro de su club, señor —empezó con su habitual elegancia—. Según tenemos entendido, para ser miembro del Club de los Marqueses hay que poseer algún título.

—Oh, no todos. Hay uno que su padre posee la mitad de Cumbria. No tiene ningún título en absoluto, pero sí montones y montones de tierra. Se podría decir que es un simple granjero. De todas maneras, ¿quién dice que él era miembro? —la desafió.

—Pero el padre del señor Chadworth es abogado —señaló Trudy con firmeza, ignorando su última frase. Ahora que comprendía que estaba intentando enfadarla a propósito, no tenía intención de dejar que volviera a dominarla.

—Ah, sí... ¿Cómo de plebeyo es eso? —dijo el hijo del duque torciendo la boca.

Trudy no tenía ni idea de lo que significaba aquella palabra y supuso enseguida que aquel hombre sabría que ella no lo sabía. Se prometió a sí misma que, en cuanto pudiera, la buscaría en un diccionario. Sus dedos se enroscaron con más fuerza alrededor del lápiz mientras escribía en su libreta. ¡Cómo deseaba poder sacar su pequeña y pulcra porra y descargarla con fuerza sobre las rótulas impecablemente vestidas de aquel odioso hombre!

—¿Cómo llegó a conocerle? —insistió ella con calma forzada.

—Oh, ¿cómo conoce un tipo a otro? —preguntó lacónicamente—. Lo más probable es que fuera en un *pub*.

—Y le impresionó tanto que se hicieron los mejores amigos al instante. —Dejó que se notara el desprecio en su voz.

—Difícilmente —dijo Littlejohn con una sonrisa.

Por supuesto, no podía decirle a la atractiva chica que el olor a corrupción que desprendía aquel tipo de aspecto corriente había hecho que su antena se moviera en cuanto lo vio. Siempre aburrido y en busca de algo diferente, Derek Chadworth le había llamado la atención como la carne podrida atraía a las moscas.

Derek había sido un tipo divertido. Era tan grosero y vulgar, mientras que todo el tiempo sonaba y actuaba como un chiquillo educado y correcto del norte. Y algunas de las cosas que se le habían ocurrido habían sorprendido incluso a los paladares más hastiados de los miembros más antiguos y disolutos del Club de los Marqueses, incluido él mismo. Al principio, había sido muy divertido corromper a todas esas respetables chicas de ciudad tan fáciles de manejar. Había sido un jueguecito tan delicioso y ligeramente peligroso... Hasta que quedó claro que Derek, el pequeño sapo, se había movido tan solo por el dinero. Lo que era algo tan sucio... Allí estaban todos, creyéndose los legítimos herederos del Club del Fuego Infernal o lo que fuera, y ese avaro hijo de un picapleitos de segunda solo había pretendido llenarse los bolsillos. Qué decepción. Sin embargo, a pesar de eso, él parecía sentir cierta fascinación por todos ellos. Y seguían manteniéndolo bajo sus pies solo para ver qué era lo siguiente que sería capaz de hacer esa criaturita espantosa.

Pero ¿cómo iba a explicarle nada de eso a esa encantadora y respetable mujer miembro de la policía de Su Majestad?

Se volvió para mirarla y se sorprendió una vez más de lo guapa que era, de lo ingenua e inocente, y de cómo su severo uniforme y aquella ridícula gorra de policía militar no hacían sino aumentar su atractivo sexual.

—Sabes, agente Loveday, empiezo a preguntarme por qué estás tan interesada en mí —le dijo con una sonrisilla, inclinándose un poco más para que la parte superior de sus brazos se tocaran.

—¿Qué? —reaccionó Trudy, entre alarmada y desconcertada por el repentino cambio de ambiente.

—Oh, está bien, no tienes que ser tan tímida conmigo —continuó Littlejohn, encantado de ver cómo su enfado y su sonrojo iba y venía. Era tan despistada que resultaba delicioso. Corromper a alguien como ella sería... Extendió la mano y, lentamente, con un índice, le dio un golpecito en la rodilla—. Me atrevería a decir que aquí debajo —pasó el dedo por encima de la tela oscura de su gruesa falda— llevas unas horribles bragas reglamentarias... —soltó como si nada.

Trudy se acaloró y luego se enfrió. Nunca nadie le había dicho algo tan insultante y ofensivo.

Vio cómo el rabillo de sus ojos se arrugaba en una sonrisa y, con un sentimiento de vergüenza y conmoción, se levantó a toda prisa del muro. No estaba segura de lo que habría hecho a continuación, pero no tuvo ocasión de averiguarlo, porque Littlejohn también se bajó y tiró de ella hacia él, con una mirada insinuante en su atractivo rostro.

Antes de que Trudy pudiera decir nada, él se aproximó a ella de repente y le puso una mano sobre el pecho izquierdo de manera insultante. Incluso a través del grueso tejido de su chaqueta pudo sentir la presión de sus dedos. La vergüenza, la repulsión, el miedo repentino y luego un estallido de ira la invadieron en una rápida sucesión.

Al instante, antes de que pudiera siquiera pensarlo, su rodilla se levantó y conectó con sus partes íntimas. Fue su tía Margaret quien le enseñó ese movimiento en particular. Quien había servido en la guerra y lo sabía todo sobre las formas más rápidas y fáciles de poner a los soldados rebeldes en su lugar.

La cara de Littlejohn se puso tan pálida que le produjo una gran satisfacción. Al instante, él se dobló, soltándola, lo que le permitió dar unos pasos hacia atrás.

—¡Maldita zorra! —gritó con maldad el aristócrata. Jadeante, se apoyó en la pared mirando de manera furtiva a su alrededor para ver si alguien había visto el incidente.

Uno o dos hombres lo habían hecho con total claridad, pues, al pasar junto a ellos por la acera, trataban de ocultar sus risas. Entonces su rostro dejó de verse pálido para volverse casi morado de la ira que contenía.

—Mantén las manos quietas en el futuro —dijo Trudy, aún temblando por lo sucedido.

Dudó, sin saber qué hacer a continuación. Algo le decía que debía hacer algo, aunque no sabía qué. Después de tomarse unos segundos para pensar y sintiéndose todavía muy agitada, pero tratando de que no se le notara, se dio media vuelta y se alejó.

Lord Jeremy Littlejohn maldijo con toda su furia y se enderezó en cuanto estuvo seguro de que podía hacerlo sin sentir demasiado dolor. Con mucho cuidado, atravesó con paso firme las puertas de la logia, esperando que ella no tuviera el valor de regresar y seguirlo hasta allí.

Trudy no lo hizo. Se alejó sintiéndose un poco descolocada al principio, hasta que poco a poco comenzó a recuperarse y a sonreír para sí misma. Había sido ella quien le había buscado las cosquillas primero. No sabía exactamente cómo, pero había alterado su calma de superioridad y le había hecho enfadar. Esa había sido la única razón de su torpe intento de atacarla.

Cuando él la había agredido, ella había sabido defenderse a la perfección. Y eso también le había resultado muy satisfactorio.

Con una sensación de triunfo, caminó con alegría de vuelta a la comisaría. Sin embargo, en el fondo de su mente sintió cierto pánico. La voz de aquel tipejo estaba cargada de veneno cuando la amenazó con vengarse. Y era muy consciente de su vulnerabilidad cuando patrullaba ella sola por las calles.

¿Debería decírselo a alguien? ¿Al inspector Jennings, tal vez? Alejó esa idea de sus pensamientos de inmediato. Sería demasiado embarazoso y, además, con ello solo conseguiría reforzar los prejuicios contra las mujeres en la policía.

¿Al doctor Ryder entonces? Pero ¿qué podría hacer él realmente? ¡No podía acompañarla a patrullar!

No. Los delincuentes solían ir soltando amenazas todo el tiempo, eso era algo que le habían advertido sus profesores. Pero lo que debía recordar sobre todo era que rara vez solían cumplirlas.

En aquel momento, el doctor Ryder no estaba muy lejos de ella, a tiro de piedra, pues se encontraba sentado en las habitaciones del doctor Vincent Pettigrew en el St. Bede's College, saboreando un buen *whisky* de malta. No solía beber durante el día —de hecho, rara vez bebía—, pero cuando le ofrecían un trago de una buena cosecha como aquella nunca la rechazaba.

El doctor Pettigrew era profesor de Jurisprudencia, especializado en Responsabilidad Civil, y había sido uno de los tutores de Derek Chadworth. Era un hombre bajo y delgado, con más papada de lo que cabría esperar, y al forense le recordaba en cierto modo a un *bulldog* francés. Tenía una buena mata de pelo casi negro y unos ojos tan oscuros que casi parecían negros también, y que observaban el mundo con una expresión más bien apenada.

Sentó a Clement en una silla muy cómoda frente a su abarrotado escritorio de cuero verde, sirvió las bebidas e hizo gala de ser de esa clase de hombre que no tiene mucho que hacer y todo el tiempo del mundo para hacerlo.

El profesor suspiró, bebió un sorbo de su vaso, estudió su color durante unos instantes y asintió con un movimiento de cabeza.

—Chadworth. Sí. Una tragedia. Esperaba que ese muchacho llegara lejos en la vida. Los chicos de esa clase suelen llegar lejos —añadió con ironía.

El doctor en Derecho no se había mostrado especialmente sorprendido cuando el forense había concertado una cita para hablar con él sobre su difunto alumno, ni tampoco mostraba ninguna reticencia a hablar sobre el fallecido. Lo cual fue una alegría para Clement. A veces los colegios podían ser muy protectores de su reputación, hasta el punto de llegar a ser obstruccionistas.

Pero por la actitud relajada del tutor Clement supuso que el director del colegio le había dado permiso para hablar con libertad. Tal vez él, como tantos otros, daba por sentado que lo peor del caso Chadworth ya había pasado. O podría ser simplemente que el profesor de Derecho considerara que él tenía su propia ley y no sentía ninguna necesidad de seguir directrices impuestas por la universidad.

—¿«De esa clase»? —repitió Clement sus palabras y enarcó una ceja con aire interrogativo.

Pettigrew le mostró una breve sonrisa.

—Sí, de ambiciones abrumadoras y, entre usted y yo, no muy preocupado por navegar a favor del viento.

—Ah. —Sonrió Clement—. Uno de esos. —Miró con cara de estar reflexionando al hombre más pequeño por encima del borde de su vaso—. ¿Tengo razón al pensar que no le caía muy bien, doctor?

Pettigrew sonrió de nuevo, pero esta vez un poco forzado.

—No debemos hablar mal de los muertos, ¿verdad? O eso es lo que siempre se ha dicho.

—¿«No debemos»? —preguntó Clement, empleando ese tono de voz tan particular, jocoso, de alguien que ha vivido mucho y que resulta reconocible al instante—. En mi opinión, los muertos son precisamente las personas de las que podemos hablar mal, ya que a ellos no les importa nada. ¿No cree que el mundo sería un lugar mejor si nos abstuviéramos de hablar mal de los vivos?

El profesor de Derecho dio un pequeño respingo y luego esbozó una amplia sonrisa.

—Es usted un inconformista, señor. Felicidades. Tengo que decir que, de joven, yo también podría haber sido un buen inconformista. Desgraciadamente, la reconfortante regularidad de mi sueldo anual y una esposa y familia acabaron con todo eso.

Clement se encogió de hombros, comprensivo.

—Así que el joven Chadworth... —Volvió a centrar la conversación en el asunto que lo había llevado hasta allí—. ¿Esperaba que le fuera bien en los exámenes?

—Oh, sí. Era un buen alumno. Y, a diferencia de otros, dedicaba muchas horas al estudio. Tenía que hacerlo, por supuesto, si quería obtener una calificación excelente.

—Umm. Dijo usted que era ambicioso. ¿Sabe qué área del derecho quería estudiar?

—Derecho penal —dijo Pettigrew rápidamente y con un gruñido—. Creo que le habría ido bastante bien defendiendo a los ricos y a los culpables, doctor Ryder. Es un campo muy lucrativo, ¿sabe? Mantener a gánsteres y a grandes empresarios tiburones fuera de la cárcel.

—Ah. Entonces, ¿era un joven que codiciaba el dinero sucio?

Pettigrew sonrió.

—No tiene nada de sucio, como bien sabe. Pero sí, Chadworth me dio la impresión de que ese era su objetivo. Su problema, en mi opinión —dijo el profesor, recolocándose más cómodamente en su silla—, fue que creció en una familia sin suficiente dinero como para satisfacerle. Si hubiera sido más pobre, le habría ido mejor. Pero su educación de clase media no podía compararse con el estilo de vida de sus amigos más acomodados. Aquí es donde realmente se descarrió, por supuesto —añadió complacido el hombre acomodado de Oxford, agitando una mano hacia la ventana, donde la ciudad, detrás de los muros de la universidad, seguía con sus quehaceres diarios—. Oxford le dio la oportunidad de ver cómo viven de verdad los ricos.

—Ah, sí. El Club de los Marqueses —dijo Ryder irónicamente—. ¿Sabía que se movía entre la gente de Littlejohn?

El profesor de Derecho dio un suspiro profundo.

—Sí. Pero eso era típico de Chadworth, por supuesto. Sentía atracción por el dinero.

—¿Y no le atraía la aristocracia? Entonces, ¿no era un esnob? —preguntó Clement, observando con atención al otro hombre.

—No, no lo creo —dijo con tranquilidad el tutor del chico, con el ceño un tanto fruncido—. Nunca tuve la sensación de que anhelara eso en particular. De ser así, podría haberse casado con alguna chica de familia noble. Desde luego, era bastante atractivo y tenía don de gentes. Pero no creo que tener a un aristócrata como suegro le hubiera gustado. Tener que decir «sí, señor» y «no, señor», además de tener que estar cuidando sus modales todo el tiempo. ¡Pensaba demasiado en sí mismo como para tener que soportar eso! No, siempre tuve la sensación de que el joven Chadworth necesitaba hacerse su propio nombre, ser el rey entre los suyos —soltó, agitando una mano en el aire.

—¿Y cree que no le habría importado mucho lo que tuviera que hacer para conseguirlo?

—¿Umm? —El forense dio otro sorbo a su bebida.

—Antes, usted dijo que no creía que le hubiera importado navegar en contra del viento.

—Oh, sí. Pero solo era mi impresión —dijo Pettigrew, dando muestras de cautela por primera vez.

—Sí, claro —asintió Clement—. Solo quiero conocer sus impresiones sobre el muchacho. Nada de lo que hablemos es oficial.

Pettigrew asintió, satisfecho.

—En ese caso..., sí. Si hubiera vivido, me lo habría imaginado montando un exitoso bufete y ganando mucho dinero. Y sin tener ningún escrúpulo sobre cómo lo hubiese conseguido.

Clement terminó lo que quedaba de su bebida y se inclinó hacia delante para dejar el vaso sobre el escritorio.

—En otras palabras, doctor, usted pensaba que era un mal tipo —aclaró torciendo los labios.

—Así es —dijo Pettigrew con una tímida sonrisa. Inclinándose hacia delante, levantó la botella de *whisky*—. ¿Un poco más?

Clement negó con la cabeza.

—Para mí no, gracias. Pero, por favor, no deje que la abstinencia de un excirujano le impida tomar un segundo vaso —respondió con una sonrisa—. Pero hace tanto calor que no me importaría tomar un refresco.

—Por supuesto —dijo Pettigrew, moviéndose al instante para cumplir con sus deseos.

Entonces ocurrió algo curioso. Cuando el profesor de Derecho se inclinó hacia delante para llenar su vaso, sus rostros se acercaron sobre el escritorio y notó que un rápido destello de desagrado cruzaba el rostro del otro hombre. Se echó rápidamente hacia atrás en la silla, desconcertado. Los movimientos y la actitud del profesor habían provocado en el forense una vívida sensación de *déjà vu*. Se vio en la cocina de su casa, donde la mujer que se encargaba de la limpieza había hecho exactamente lo mismo. Se había apartado de él como si se sintiera ofendida.

Por un momento, Clement se preguntó con inquietud si los días calurosos le habían hecho oler peor de lo que pensaba. Por supuesto, se lavaba con asiduidad todas las mañanas y no tenía tanto sobrepeso como para sudar en exceso. ¿Tal vez su loción para después del afeitado era demasiado fuerte y no era del gusto del profesor de Derecho? La idea hizo que sus labios se crisparan de nuevo.

Pero entonces, con un destello de comprensión que le hizo palidecer de repente, comprendió el problema.

¡Uno de los síntomas de la enfermedad de Parkinson podía ser la halitosis! La vergüenza lo invadió de la cabeza a los pies al instante.

—Bueno, no le entretengo más —se oyó decir.

Al darse cuenta de que aún tenía el vaso en la mano, apuró la bebida que le quedaba de un trago y después lo depositó sobre el escritorio.

Después le dio las gracias al profesor por su tiempo, cuidando de mantener las distancias al estrecharle la mano para no molestarlo con su mal aliento por segunda vez. Y luego, sintiéndose tenso e incómodo, abandonó el despacho.

Solo una vez fuera se sintió capaz de detenerse y hacer balance. No le llevó mucho tiempo. Se sentía humillado y estúpido. También enfadado. Esa maldita enfermedad no dejaba de acumular una calamidad tras otra sobre él. Caminar inestable, episodios de temblores repentinos. ¿Cuánto tardaría en oírse a sí mismo arrastrando las palabras?

¡Y ahora mal aliento! ¡Lo que le faltaba!

Se dirigió a Cornmarket Street, allí encontraría una farmacia. Necesitaba comprar los caramelos de menta más fuertes que encontrara.

A partir de ese momento, tendría que adquirir el hábito de usarlos con regularidad, sobre todo cuando contase con mantener contacto estrecho con alguno de sus amigos y conocidos.

17

A Reggie Porter no le gustaba mucho su padre. No es que eso fuera un gran secreto en la familia Porter, pero provocaba algunos enfrentamientos de manera inevitable. Estos se habían calmado un poco cuando Reggie pudo por fin mudarse de la casa familiar, pero incluso entonces los dos hombres seguían siendo cautelosos el uno con el otro.

Desde que Becky se quedó en la casa familiar después de que él se fuera, cada vez que Reggie iba de visita, su padre solía marcharse al *pub* local. Su madre, June, la eterna pacificadora de la familia, intentaba mantenerse neutral en sus continuas hostilidades, pero en realidad siempre se ponía del lado de sus hijos.

Cuando se casó con Stanley Porter, él era un hombre guapo y uniformado, con buenas perspectivas como mecánico de motores. En muchos sentidos, había cumplido su parte del trato matrimonial que habían hecho. Les había proporcionado un techo en una casa de protección oficial en Cowley y, gracias a la floreciente industria automovilística de Morris, no le faltaba trabajo y llevaba a casa un sueldo con regularidad. Además, tuvieron dos hijos fuertes y sanos, pero, aun así, su unión no fue del todo exitosa.

Eso se debía sobre todo a la afición de Stanley a la cerveza y a su forma de usar los puños cuando se emborrachaba peligrosamente. Al principio, June era la que se había llevado la peor parte, pero más tarde, cuando Reggie comenzó la pubertad, por alguna razón Stanley empezó a descargar su rabia de borracho contra su hijo.

Aquella situación solo había durado unos pocos años, llegando a su fin de manera abrupta cuando Reggie, un muchacho grande para sus quince años, se había dado la vuelta en una ocasión y le había devuelto el golpe. Por suerte, Stanley siempre había adorado a su hija y nunca le había tocado un pelo. De lo contrario, Reggie podría haberle matado.

Ahora, en esa soleada tarde de mayo, Reggie estaba sentado frente a su padre a la mesa de la cocina. Su madre estaba fuera, en el jardín, rebuscando en el huerto algo para acompañar el té. Con tan solo un vistazo rápido y experimentado, Reggie se daba cuenta de que su padre solo había bebido unas tres botellas de su cerveza negra preferida, y eso significaba que aún le faltaba mucha bebida para que se pusiera violento.

—Entonces, ¿no sabes nada de ella? —preguntó Reggie con insistencia.

Desde que Becky se había ido de casa, no confiaba en que su padre lo mantuviera al tanto. Sería propio de él mantener a su hijo al margen de todo si ella se hubiera puesto en contacto. Solo para atormentarlo. Becky había sido capaz de hacer girar al viejo alrededor de su dedo meñique y siempre había sido lo bastante astuta como para mantenerlo contento. Si ella había contactado con alguien, tuvo que reconocer Reggie para sí mismo, ese sería Stanley.

—¡No, no sabemos nada! Ya te lo he dicho —le espetó su padre desde el otro lado de la mesa.

—No consigo sonsacarle nada a sus amigas —dijo Reggie enfadado—. Siguen insistiendo en que se fue a Londres para convertirse en modelo o actriz. Es absurdo.

Su padre gruñó.

—Siempre quiso ser una estrella —dijo con indulgencia—. Y yo creo que podría llegar a serlo. Tiene el físico y el talento. Sabe bailar como esa francesa... ¿Cómo se llama? —Mientras hablaba, miraba hacia una cómoda galesa, una reliquia de la familia de June Porter. En un estante había una fotografía de gran tamaño de una chica de aspecto llamativo, con el pelo corto rubio y rizado y la barbilla y los pómulos muy marcados. Tenía algo que iba más allá de la mera belleza—. Creo que luciría muy bien en la gran pantalla —añadió él con cariño y un poco de nostalgia.

Reggie se revolvió furioso en la silla.

—¡No me digas que tú también fantaseas con que vuelva a casa siendo rica y famosa! La niña mimada de Pinewood. ¡Papá, madura! Una chica como Becky en la gran ciudad... —Se estremeció—. Sería presa de todos los estafadores y quién sabe qué más. Puede que pienses que es lista y que tiene experiencia en la calle, pero comparada con todos esos tiburones que andan por ahí... ¡Tenemos que encontrarla! —Golpeó la mesa con la mano, frustrado.

Eso hizo que Stanley se sobresaltara y derramara un poco de la botella de cerveza que tenía en la mano. Al instante, dirigió a su hijo una fea mirada con sus ojos marrones. Era un hombre grande, rozando la gordura, y casi calvo del todo. Tenía el cuello grueso y la mano que no sujetaba la botella de cerveza se cerró de forma instintiva en un puño.

En su día había jugado al fútbol como aficionado y era conocido por sus contundentes placajes en el campo de juego. También era conocido por la policía por varias peleas entre borrachos y viciosos que habían tenido lugar fuera de los *pubs* después de la hora de cierre.

Los vecinos le tenían miedo, y él lo sabía. Le gustaba que todo el mundo lo tuviese por un hombre duro.

Pero cuando su hijo le devolvió la mirada con total indiferencia, fue el primero en apartar la vista.

—Ah, bueno, todos sabemos por qué la quieres de vuelta, ¿no?

Reggie se puso tenso.

—¿Qué quieres decir con eso? —preguntó en voz baja.

Stanley se encogió de hombros.

—Siempre la has mimado —dijo, retrocediendo un poco y mirando de nuevo la fotografía de su hija con aire malhumorado—. Creo que uno de los motivos por los que se marchó fue porque siempre estabas encima de ella, exigiendo saber adónde iba y con quién.

—Alguien tenía que vigilarla —replicó Reggie con rapidez—. ¡Tú nunca te preocupaste por ella!

—Oh, ¿no lo hice entonces? —dijo Stanley furioso, levantándose y empujando con tanta violencia la silla que se volcó y cayó al suelo haciendo un ruido estrepitoso.

En un instante, Reggie también se puso en pie, dispuesto a esquivar los puñetazos.

Fuera, en el jardín, con las puertas y las ventanas abiertas de par en par debido al tiempo caluroso, June Porter oyó el alboroto y miró con ansia y preocupación hacia la casa. Pero no hizo ademán de entrar.

Dentro de la cocina, padre e hijo se fulminaron con la mirada.

—Oh, ¿no me preocupé por ella entonces, muchacho? —repitió enfurecido Stanley—. ¿No hice todo lo que pude por ella? ¿No di cada penique que tenía para...? —Por un segundo, Stanley vaciló, consciente de que estaba hablando demasiado.

Pero Reggie no estaba de humor para dejar que se saliera con la suya.

—¡Tú, que solo gastas dinero en cerveza, cigarrillos y abonos de fútbol! ¡No te lo crees ni tú, egoísta de mierda!

Enfurecido, Stanley se acercó a la cómoda, sacó una llave del bolsillo, se puso en cuclillas y abrió la puerta inferior del mueble. Del fondo, extrajo un gran sobre de color marrón.

—No me crees, ¿eh? Pues ahí tienes la prueba —bramó, volviendo a dejar el sobre encima de la mesa con violencia—. Pero no digas que no te lo advertí. Cuando llegaron por correo bajo amenaza de hacerlas circular por ahí si no les daba dinero, ¿crees que no pagué, no? ¡Claro que pagué! Por el bien de nuestra Becky...

De repente se desplomó en la silla, sin fuerzas para luchar. Miró el rostro tenso, blanco e inseguro de su hijo y sonrió sin ganas.

—Sí. Tú también puedes verte así, muchacho. Pensabas que tu hermanita era tan inocente. Tan perfecta...

Por un segundo Reggie tuvo la asombrosa idea de que su padre iba a ponerse a llorar.

Pero, por supuesto, no lo hizo. En lugar de eso, dio un largo trago a su cerveza. Con la mano un poco temblorosa y con la sensación de que estaba ante un precipicio del que lo más prudente sería alejarse, Reggie Porter extendió la mano y cogió el sobre.

A continuación miró dentro.

18

En cuanto Trudy entró en la comisaría se dio cuenta del mal ambiente. Rodney Broadstairs ni siquiera le sonrió, sino que le dirigió una mirada rápida, casi amable.

Fue el agente Walter Swinburne, uno de los más veteranos de la comisaría, quien le dio la mala noticia.

—El inspector Jennings quiere que vaya a su oficina de inmediato, agente Loveday —dijo con formalidad. Luego añadió en un susurro siseante—: ¡Está muy alterado! ¿Qué demonios has estado haciendo?

Trudy tragó saliva. Sintiéndose un poco enferma, se acercó al despacho del inspector Jennings y llamó a la puerta con timidez.

—¡Adelante! —rugió el inspector con una voz que sonaba muy aguda y descontenta.

Enderezando los hombros, Trudy abrió la puerta y entró.

Jennings la observó con el rostro tenso por la furia mientras ella se acercaba.

—Acabo de recibir una llamada de lord Jeremy Littlejohn, agente en pruebas Loveday.

Al oír esas terribles palabras, el corazón de Trudy se le subió a la garganta, haciéndole pensar por un instante que iba a vomitar. Con gran esfuerzo, contuvo las náuseas.

—Me ha dicho que lo ha agredido físicamente —continuó Jennings con gesto grave y con voz controlada pero firme—. Naturalmente, le expresé mi profunda sorpresa de que eso pudiera ser así, pero él insistió.

—Señor, yo...

—¡Cállese y déjeme terminar! —la interrumpió su oficial superior con un ladrido.

Ella se estremeció, sabiendo que su voz podía oírse en el exterior del despacho.

Trudy sintió que le sudaba la frente y se obligó a quedarse quieta. Y a pensar.

De repente, recordó al doctor Ryder diciéndole que no podía dejar que sus emociones le nublaran el pensamiento. Si se dejaba distraer por el miedo, la excitación, la ira o cualquier otra cosa, su adversario ya había ganado. Y ahora, se dio cuenta, era un buen ejemplo de la necesidad de mantener la cabeza despejada.

Parpadeó, conteniendo sus sentimientos de indignación y miedo, y observó con atención al inspector.

—Le dije a lord Littlejohn que ningún oficial bajo mi mando atacaría jamás a un ciudadano. Y mucho menos a alguien de su posición —prosiguió Jennings, con la voz tensa por la furia reprimida—. Puede hacerse una idea de mi sorpresa cuando él me insistió en que usted lo había hecho. Y no solo eso, ¡en plena calle, donde todo el mundo pudo verla hacerlo! —De nuevo, su voz se había elevado hasta convertirse en grito, pero, aunque ella se estremeció, mantuvo la boca cerrada.

Sin embargo, en el fondo de su cabeza surgía una vocecita llena de pánico. Estaba a prueba, y lo estaría durante los próximos trece meses. Un incidente como ese era algo que el inspector Jennings podría aprovechar como excusa para deshacerse de ella.

Tenía que impedírselo de alguna manera. «¡Piensa! ¡Piensa!», se dijo.

¿Qué haría el doctor Ryder?

—¡Bueno, Loveday! No se quede ahí como un muñeco de peluche —gruñó Jennings—. ¿Le dio un rodillazo en la ingle sí o no? —dijo ahora con un tono de voz algo más bajo.

—Sí, señor —respondió Trudy con valentía. Y antes de que él pudiera continuar, añadió rápido—: Fue la única manera que se me ocurrió de controlar la situación sin causar más vergüenza a lord Littlejohn o desacreditar la reputación de la comisaría, señor.

Jennings, con la boca abierta para atacarla, se detuvo durante una fracción de segundo. En la mente de Trudy brilló la idea de que el inspector se parecía un poco a una rana toro atrapada a mitad de camino. Tuvo que morderse el labio para reprimir un repentino e histérico deseo de reírse.

—Explíquese —se contentó con decir Jennings.

—Señor, estaba hablando con lord Littlejohn a las puertas de su colegio cuando él..., eh..., tuvo la torpeza de propasarse conmigo en público. Me temo que iba un poco perjudicado por la bebida. —Mintió sin reparos. Sabía que su cara estaba ardiendo, pero tenía que ser perseverante en su discurso. Sentía que el sudor le corría por la espalda y le temblaban las rodillas, pero hizo caso omiso de ambas sensaciones—. Me agarró en un lugar concreto de la parte superior del torso e intentó algo más. Estábamos en la acera, señor, y necesitaba controlar la situación antes de que se produjera una refriega indigna. Y, por supuesto —añadió con un destello de inspiración—, lo último que quería era verme obligada a detenerle por agresión a un agente de policía.

Por la expresión de su superior, supo que había dado en el blanco.

—Naturalmente, señor, sabía que usted no querría tener que explicarle al duque cómo habían detenido a su hijo después de agredirme en público. Si la prensa se enteraba... —Hizo una pausa para darle más dramatismo—. Así que hice lo único que pude, señor, y traté de pararle de la forma más silenciosa y limpia que pude, luego dejé que se marchara. Por suerte, creo que solo uno o dos transeúntes se dieron cuenta, pero no interfirieron. Volví directamente a la comisaría para informarle de la situación cuanto antes —añadió la mentira casi sin remordimiento de conciencia—, con la esperanza de que usted pudiera ayudar a que el asunto fuera cortado de raíz. Tengo que decir que me sorprende que lord Littlejohn quisiera ventear lo sucedido. Supongo que ha pedido que me sancione —dijo con voz inocente.

Jennings se reclinó lentamente en su silla. Parte de la furia se esfumó y ahora parecía un poco inseguro. Dadas las circunstancias, era lo mejor que podía esperar.

—Sí, dejó claro que quería que, como mínimo, recibiera una buena reprimenda —confirmó Jennings. De hecho, el aristócrata había exigido que la despidieran de inmediato. Pero ahora empezaban a sonar señales de alarma en los oídos de Jennings—. ¿Dice que la agresión fue presenciada por civiles? —preguntó en voz baja.

—Sí, señor. Me atrevería a decir que podría volver y encontrarlos con facilidad si usted quisiera sus declaraciones, ya que esa zona está en mi ronda y estoy segura de haber reconocido a dos de ellos —mintió de nuevo sin la menor vacilación.

—Eso no será necesario, agente —dijo con brusquedad, y Trudy asintió aliviada al ver que ya no se refería a ella con las amenazadoras palabras de agente «en pruebas».

—Por supuesto que no, señor.

Jennings suspiró profundo.

—Pude convencer a lord Littlejohn de que no presentara cargos contra usted —dijo con rotundidad—. Pero, por el amor de Dios, agente, ¡ya debería haber aprendido a rechazar las insinuaciones de los hombres sin llegar a medidas tan extremas!

Trudy contuvo una réplica airada, tragó saliva y dijo con la mayor docilidad que pudo:

—Sí, señor. Lo siento, señor.

—Muy bien. Fuera de mi vista. No, espere.

Trudy, que ya se había dado media vuelta con cierto alivio para dirigirse hacia la puerta, volvió a ponerse rígida y se giró de nuevo.

—¿Sí, señor?

—¿Qué hacía interrogando a lord Littlejohn? Pensé que le había dicho que mantuviera al doctor Ryder a raya cuando se tratara de hablar con los testigos que tienen tanta influencia en la ciudad.

—Sí, señor —dijo Trudy—. Pensé que sería mejor hablar con lord Littlejohn yo misma, señor. Que quizá el doctor Ryder podría ser más..., eh..., más dado a..., eh..., que sería algo brusco y...

Sintió vergüenza por usar a su amigo para librarse de una bronca. Aunque estaba segura de que a él no le importaría. De hecho, cuando se lo contara más tarde, esperaba que la felicitara por su rapidez mental. El forense nunca había ocultado que no tenía en especial estima al inspector Jennings.

—Sí, sí, entiendo. Bueno, en vista del desastre que hizo en la entrevista, le ordeno que se mantenga alejada de lord Littlejohn en el futuro. ¿Está claro?

Trudy parpadeó con fuerza, pero, a pesar de todo, consiguió pronunciar otro «sí, señor» que sonó servicial, antes de saludar con elegancia, darse la vuelta y alejarse.

Pero mientras se dirigía a la puerta, ya se decía a sí misma que no iba a permitir que aquella última orden le impidiera averiguar qué le había ocurrido a Derek Chadworth.

Abrió la puerta y la cerró con cuidado. Consciente de que era el centro de todas las miradas, levantó la barbilla, se dirigió a su escritorio en medio de un silencio inquietante y empezó a vaciar las cosas de su mochila. Todavía rodeada por un silencio espeso, sacó un folio en blanco, un papel de calco y se dispuso a redactar un informe en su máquina de escribir Remington.

A su alrededor, la oficina volvió poco a poco al ruido habitual de las conversaciones y ella recuperó la respiración por fin.

19

Aquella noche, al salir de la comisaría, Trudy se acercó al escarpado escritorio de Walter Swinburne. A sus cuarenta y ocho años, era el oficial más veterano y experimentado de la comisaría.

—¿Puedo pedirle consejo sobre algo? —preguntó ella en voz baja.

—Claro, pero tengo que irme dentro de un minuto —dijo mirando su reloj y Trudy suspiró.

El problema con Walter era que no tenía ambición, ni curiosidad. Era un tipo bastante agradable que hacía su trabajo con eficacia y sin quejarse, pero lo único que realmente quería era irse a casa con su mujer y su amado huerto. El sargento O'Grady mantenía con firmeza que se ganaba el sustento, aunque solo fuera por su larga lista de soplones. Nadie podía discutir que no conocía a todos los villanos de su zona, desde los más insignificantes hasta los más grandes. Pero Trudy no llevaba más de un mes en la comisaría cuando se dio cuenta de que nadie valoraba realmente a Walter.

Y como no estaba ni a favor ni en contra de ella, era siempre un punto de referencia útil y neutral.

—¿Qué puede decirme de las personas que beben a escondidas? —preguntó sin rodeos.

—¿Cómo?

—Me refiero a la gente que bebe demasiado y trata de ocultarlo.

—Oh, ya entiendo. Los médicos los llaman alcohólicos funcionales —dijo dejándola sorprendida. A veces, el agente Swinburne mostraba inesperados destellos de erudita inteligencia que tendían a desconcertar a todo el mundo, ¡y sobre todo al sargento!—. ¿Qué quieres saber?

—Ya sabe. Cómo reconocerlos —contestó Trudy con indiferencia.

—No siempre es fácil —dijo Walter, reclinándose en la silla y sonriendo ligeramente—. Una vez conocí a un hombre, un carterista de Abingdon Street, que podía beber lo suficiente como para tumbar a un caballo y, aun así, salir y robarle la cartera a alguien sin que se diera cuenta.

—Pero seguro que se notaba que había bebido —protestó Trudy. Walter se encogió de hombros—. La mayoría de la gente arrastra las palabras y no son capaces de mantenerse firmes del todo. Ese tipo de cosas... —insistió ella.

—Oh, claro, la mayoría muestra algún signo si han estado bebiendo más de lo habitual. Pero si son bebedores empedernidos y sus cuerpos se han acostumbrado a tanto alcohol en su organismo, te sorprendería lo normales que pueden parecer, incluso cuando están completamente borrachos. Eso sí, a menudo son muy precavidos con la forma en que hablan, un poco despacio, con cuidado de no confundirse.

—Así que hablan despacio y con cuidado —dijo Trudy tomando una nota mental—. ¿Algo más?

—Bueno, no siempre es fácil —apuntó Walter con cautela—. Algunos pueden ser muy astutos y creativos. Sobre todo los que beben a escondidas, que suelen ser los de más arriba, los que tienen más que perder. No son como la clase trabajadora media, que bebe en el *pub* local delante de todo el mundo.

—Entonces, ¿cree que un hombre profesional...? —comenzó a preguntar Trudy con delicadeza.

—Oh, sí, esos son de los que esconden botellitas en lugares estratégicos y beben sorbos de manera astuta cuando nadie de la familia está mirando.

—¿Y no hay nada más que los delate?

—Bueno, también está su aliento, por supuesto —dijo Walter, limpiándose el lateral de la nariz con el índice, pensativo.

—Vaya, así que huelen a alcohol... —dijo Trudy, un poco impaciente. ¡Eso ya se lo había imaginado!

—No tan rápido, agente Loveday —se burló Walter con suavidad—. Nunca dije nada de eso.

—Dijo que su aliento los delataba —protestó Trudy, desconcertada.

—Sí. Pero por los caramelos de menta.

—¿Menta para el aliento? —repitió Trudy. Luego su ceño se frunció al darse cuenta—. Ah, claro. Para disimular el olor a licor o cerveza.

—Exactamente. Necesitas un aroma fuerte para borrar el alcohol, y un caramelo de menta es lo suficientemente fuerte como para disimular el olor.

—Bien —asintió Trudy—. Bueno, gracias por la información, Walter.

Él se despidió con un gesto de la mano y se dispuso a marcharse. Le gustaba llegar a casa a la hora de la merienda, y esa noche había *rissoles* con patatas fritas. Uno de sus platos favoritos.

Trudy siguió su camino un rato después, pero mientras caminaba hacia su casa para tomar el té se quedó pensativa.

Nunca había olido alcohol en el aliento del forense, tampoco caramelos de menta. Y siempre había hablado con normalidad. ¿Quizá se estaba precipitando un poco y pensando en lo peor?

En casa, su madre estaba poniendo el puré de patatas sobre la carne del pastel de pastor para que se gratinara en el horno, pues su padre llegaría en cualquier momento del turno en los autobuses.

Besó distraídamente a su madre en la mejilla a modo de saludo, luego subió a quitarse el uniforme y darse un baño rápido.

Al día siguiente volvería a vestirse de paisano, ya que tenía que ir a más lugares frecuentados por estudiantes con la esperanza de obtener información sobre el estudiante muerto, el misterioso pelirrojo desconocido y el inefable lord Littlejohn. Incluso ahora se retorcía al ver lo fácil que le había resultado a ese individuo hacer una llamada y casi conseguir que la despidieran de su trabajo. Y lo más probable es que lo hubiese hecho sin ni siquiera pararse a pensar que podría haberle arruinado la vida.

¡No era justo!

Suspiró y bajó a tomar el té mientras escuchaba a sus padres discutir con buen humor sobre si debían o no gastar el dinero en alquilar una televisión y comía sin saborear realmente la comida. No dejaba de pensar con resentimiento en Littlejohn. Era un desgraciado; no le cabía la menor duda de que habría sido capaz de matar a su amigo. ¿Pero lo había hecho?

Diciéndose a sí misma que, de ahí en adelante, tendría que tener cuidado de no dejar que su aversión por el principal sospechoso nublara su juicio, se saltó el postre y se acostó temprano. Una cosa era segura: pasara lo que pasara, no debía dar al hijo del duque más munición para usar en su contra.

Pero no iba a ser fácil, porque ella había empezado a odiarlo, a él y a todo lo que representaba.

A la mañana siguiente, todavía de paisano, Trudy fue primero a la oficina del forense para ponerlo al corriente de sus hallazgos y confesarle el incidente con Littlejohn. Se sintió muy satisfecha cuando Clement se rio a carcajadas de su descripción del elegante lord vestido de blanco que se doblaba de dolor y se ponía colorado.

Aun así, le hizo la misma advertencia que el inspector Jennings, que se alejara de Littlejohn de ahora en adelante.

—No creo que sea buena idea que en el futuro le interrogues sin que yo esté presente —dijo Clement con firmeza.

Y con esa restricción aún zumbando en su cabeza —y un tanto resentida, porque había demostrado que podía cuidar de sí misma—, se dirigió a una librería que también hacía la función de cafetería, en un pequeño callejón lateral no muy lejos de The Ship Inn.

Allí se compró una taza de algo de lo que nunca había oído hablar —una especie de café raro— y se dirigió con ella a una mesa en la que un grupo de estudiantes femeninas estaban holgazaneando, discutiendo sobre un tipo llamado Spinoza.

—Sigo pensando que su filosofía... —decía una pelirroja de huesos grandes y bastante llamativa mientras Trudy se acercaba.

—Espero que no os importe que me siente en esta silla libre —dijo ella de manera despreocupada—. Es que el local está bastante lleno.

—Claro, no nos importa —respondió una pequeña morena, sonriéndole de forma amistosa—. ¿Estás en Filosofía, Políticas y Económicas?

—No. Literatura Inglesa —dijo Trudy, pensando que era una asignatura en la que podría apañárselas para mentir si era necesario.

—Entonces, no nos hagas caso. Estamos discutiendo sobre qué filósofo estaba más loco.

—Suena divertido. —Trudy se rio—. Es mejor que hablar del pobre estudiante que se ahogó —añadió con cautela.

—¡Oh, Derek! —La pelirroja puso los ojos en blanco—. Sí, era la última persona que esperabas que se ahogara, ¿verdad?

—¡Oh! —Trudy trató de no parecer demasiado entusiasmada—. ¿Lo conocías personalmente?

—Personalmente, no, bendito sea —dijo la morena más pequeña, lo que hizo que el tercer miembro de su grupo, una chica muy delgada, sonriera ampliamente—. No siempre era una buena idea acercarse mucho a él.

Trudy bebió un sorbo de café, casi se atragantó con su amargor —le gustaba mucho que llevara azúcar y nata siempre que lo tomaba—, y dejó la taza con precipitación. Eso le servía como lección para volver a su costumbre de beber té.

—Oh. Era un poco mujeriego, ¿no?

—Vaya que si lo era... —dijo la chica—. No sé cómo le aguantaban. Me daba escalofríos.

—Era muy divertido y un fotógrafo brillante. Aquella fotografía en blanco y negro que hizo de los vencejos sobre la Radcliffe Camera fue galardonada en alguna que otra revista.

—Puede que fuera un gran fotógrafo, pero apuesto a que era un pésimo novio. —Resopló la pelirroja—. Pregúntale a la pobrecita con la que salía, Jenny Morrison. No tardó en dejarla en cuanto apareció otra mejor.

A Trudy le habría encantado preguntar quién era Jenny Morrison, pero no se sentía lo bastante segura de su técnica de espionaje como para arriesgarse. Tanto el doctor Ryder como el inspector Jennings le habían inculcado que el arte de obtener información consistía en escuchar y hacer preguntas solo cuando fuera realmente necesario. Y ahora que la conversación giraba en torno al muerto, no quería arriesgarse a parecer demasiado entrometida.

—Bueno, nunca fue un chico fiel —dijo la morena pequeña—. Lo vi un día con una chica que parecía un duendecillo, muy llamativa, abrazados y riéndose a carcajadas, y al día siguiente, literalmente al día siguiente, estaba ya con otra chica.

—Así que lo más probable es que se hayan quedado unos cuantos corazones rotos después de su accidente. —Trudy dio un suspiro algo exagerado.

Las chicas estuvieron de acuerdo, sin mucho entusiasmo, en que lo más seguro es que hubiese sido así, y entonces continuó la discusión sobre los filósofos locos.

Trudy, feliz de dejar su taza de café aún llena sobre la mesa, acabó por excusarse y marcharse.

Pero no se dirigió a su siguiente lugar de reunión estudiantil, como había planeado en un principio. En vez de eso, volvió directamente a la comisaría, preguntándose por qué el nombre de Jennifer Morrison le sonaba tan lejano.

En el edificio principal, se adentró hasta la oficina de registros, sin ninguna esperanza de encontrar nada, pero dio con el premio casi de inmediato. Quizá ese iba a ser uno de esos días maravillosos en los que todo parece salir bien.

Al parecer, una tal Jennifer Morrison se había suicidado el año anterior. Le interesaba saber que el forense no había sido el doctor Ryder, sino otro de los funcionarios judiciales de la ciudad. Tomó notas del caso y se dirigió a su escritorio para redactar dos informes, uno para el doctor Ryder y otro para el inspector Jennings.

20

Enid Clowes se bajó del autobús frente a sus grandes almacenes favoritos, Elliston & Cavell, y se preguntó si debería visitar el salón de té y darse un pequeño capricho. Aún se sentía un poco nerviosa por lo que estaba a punto de hacer y una buena taza de té —o tal vez incluso un pastelito— la ayudarían a calmar los nervios. Pero entonces vio a un pequeño grupo de Teddy Boys pasar por delante de la tienda y decidió darse la vuelta de inmediato.

Era extraordinario lo que hacían los jóvenes actuales. Iban por ahí en aquellas ruidosas Vespas y tenían un aspecto tan estrafalario con sus zapatos puntiagudos y el pelo peinado hacia atrás. Se alegraba de no haber vivido nunca en Brighton, con todos los problemas que habían tenido allí con los roqueros y demás.

Entonces, caminó decidida en dirección al Thursby College, donde, según tenía entendido, se encontraba la oficina del juez de instrucción. De todos modos, estaba segura de que el personal de la oficina de correos de St. Aldate's sabría indicarle el lugar correcto, cosa que hicieron con gran amabilidad.

A Enid no le gustaba pensar que el tanatorio estuviera tan cerca, pero cuando llamó a la puerta de la consulta del doctor Clement Ryder se sintió muy aliviada al ser conducida a una habitación muy agradable por una mujer de ojos amables y trato maternal.

Volvió a ponerse un poco nerviosa cuando tuvo que admitir que no había pedido cita.

—Qué tonta he sido. Por supuesto, debería haberme dado cuenta de que un hombre tan importante como el juez de instrucción necesitaría... ¡Oh, cielos, cuánto lo siento!

Pero cuando le dijo a la secretaria del juez que había acudido en respuesta al llamamiento del periódico en busca de testigos que estuvieran en la zona de Wolvercote la mañana en que se había producido aquel desafortunado ahogamiento de un joven estudiante, fue tranquilizada rápido.

Le preguntaron su nombre y le indicaron que tomara asiento, mientras la secretaria tocaba con suavidad una puerta interior y desaparecía. Al cabo de unos instantes, reapareció y Enid fue conducida hacia el interior de una habitación, donde un caballero muy apuesto salió de detrás de un impresionante escritorio.

Clement Ryder analizó a Enid Clowes en un segundo y sonrió con amabilidad a su secretaria.

—Creo que nos vendría bien una taza de té, ¿verdad, señora Clowes?

—¡Oh! Sí. Gracias —aceptó nerviosa.

Sujetó con fuerza su mejor bolso. Llevaba uno de sus conjuntos de los domingos y sus zapatos de cordones más elegantes. Se había arreglado el pelo el día anterior, y ahora tenía que luchar contra el impulso de acariciárselo y asegurarse de que sus rizos con la permanente recién hecha estuvieran en su lugar.

—En realidad no sé si estoy haciendo lo correcto o no, señor..., doctor Ryder —empezó, sonrojándose un poco cuando Clement se aproximó a ella alrededor del escritorio y le acercó una silla.

—Estoy seguro de que sí, señora Clowes —dijo en tono suave—. Mi secretaria me ha dicho que ha venido usted por la fatalidad ocurrida en Wolvercote...

—Sí, así es.

La secretaria apareció de nuevo con unas tazas de té con platito tan finas que Enid estaba convencida de que debían de ser de porcelana. Y con unos preciosos dibujos de rosas también. Bebió un sorbo, agradecida al comprobar que estaba caliente y dulce, como a ella le gustaba.

Clement se retiró detrás de su escritorio e ignoró su propia taza.

—¿Vive usted en Wolvercote? —preguntó continuando con su tono suave.

—Sí. Desde hace muchos años, es un lugar muy agradable. Resulta muy atractivo tener Port Meadow en la puerta de casa, por así decirlo —dijo Enid.

—En efecto —asintió Clement—. Supongo que vio algo la mañana en que los estudiantes celebraban su pícnic.

—Oh, no —dijo Enid, pero luego se corrigió—: Bueno, tal vez. No estoy segura. Sabía que eso iba a ocurrir —dijo con tristeza—. Cuando leí en el periódico que busca el testimonio de gente que pudiera aportar algo, yo no estaba muy segura...

Durante un rato balbuceó y vaciló, y Clement, con paciencia ganada a pulso, empezó a sonsacarle poco a poco qué era lo que había ido a contarle. Resultaba que, el día en cuestión, ella había estado caminando por la carretera y que, cuando había echado un vistazo al prado, había visto cómo los estudiantes comenzaban a congregarse.

—¿Vio usted el accidente? ¿El choque entre las barcazas? —preguntó el doctor.

—No. Creo que debió de ocurrir después de que yo pasara por allí. Además, no se puede ver el río desde la carretera, ya que está por debajo del borde de la ribera.

—Sí. Pero ¿pudo ver a los jóvenes allí reunidos?

—Oh, sí, desde luego.

—Bien. ¿Vio a alguien más? ¿Alguien paseando a su perro, por ejemplo? —preguntó pensando en si podría situar la hora a la que ella había pasado por allí, relacionándola con James Roper y su compañero canino, Tyke.

—No, creo que no. ¡Oh! Pero vi a un pescador alejarse, probablemente después de darse cuenta de que no pescaría nada cuando los estudiantes empezaron a chapotear. Siempre lo hacen, ya sabe, bañarse en el río en verano. Aunque no estoy segura de que sea muy saludable.

Clement sonrió.

—Había dos pescadores, ¿no?

—Oh, no. Bueno, puede que sí, pero solo vi a uno de ellos. Había recogido su equipo de pesca y estaba a mitad de camino a través del prado, en dirección a la carretera. Estaba claro que había renunciado a pescar ese día.

Clement asintió. Por lo que le había dicho James Roper, creía que los dos pescadores que había visto eran amigos y habían llegado juntos al río, pues pescaban muy cerca el uno del otro. Pero si se habían marchado por separado, quizá también habían llegado al río por separado. Aunque ese detalle tal vez no tuviera importancia.

—¿Y se fijó en alguien más?

—No, creo que no.

—¿Y no recuerdas nada de los estudiantes o de la fiesta que le pareciera extraño?

—Oh, no. Bueno, aparte de ese joven pelirrojo que estaba un poco alejado, observándolos —dijo Enid, un poco acalorada. Realmente estaba disfrutando de tener toda la atención del forense. Era un hombre tan agradable y con unos modales impecables.

—Oh, sí, sabemos de él —reflexionó Clement. James Roper también había mencionado a un estudiante pelirrojo—. ¿Cree que los estaba vigilando?

—Bueno, eso parecía.

Clement asintió.

—¿Está segura de que no formaba parte del grupo?

—Por su forma de actuar no me lo pareció —dijo la mujer mayor—. Se mantenía a distancia y no hablaba con nadie. Como alguien que solo estaba disfrutando de un paseo por el río y no quería ser parte de la juerga.

Clement asintió. Tendría que averiguar quién era aquel misterioso pelirrojo. Si ese segundo testigo también decía que el desconocido aún no identificado había estado prestando gran interés a lo que allí pasaba mientras trataba de mantenerse al margen, podría haber visto algo de interés.

Dio las gracias con efusividad a Enid Clowes y le alegró el día tomándola del brazo solícitamente y acompañándola hasta la puerta, diciéndole que ojalá todos los ciudadanos fueran tan cívicos como ella.

Poco más de diez minutos después de que la mujer se marchara, se sorprendió al ver a Trudy de vuelta. Después de haberse reunido con ella temprano, no esperaba volver a verla hasta el final del día.

Pero una mirada a sus brillantes ojos marrones le dijo que estaba emocionada.

—He descubierto algo que puede ser interesante —empezó la agente—. En primer lugar, ¿podría conseguir el expediente de una chica llamada Jennifer Morrison? Se suicidó el año pasado, pero no es uno de sus casos.

Cuando empezó a relatar su conversación con las estudiantes en la cafetería, Clement pidió a su secretaria que localizara el expediente.

Y cuando terminó de leerlo, estuvo de acuerdo en que había que visitar a los padres de la chica muerta.

Islip lucía preciosa bajo los rayos del sol. Clement no pudo evitar admirar los jardines mientras conducía por un camino empinado y estrecho buscando el número de la vivienda de los Morrison entre las bonitas casas pareadas.

Aunque no era jardinero, apreciaba el espectáculo que ofrecían los que sí tenían habilidades para la jardinería.

—Ahí está —dijo Trudy, señalando al otro lado de la carretera—. La que tiene el viejo Riley azul oscuro en la entrada del garaje.

Clement asintió y aparcó el coche.

El jardín delantero de los Morrison estaba repleto de flores y, mientras caminaban por un cuidado sendero de piedra hasta la puerta principal, el zumbido de las abejas era casi ensordecedor.

La puerta fue atendida con rapidez por una mujer de rostro

cansado que miró las credenciales del forense con los labios apretados, pero sin ningún otro signo evidente de angustia.

—Siento molestarla, señora Morrison, pero la agente Loveday y yo estamos investigando la muerte por ahogamiento de un estudiante cerca de Wolvercote. Supongo que habrá leído algo al respecto.

Celia Morrison frunció ligeramente el ceño y luego se encogió de hombros.

—La verdad es que no leo mucho los periódicos últimamente. Por favor, pasen. —Se hizo a un lado y los condujo a un pequeño vestíbulo que olía a cera de lavanda para muebles—. Por favor, pasen al salón —dijo, indicando una puerta que daba a una pequeña habitación situada a un lado.

Un par de grandes sillones y un sofá de aspecto nuevo ocupaban la mayor parte del espacio, pero en la pared del fondo había unas puertas francesas que dejaban entrar la luz a raudales. A través de ellas, el jardín trasero, aún más bello y mucho más grande, se extendía a lo largo de un gran trecho, mostrando una cuidada sección de árboles frutales y verduras, una amplia zona de césped rodeada de hierbas aromáticas y algunos arbustos.

—¿Qué puedo hacer por ustedes? —preguntó Celia Morrison con actitud amable—. ¿Les apetece tomar algo? ¿Té, café, zumo de naranja? Hace mucho calor, ¿verdad?

—No, gracias —dijo Trudy también con amabilidad. Como habían acordado en el coche que ella hablaría con la esposa y Clement con el marido, sonrió con dulzura y dijo—: Señora Morrison, ¿sabía usted que su hija Jennifer era muy amiga de Derek Chadworth, el chico que se ahogó hace poco?

—¿Mi Jenny? —dijo Celia, que parecía y sonaba realmente sorprendida—. ¿Está segura? Nunca mencionó a nadie con ese nombre.

—Sí, estamos seguros —asintió Trudy—. Varios de sus... amigos en común lo mencionaron. Aunque puede que solo llevaran viéndose un tiempo. No creo que fuera nada serio —añadió con tacto.

—Oh. Oh, bueno... Me temo que mi hija ya no está con nosotros... —La voz de Celia empezó a entrecortarse.

Entonces Clement decidió intervenir:

—Está bien, señora Morrison. Sabemos lo que le pasó a su hija. Y lo sentimos mucho —dijo en voz baja.

Sabían, por la lectura del expediente de la chica, que una noche había visitado la casa de su amiga Abigail White y que, con el pretexto de ir al baño, había robado todos los somníferos recetados a la señora White. Y dejando a su pobre madre el desagradable papel de encontrarla muerta en la cama a la mañana siguiente.

La mujer agachó un poco la cabeza y volvió el rostro unos segundos. Estaba claro que se sentía incapaz de mantener una conversación en ese momento.

—Mi marido está en casa. En el jardín. Tal vez les gustaría hablar con él —dijo, soltando las palabras de forma entrecortada, con evidente desesperación por librarse de ellos y de la insoportable tristeza que le producían sus preguntas.

Trudy se sintió tensa, culpable. Aunque comprendía que en su trabajo había que hacer preguntas —de hecho, era su deber—, no tenía por qué gustarle hacerlo siempre. Y, desde luego, no le gustaba remover el dolor en la vida de la gente.

—Sí, tal vez sea lo mejor —respondió rápido Trudy.

—Está en la parte de atrás, jugando con su nuevo juguete —dijo Celia sonriendo con valentía, tratando de recuperar la compostura—. Mi marido adora su jardín, doctor Ryder —explicó, aún respirando de manera algo entrecortada—. Siempre lo está modificando: pone rocalla, prueba nuevos híbridos, añade nuevas variedades de árboles frutales al huerto... Ese tipo de cosas. Pero ya le he dicho que no sé para qué quiere un gran estanque, ¡sobre todo teniendo en cuenta que tenemos el río haciendo límite con nuestro terreno!

Ahora que había empezado a hablar era como si no pudiera parar.

—Pero ahí sigue en sus trece. ¡Dijo que quería empezar a cultivar nenúfares! Es muy probable que se encuentre al fondo del jardín viendo cómo están las plantas —añadió, abriendo las puertas francesas al máximo, pues ya estaban un poco entreabiertas, dejando que el calor y el aroma del exterior se colaran en la habitación.

Trudy se preguntó si su comportamiento errático se debía a que estaba tomando algún tipo de medicación.

—Si van por el patio, siguiendo la curva del césped hacia la derecha y continúan recto hacia abajo, verán un grupo de sauces llorones que marcan la línea del río. Estoy segura de que estará por allí —dijo la mujer con una sonrisa tan amplia que no parecía del todo correcta.

Clement Ryder también se hizo preguntas sobre el estado de los nervios de esa mujer, pero ella no era su paciente. Aun así, tomó nota mental de averiguar quién era su médico de cabecera para poder hablar tranquilamente sobre su estado, de profesional a profesional.

—Gracias, señora Morrison —dijo Trudy con tono calmado.

Atravesaron aquel glorioso jardín en un silencio tenso y reflexivo, ambos muy pensativos.

A Trudy no le sorprendía tanto que la madre de la chica muerta no hubiera sabido que estaba saliendo con Derek. Cada vez estaba más claro que el estudiante ahogado no era lo que sus padres habrían llamado un chico bueno. Y las jóvenes, tuvo que reconocer Trudy con ironía, no solían presentar a los chicos malos a sus padres, sino que mantenían su existencia muy en secreto.

No podía contar las veces que sus propias amigas le habían rogado que dijera a sus padres que habían estado con ella, cuando, en realidad, habían salido al cine con alguien que sabían que sus padres no aprobarían.

Después de caminar unos metros, vieron al señor Keith Morrison y, efectivamente, estaba de pie, mirando hacia una gran masa de agua que apenas empezaba a asentarse. La tierra removida que se había excavado para hacer sitio al estanque rodeaba una de sus mitades y en ella había plantados varios arbustos pequeños y algunos lirios. Cuando se acercaron, vieron que el señor Keith se fijaba en ellos y se giraba para mirarlos.

Era un hombre corpulento, juzgó Trudy, tal vez de metro ochenta e incluso un poco más, de complexión fornida y cabello ralo y gris pálido. Tal vez porque Celia Morrison le había parecido tan pequeña y frágil, esperaba que su marido fuera de una estampa similar. Pero mientras él los observaba, sin mostrar signos de bienvenida ni de rechazo, recordó lo que había investigado sobre él antes de ir a visitar al forense.

Una rápida comprobación de antecedentes le había informado de que era un exitoso hombre de negocios propietario de una pequeña fábrica en Cowley que producía el ciclomotor Morrison en cantidades impresionantes. Su hija, Jennifer, había sido hija única, y se preguntaba a quién traspasaría el señor Morrison el negocio, ahora que sabía que ya no tendría nietos.

—¿Hola? ¿Puedo ayudarles en algo? —se dirigió a ellos buscando algo con la mirada a sus espaldas, quizá esperando ver a su mujer acompañándolos fuera.

Sin embargo, sus ojos volvieron rápido a Clement cuando el forense le mostró sus credenciales, presentó a Trudy y le dijo que estaban investigando la muerte de Derek Chadworth.

—¿Chadworth? ¿Derek Chadworth? Nunca he oído hablar de él —dijo sin rodeos. Luego añadió, frunciendo un poco el ceño—: Un momento..., fue el chico que se ahogó cuando esos estudiantes montaron aquel alboroto en el río hace una semana o así, ¿no?

Sus ojos se movían sin parar de un lado a otro entre el hombre alto y de evidente buena educación y la inesperada figura de la joven de pelo largo, rizado y castaño de grandes ojos marrones, como buscando alguna otra explicación a su presencia. Parecía cansado y un poco incómodo. Tal vez incluso un tanto impaciente, como si hubieran interrumpido su momento de contemplación y quisiera acabar rápido para volver a recuperar la tranquilidad.

—Así es. Creemos que su hija Jennifer lo conocía —dijo Clement con voz suave—. Y esperábamos que ella le hubiera dicho algo sobre él que pudiera ser útil para nuestras investigaciones. Estamos intentando encontrar...

—Tonterías —le interrumpió Keith Morrison con cierta brusquedad—. No sé de dónde ha sacado esa información, pero dudo mucho que mi hija conociera a ese hombre, a ese estudiante, del que habla. Era una chica normal y corriente. Ella tenía un modesto trabajo en el mostrador de cosméticos en Debenhams, iba allí nada más salir de la escuela. Estaba entrenando para las Olimpiadas, doma de caballos, ya saben, así que no tenía mucho tiempo libre. Pero incluso si se hubiera estado viendo con algún joven, habría sido con alguien del pueblo o con alguien de nuestra clase. Ella no se habría involucrado con los estudiantes —mantuvo con firmeza.

Clement lanzó una mirada a Trudy, que ella interpretó con rapidez. Los padres irritados necesitaban que los calmaran, y ella era mucho mejor haciendo ese tipo de cosas que el a veces impaciente e irascible forense.

—Entiendo por qué puede pensar eso, señor Morrison —dijo ella tratando de apaciguarlo—. Pero he oído de varias fuentes que Jennifer y Derek salieron juntos durante un tiempo el año pasado. ¿Ella nunca lo mencionó?

—No, y sigo pensando que se equivocan —insistió el hombre con obstinación—. Ella sabía que los estudiantes estaban fuera de los límites, se lo dije a menudo. Es lógico, solo están tres años en la ciudad para obtener sus títulos y luego vuelven a sus lugares de origen. La mayoría de ellos son engreídos aristócratas que se dedican a pasárselo bien sembrando maldad, y no son de los que buscan chicas buenas y decentes con las que casarse. Su madre y yo le advertimos todo el tiempo que se mantuviera alejada de ellos, y así lo hizo.

Trudy suspiró con disimulo. Parecía que Jennifer Morrison no había confiado a ninguno de sus padres que había estado viendo al chico muerto. Y con una actitud como la de Keith Morrison, no le sorprendía.

—Ya veo —dijo ella con cierta impotencia, y dirigió al forense una mirada interrogativa.

Clement se encogió de hombros de forma tan leve que fue casi imperceptible, luego se volvió y miró hacia el estanque.

—Veo que ya tiene algunos tritones. La naturaleza nunca tarda mucho en colonizar un lugar nuevo, ¿verdad? Bonito estanque el suyo —dijo, en un intento de que la charla volviera a ser más amistosa con un cambio radical de tema.

Haciendo un esfuerzo, Keith apartó los ojos de la mujer policía y frunció el ceño ante lo que su esposa había llamado su nuevo juguete.

—Sí, está avanzando —comentó con desgana.

—Veo que las marcas de la zanja que cavó hasta el río están casi borradas. Esa planta rastrera que tiene ahí cubre bien el suelo, ¿verdad? —continuó Clement con tono amable, para luego añadir—: Debe de echar mucho de menos a su hija.

Keith Morrison se puso tenso, estaba claro que no estaba de humor ni para que lo tranquilizaran ni para que trataran de simpatizar con él.

—Si no puedo ayudarles en nada más —dijo con frialdad—, les agradecería que no volvieran por aquí a molestarnos. En especial a mi esposa. Todavía lleva muy mal la muerte de nuestra Jenny... ¿Podrían irse, por favor?

Y con esa forzada despedida, Trudy y Clement asintieron, murmuraron su agradecimiento y comenzaron a caminar de regreso por el impresionante jardín del matrimonio.

Trudy se sintió un tanto abatida. No habían averiguado nada nuevo sobre el chico muerto. Excepto que Jennifer Morrison había tenido sentido común no hablando a sus padres sobre Derek.

—Bueno, ha sido un fracaso total —dijo Trudy con pesar. Pero Clement Ryder no estaba tan seguro eso.

21

El forense la dejó en la comisaría y luego volvió a su despacho, con la intención de ocuparse de un montón de papeleo que había estado descuidando últimamente. Trudy, reacia a volver a la oficina —ya que aún estaba un poco resentida por la reprimenda que le había dado el inspector Jennings por el desastre ocurrido con Littlejohn—, merodeaba por la concurrida acera, buscando con desesperación algo útil que hacer que no incluyera tareas de oficina.

De repente recordó que el chico muerto era aficionado a la fotografía. Estaba bastante segura de que alguno de los estudiantes con los que había estado charlando había mencionado que incluso había ganado premios y le habían publicado algunas cosas en una revista local. De acuerdo, era poco probable, pero quién sabía si descubriría algo nuevo si indagaba por ese lado.

Una rápida búsqueda en la biblioteca pronto la llevó a *Oxford Through the Lens*, una revista mensual dedicada a los fotógrafos locales y su trabajo, y cuyos números atrasados contenían varios originales de Chadworth.

Se acercó a las oficinas de la revista, situadas en un pequeño callejón no muy lejos del emplazamiento de la antigua prisión. Y allí solo encontró a una persona, un anciano alto, delgado y de aspecto un tanto chupado, pero que reconoció al instante el nombre de Derek Chadworth.

Trudy se presentó, mostró sus credenciales y le dijo por qué había ido hasta allí.

—Oh, sí. ¡Pobre Derek! Fue una pérdida para la fotografía, mi querida jovencita. Esto..., lo siento, oficial. Siempre le insistí en que podría convertirse en un profesional si dedicaba más tiempo a perfeccionar su arte. Por desgracia, estaba más interesado en sus estudios y en... —se interrumpió a sí mismo de repente, mirando a Trudy con cierta inquietud.

Trudy sonrió, adivinando lo que estaba a punto de decir. Sin duda, Derek no había ocultado su aprecio por el sexo débil.

Intuyendo que no llegaría muy lejos con ese testigo a menos que siguiera la vía oficial, le recordó con crudeza que la policía seguía investigando su muerte.

—Me preguntaba qué podría decirme de él, señor —dijo ella, con voz seria y sacando su cuaderno para parecer aún más oficial—. ¿Le gustaba?

—¿Cómo? ¿Él? —El anciano, que se había presentado como Richard Fosdyke, pareció sorprendido por la pregunta—. Bueno..., no estoy seguro... Me gustaba su trabajo. Hizo unas fotos en blanco y negro maravillosas de la ciudad al amanecer. El año pasado publicamos unas cuantas en la revista. Lo animé a presentar una o dos a un concurso nacional, y creo que ganó un premio bastante prestigioso.

—Así que era muy bueno entonces —estuvo de acuerdo Trudy, sin mostrar mucho entusiasmo por sus proezas con la cámara—. ¿Le pareció que estaba diferente en las semanas anteriores a su muerte?

—¿Diferente?

—Sí. Tal vez estaba de mal humor o temeroso de algo. ¿Tal vez un poco nervioso?

—Oh, no. Nada de eso. Parecía tan animado como siempre —dijo Richard Fosdyke, torciendo los labios con ironía—. A Derek nunca le faltó confianza en sí mismo. Supongo que tenía motivos para estar contento. Confiaba en que le iría bien en los exámenes y era muy popular entre las mujeres. Y nunca le faltaba el dinero —continuó, sin darse cuenta de que de repente tenía toda la atención de la joven y guapa agente de policía—. Supongo que era otro de esos chicos con un fondo fiduciario, como la mayoría de los que viven en nuestra hermosa ciudad —musitó el hombre, con un poco de envidia, le pareció a la agente.

Pero Trudy, que sabía la verdad, no pudo evitar una sonrisa.

—¿Ah, sí? ¿Y qué le hace pensar que era un chico con recursos? Siempre vestía con ropa elegante, ¿verdad? ¿Tal vez también era generoso con su dinero?

—¿Umm? Oh, no. Bueno, no especialmente. Quiero decir, estaba pensando en su estudio fotográfico. Tenía el mejor equipo del mercado, las mejores cámaras y un cuarto oscuro que, francamente, era incluso mejor que el mío —dijo el anciano, cuya envidia era ahora bastante evidente.

—¿Estudio fotográfico? —repitió Trudy, y su sangre de detective empezó a acelerarse. ¿Seguro que era la primera vez que oía hablar de ello? Desde luego, Clement no lo había mencionado. Tampoco los padres del chico—. ¿Recuerda dónde estaba?

—Por el camino de Jericó en alguna parte, creo. Con vistas al canal. Tenía un local alquilado, un garaje doble, creo.

—Sí, señor. ¿Tiene la dirección?

—No, creo que no. Pero una vez me llevó allí, para enseñarme unas cosas que tenía secándose. ¿Quiere que le dibuje un mapa? —se ofreció mostrándose muy servicial.

Trudy podría haber besado a aquel pájaro viejo. En lugar de eso, le dedicó una sonrisa deslumbrante que le alegró el día.

—Sí, señor, sería estupendo —respondió Trudy.

Más o menos al otro lado de la ciudad, lord Jeremy Littlejohn atravesó las puertas del club de boxeo y vio al boxeador de siempre durmiendo en su silla. Con el labio torcido, anticipó el momento en que podría golpear la pata de la silla, despertando así al hombre y exigiéndole un combate en el *ring* vacío.

Le apetecía golpear algo sólido y estúpido durante una o dos horas.

Se dirigió a la trastienda y caminó hacia su taquilla, deslizando de un hombro la bolsa que contenía su equipo de atletismo y dejándola caer al suelo.

Se quitó la chaqueta y abrió la puerta; su mano se introdujo de forma automática en el interior para extraer una de las perchas de alambre que habitualmente colgaban de una barra en la parte superior de la taquilla.

Pero antes de que su mano pudiera tocar la percha, algo cayó y fue a aterrizar sobre la parte superior de sus inmaculados zapatos Oxford haciendo un ruido sordo.

Lord Jeremy Littlejohn, al ver lo que era, lanzó un aullido ahogado y saltó hacia atrás, sacudiéndose a conciencia el patético cuerpo peludo de su zapato.

El corazón se le subió a la garganta y, durante unos segundos, tuvo que tragar saliva.

Por un momento se quedó mirando al roedor muerto. Sus dos dientes amarillos sobresalían de forma obscena de su mandíbula, y sus dos patas delanteras estaban un poco dobladas, irónicamente, como en una postura de boxeo. Luego, con desagrado, se agachó y lo sujetó con delicadeza por la punta de la cola.

Le llegó un leve olor a putrefacción maloliente que le provocó una ligera arcada.

Su primer pensamiento indignado fue el de llevar al pequeño cadáver a la otra habitación, dejarlo caer en el regazo del hombre dormido y luego reprocharle para qué servía si no podía impedir que los intrusos dejaran semejantes tarjetas de visita en las taquillas de los socios.

Pero pronto se impuso el sentido común.

Lo último que quería era que se supiera que lo estaban atacando de esa manera. Además, cuanto más controlara la situación, mejor. Hasta que encontrara la forma de averiguar qué estaba ocurriendo con exactitud, cuanto menos supieran los demás, mejor.

Así que, en lugar de eso, se dirigió a una puerta trasera que daba a un diminuto patio empedrado donde guardaban los contenedores y se deshizo del pequeño cuerpo depositándolo con el resto de la basura.

Después se dirigió a los aseos y se lavó las manos de forma compulsiva, varias veces, con agua caliente, utilizando la dura pastilla de jabón carbólico que parecía llevar allí desde tiempos inmemoriales.

Ya sin ánimos para el combate, recogió su chaqueta, tomó nota mental de que le asignaran otra taquilla y volvió a salir.

Aunque trató de convencerse de que su sangre fría seguía intacta, se dio cuenta de que el corazón le latía mucho más rápido de lo que le hubiera gustado, y sintió la necesidad de beber un trago de algo fuerte.

Con su recién adquirido trozo de papel en la mano como si fuera oro, Trudy se dirigió a la primera cabina telefónica pública que encontró y llamó al despacho de Clement. Cuando le contó lo que había encontrado, el forense decidió al instante que su papeleo pendiente podía esperar. Acordaron reunirse al final de Walton Street, y con el mapa de Fosdyke como guía, se adentraron en el laberinto de calles bastante deterioradas y sórdidas que componían aquella pequeña zona conocida como Jericó.

Diminutas casas adosadas apiñadas, sobrecogedoras calles estrechas que se entremezclaban aquí y allá lleno de comercios del tipo que proliferan en las zonas más pobres y obreras de cualquier ciudad del país. Casas de empeño, casas de apuestas, tiendas de segunda mano y de alquiler de aparatos eléctricos viejos y mal reparados. Varios niños que jugaban en la calle les observaron con ojos curiosos, y más bien hostiles, mientras rastreaban en busca del estudio de Derek.

Situado en una pequeña plaza de viejos garajes y oficinas comerciales de bajo nivel, con maleza creciendo a través del asfalto y ni una ventana limpia a la vista, incluso el aire olía a humedad en un día tan cálido de verano como el que tenían. Cortesía, sin duda, del canal de Oxford, que sin duda debía de pasar justo detrás de los edificios.

—No es lo que se dice una maravilla, ¿verdad? —dijo Trudy con ironía, cuando finalmente llegaron al lugar señalado con una X en el mapa de Fosdyke.

—Tampoco es necesario que lo sea, ¿verdad? —dijo Clement pensativo—. Era solo un lugar donde podía revelar sus fotografías. De alquiler barato y apartado. Dudo que guardara sus cámaras aquí. Se las habrían robado en un santiamén. Me atrevería a decir que las guardaba en su habitación de la universidad. Pero el líquido de revelado, el papel y todo eso... no es algo que a un ladrón o un caco pueda interesarle, no tiene salida en el mercado.

Efectivamente, el edificio parecía haber sido destinado para ser usado como un garaje con capacidad para dos vehículos. Dos ventanas diminutas y mugrientas situadas en lo alto indicaban que había muy poca luz en el local, y tanto Trudy como el forense se dieron cuenta de que además estaban cubiertas por unas gruesas cortinas de color negro que lo oscurecería todo aún más. Así pues, estaban en el lugar correcto. En una de las grandes puertas dobles se había recortado una pequeña puerta de forma bastante inexperta, que se mantenía cerrada con un simple candado y una aldaba.

Clement la sacudió, pero la cerradura se mantuvo firme.

—Es probable que la llave se encuentre entre los efectos personales de Derek —dijo el forense con indiferencia, haciendo resoplar a Trudy.

Así que ahora tendrían que recorrer todo el camino de vuelta a...

—Por suerte para nosotros, se me ocurrió traer el juego de llaves de las pruebas —continuó, sonriendo ante la expresión de alivio de ella—. Pregunté a sus padres si podía quedarme con algunas de sus cosas hasta que concluyera la investigación. Ahora... ¡Ah! Esta parece una llave de candado.

Levantó una llave diminuta, brillante y cuadrada e introdujo el extremo dentado. Abrió con facilidad y, haciéndola pasar delante de él, ambos cruzaron la puerta. Mientras Trudy se adentraba pegada al lado de la pared más cercano a ella, buscando a tientas un interruptor de la luz, Clement cerraba la puerta tras ellos.

El olor a productos químicos y a papel seguía presente en el aire de forma ligera, y cuando Trudy finalmente pulsó un interruptor y se encendió una única bombilla, tenue y algo escasa, dejó a la vista un espacio sorprendentemente ordenado.

En el centro había una gran mesa de madera. En una pared había un banco de grandes archivadores verdes de hojalata. Al fondo, un tabique de madera que iba del suelo al techo y estaba colocado en ángulo recto con la pared, estaba claro que ese era su cuarto oscuro, pues en su parte superior había una pequeña bombilla roja.

En el interior, sin duda, solo habría iluminación infrarroja. Trudy, que no sabía casi nada de fotografía, sabía lo suficiente para entender que la luz natural del día podía estropear la película.

A lo largo de un testero en blanco, observó varias columnas de papel de dos metros de altura, que sospechó que tenían fondos pintados o fotográficos, porque pegada a la pared había una gran otomana de felpa roja. Podía imaginarse a alguien sentado en ella, con un telón de fondo de la torre inclinada de Pisa, o lo que fuera, a sus espaldas.

No sabía que Derek Chadworth hiciera retratos además de paisajes. Era extraño que nadie lo hubiera mencionado.

Una cama individual, con una alfombra de piel de oveja sobre ella, estaba apartada a un lado, llamando la atención de Trudy y haciéndola fruncir el ceño con incertidumbre. No tenía mucho sentido que Derek durmiese en un sitio así. No cuando tenía una cálida y bonita habitación en el St. Bede's College.

Del techo colgaban en largos lazos trozos de cuerda, y sujetos a ellos había varios trozos de papel, blancos por el reverso, pero como era evidente, con fotografías expuestas por el anverso, que estaban sujetos por una esquina con pinzas de la ropa.

—Mire, había estado secando algunas fotografías justo antes de morir —dijo Trudy, acercándose a ellas.

Sin embargo, cuando estuvo a poca distancia, sus pasos se ralentizaron. Respiró largo y profundo.

—Doctor Ryder —dijo de manera brusca—. ¡Mire esto! Son... Son... ¡asquerosas!

Al oír su tono de voz, Clement, que estaba a punto de dirigirse al archivador más cercano y empezar a rebuscar entre los archivos, se acercó a ella. Cuando sus ojos, no tan agudos como los de ella, empezaron a observar las imágenes de las fotografías ya secas, sintió que sus labios se curvaban con desagrado.

—Así que este era su jueguecito —dijo con rotundidad.

De mala gana, cogió una, la quitó de la pinza y la miró con calma, distanciándose mentalmente del tema, como habría hecho en sus tiempos de médico en formación cuando tenía que examinar a una paciente desnuda.

Trudy apartó los ojos de la imagen de una chica muy guapa, en toples y sonriendo de manera provocativa a la cámara. Estaba sentada en la otomana roja y detrás de ella se veía un paisaje urbano de Nueva York. Trudy sintió que se ruborizaba. Era una tontería. Habían aprendido todo sobre pornografía y ese tipo de cosas en la escuela de formación.

—Bueno, esto lo cambia todo, ¿no? —dijo Clement con sequedad.

—¿Cree que se las vendía a revistas para adultos? —preguntó Trudy, tratando de sonar práctica.

—Seguro que sí. —Clement se dirigió a uno de los archivadores y empezó a rebuscar en él—. Y no me extrañaría que también las vendiera en los *pubs* de la zona —dijo, después de encontrar una especie de libro de contabilidad con columnas de cifras y los nombres de varios clubes nocturnos conocidos de las zonas más sórdidas de la ciudad.

Trudy suspiró.

—¿Por qué lo hacen las chicas? —reflexionó, apartándose de la ristra de fotografías y dirigiéndose a otro archivador.

Allí, sin embargo, solo había carpetas de sus paisajes y trabajos más respetables, junto con algunos recortes de periódico que alababan sus trabajos premiados.

Las dejó en los cajones y se dirigió al siguiente armario, sacando la primera carpeta.

Al desplegarla, sus ojos se abrieron de par en par y fue consciente de que debió de haber emitido un sonido de angustia, porque de repente el forense se plantó a su lado. De manera apresurada, cerró la carpeta y se la tendió sin decir ni una sola palabra. Pero la imagen que había visto antes de que su cerebro tuviera la oportunidad de advertirla seguía siendo nítida en su mente.

Nada de poses coquetas en toples. Pero sí un joven y una chica, ambos desnudos en una cama y en el acto de...

Trudy se paseaba inquieta por la habitación. Era espantoso. Y lo absurdo era que se sentía enferma y al mismo tiempo con ganas de reír como una estúpida. Pero no debía —ni quería— hacer ninguna de las dos cosas. Era una profesional y actuaría como tal.

—Tengo que informar al inspector Jennings de esto, doctor Ryder —se obligó a decir con seriedad—. Está claro que esto entra dentro de la ley de obscenidad sexual. Habrá que informar a la Brigada Antivicio —añadió mientras ya caminaba con paso firme hacia la puerta. Necesitaba aire.

—Sí, por supuesto —dijo Clement sin rodeos, caminando a su lado—. Tú informa y yo haré guardia aquí. —Su tono serio coincidía con el de ella y se cuidó de no mirarla a los ojos.

Trudy asintió con la cabeza, salió al aire fresco y tomó varias bocanadas. A continuación, se dirigió con rapidez a la comisaría. Pero no tenía muchas ganas de informar a su jefe de lo que había encontrado.

En condiciones normales, meterse en un lío como aquel sería un gran éxito y un gran impulso para su carrera. Pero, dadas las posibles consecuencias, tenía la sensación de que el inspector Jennings no iba a estar muy contento con ella por haber sacado a la luz un lío tan potencialmente desagradable.

No estaba nada contento. Pero media hora más tarde llegó con ella al estudio, acompañada de un inspector de la Brigada Antivicio.

Clement esperaba fuera con discreción, pero no había perdido el tiempo mientras estaba solo. En cuanto Trudy se hubo marchado, se dispuso a revisar algunas de las fotografías más escabrosas con nítida eficacia y profundo desagrado y había encontrado justo lo que esperaba hallar.

No le interesaban tanto las caras de las chicas, sino la identidad de los hombres de las fotografías. Y estaba bastante seguro de haber reconocido al menos a cuatro de ellos en su lista de testigos citados para la investigación de la muerte de Chadworth. Lo que significaba que era muy probable que todos fueran miembros del Club de los Marqueses y, casi con toda seguridad, también miembros del alumnado.

Al igual que Trudy, sabía muy bien que esto tenía todos los ingredientes para convertirse en un escándalo que podría sacudir la universidad hasta sus cimientos. No era de extrañar que Jennings lo mirara sin disimular su odio.

—Doctor Ryder, este es el inspector James Hewson, de la Brigada Antivicio.

Clement saludó con la cabeza al hombre mayor y regordete, que lo miró con curiosidad y una breve sonrisa.

—Parece que habéis encontrado trabajo para mi departamento —dijo con cara de indiferencia.

Clement hizo un gesto con la mano hacia el edificio que tenía detrás y se alejó.

—Será mejor que los dejemos solos —dijo en tono suave el forense—. Supongo que la agente Loveday le ha informado de las circunstancias que nos han traído hasta aquí —se dirigió a Jennings—. ¿Sigue pensando que no hubo nada extraño en el ahogamiento accidental de Chadworth? —añadió en voz baja, asegurándose de que no llegara a oídos del hombre de Antivicio.

—¿Debo recordarle, doctor Ryder, que ahora se trata de un asunto policial? —respondió Jennings con el ceño fruncido—. ¿Una investigación separada, en curso y activa? ¿Puedo confiar en que será discreto al respecto? —le preguntó en tono agresivo.

—Por supuesto —dijo Clement manteniendo el tono suave—. Mis labios están sellados.

Jennings suspiró con pesadez y, al ver a Trudy, que revoloteaba nerviosa a unos metros de distancia, dijo con sequedad:

—Eso es todo, agente. Puede volver a sus obligaciones. Y vuelva a ponerse el uniforme, por favor —le espetó.

El inspector pensó que debía estar agradecido porque Trudy hubiese encontrado primero ese desagradable lugar. Si un periodista se hubiera topado con él..., no quería ni pensar en las consecuencias. Sin embargo, no podía evitar sentir que ella había dejado caer todo el peso encima en él y, ahora mismo, solo verla le hacía subir la presión sanguínea.

Ya podía imaginarse a sus superiores respirándole en la nuca para que lo encubriera todo. Pero al menos eso sería un dolor de cabeza para los de Antivicio, pensó complacido. No era competencia suya.

—Sí, señor —dijo Trudy con modestia, y se dio la vuelta.

Siempre había sabido que, como humilde agente de policía en prácticas, no se le permitiría seguir investigando el caso; aun así, sintió cierto disgusto. Si no hubiera sido por ella y por el doctor Ryder, la policía municipal ni siquiera sabría de la existencia de ese tráfico de material obsceno.

—Supongo que tu jefe ya te ha advertido de que no digas ni una palabra de esto —le dijo Clement en voz baja, mientras volvían sobre sus pasos hacia el centro de la ciudad.

—Sí. De hecho, me dijo que me pondría de patitas en la calle si alguien de la oficina se enteraba —dijo Trudy, un poco sorprendida.

—Seguro que adivinas por qué —dijo Clement con un gruñido—. Creo que te darás cuenta de que, aunque las jovencitas de las fotos no son de gran interés para los poderes fácticos, sus antiguos pretendientes sí lo son.

Trudy parpadeó.

—¿Perdón?

—Nuestro Derek podría haber cortejado, sobornado o coaccionado a las mujeres para que posaran para sus fotos eróticas, pero creo que los hombres que aparecían en ellas eran voluntarios deseosos y dispuestos. ¿No reconociste a ninguno de ellos?

La respiración de Trudy se volvió más agitada.

—No es que haya podido examinar las fotografías con mucho detenimiento —admitió con algo de pena.

—Bueno, pero yo sí. Varios de ellos eran sin duda estudiantes, y apostaría a que miembros del Club de los Marqueses.

Trudy se detuvo en seco en la calle, mirando asombrada al forense. Luego, de forma lenta, empezó a sonreír.

—Por favor, dígame que lord Littlejohn era uno de ellos —suplicó.

Pero Clement tuvo que sacudir la cabeza.

—Había algunas fotos de un hombre delgado con una larga cabellera rubia, sí, pero procuraba que siempre le fotografiaran de espaldas, ni siquiera de perfil. Muy astuto por su parte, si lo piensas —dijo Clement con sequedad—. Mientras que sus amigos eran demasiado impulsivos o estaban demasiado borrachos como para preocuparse por ser capturados en celuloide para la posteridad, el hijo de nuestro duque era demasiado cuidadoso como para ser descubierto. De hecho, no me sorprendería que hubiera insistido en ver todos los negativos y destruir cualquier fotografía que pudiera demostrar su implicación.

Los hombros de Trudy se desplomaron.

—Supongo que sí. Parece tener siempre mucho cuidado de proteger su propio pellejo. Y Derek Chadworth parecía ser su marioneta, ¿verdad?

—¿De verdad lo era? —murmuró Clement—. Empiezo a preguntármelo. Y no me sorprendería en absoluto que nuestro estudiante ahogado tuviera la mente puesta en algo más importante que las ganancias que se pueden obtener con un pequeño negocio privado pornográfico.

—¿Qué quiere decir? —preguntó Trudy, fascinada. Sentía que su corazón empezaba a palpitar de emoción. Algo le decía que se estaban acercando al final de la investigación y que pronto descubrirían la solución.

—Piénsalo —dijo Clement—. Las fotografías eróticas eran una buena fuente de ingresos para un pobre estudiante que estaba estudiando en la universidad. Sin duda, explica cómo consiguió su dinero, cómo pagó el equipo fotográfico y demás, y cómo se las arregló para acercarse a gente como la del Club de los Marqueses. Pagar una ronda con botellas de champán no es nada barato. Pero si algo hemos aprendido de él en los últimos días es que era ambicioso y calculador, con la vista puesta en su futuro a largo plazo. ¿Qué te apuestas a que la idea era que cuando todas esas estrellas masculinas de sus películas se hubieran hecho un nombre y una carrera, y se hubieran casado con mujeres respetables, nuestro señor Chadworth les hubiese hecho una visita con copias de sus más que interesantes fotografías en la mano?

—¡Chantaje! —gritó Trudy, cogiendo la manga de Clement por la excitación—. ¡Los tendría a todos agarrados por el cuello!

—Exacto. Y puede que no solo les exigiera dinero. Los hombres que tendría bajo su control serían muy valiosos para un prometedor hombre de la ley en todos los sentidos. Magnates de la industria, magistrados, políticos... Sería capaz de tomar las decisiones y asegurarse de que todos ellos le ayudaran a ascender por la resbaladiza pendiente hacia el éxito y el poder.

Trudy se estremeció. Luego casi se le cae la mandíbula.

—No me extraña que tuvieran que matarlo...

Clement suspiró.

—No vayas tan deprisa —le advirtió con cautela—. Tenemos que sentarnos y pensarlo bien. Volvamos a mi despacho.

Pero una vez de vuelta en Floyds Row, sentada alrededor de la mesa del juez de instrucción y tomando té recién hecho y mordisqueando galletas, Trudy apenas podía estarse quieta de lo emocionada que se sentía.

—Ahora todo tiene sentido —insistió ella, paseándose arriba y abajo por la alfombra, mientras él la observaba con disimulada diversión—. Derek debió de haberse pasado de la raya. ¿Quizá descubrieron que vendía porno a sus espaldas y no les gustó? Ellos lo hacían por diversión o por cualquier otro motivo enfermizo, pero él lo hacía estrictamente por el beneficio. O tal vez alguno de los miembros del Club de los Marqueses recapacitó de repente y se dio cuenta de la engañosa situación en la que se encontraba al dejarse fotografiar de esa manera..., ¡entonces decidió hacer algo al respecto! Al fin y al cabo, en aquel momento podía parecer una broma, sobre todo si estaban borrachos y drogados o algo así. Pero cuando se dieron cuenta de lo estúpidos que habían sido..., ¿no se sintieron vulnerables?

—Tal vez —dijo Clement—. Pero no olvides lo poderosos que son. Littlejohn podría haberlo aplastado como a una hormiga si hubiera querido. Podría haber contratado a alguien con mucha facilidad para que incendiara el estudio y amenazara con darle una paliza a Chadworth si intentaba algo.

Pero Trudy no estaba dispuesta a escuchar al doctor.

—Tiene que haber sido Littlejohn —insistió ella de nuevo—. Él organizó la fiesta. —Comenzó a enumerar uno a uno también con los dedos—. Era el mandamás y todos recibían órdenes de él. —Otro gesto con el dedo—. Y era el que más tenía que perder de todos si alguna de esas fotografías llegaba a ojos u oídos de su padre, el duque. Tenemos que enfrentarnos a él.

—¿Y con qué? —preguntó Clement tratando de hacerla entrar en razón—. No tenemos las fotografías, ahora están en manos de Antivicio y, a través de ellos, en manos de los poderes fácticos. Y aunque las tuviéramos, lord Littlejohn no es identificable en ninguna de ellas. Después de todo, cualquier joven puede tener el pelo largo y rubio.

—¿No tenía un lunar, una marca de nacimiento o algo que lo identificara en las fotografías? —insistió Trudy esperanzada.

—Me temo que no. Además, no creo que esas fotografías lleguen nunca a un tribunal, ¿verdad? Por mucho que lo intente ese simpático inspector de Antivicio.

—¿Qué quiere decir? —preguntó Trudy con suspicacia, deteniéndose de repente en medio de la alfombra.

—Vamos, Trudy, no me digas que a estas alturas aún no sabes cómo funciona el mundo —le dijo Clement con gravedad. No le gustaba tener que ser él quien le quitara la venda de los ojos, pero tarde o temprano, cualquier joven agente de policía tendría que ser consciente de algunos de los hechos más desagradables y duros de la vida—. Todos los chicos de esas fotografías proceden de algunas de las llamadas «mejores familias del país». Sus parientes son gente con poder e influencia, y puedes apostar tu vida a que moverán cielo y tierra y pedirán todos los favores que necesiten para asegurarse de conseguir lo que quieren. ¿De verdad crees que la universidad querrá un escándalo así? ¿Estudiantes y chicas de la ciudad filmados en flagrante delito? Querrán que el problema desaparezca tanto como los estudiantes y sus familias. Quizá incluso más.

Trudy lo miró fijamente, con el color de su rostro desapareciendo poco a poco.

—Van a encubrirlo, ¿verdad? —dijo con impotencia—. Por eso el inspector Jennings insistió en que no se lo contara a nadie, ni siquiera a los nuestros.

Clement extendió las manos con impotencia.

—¡Pero no pueden! Es una prueba —exclamó ella.

—¿De qué?

—¡Asesinato! —casi gritó Trudy, exasperada—. ¡Es imposible que sea todo una coincidencia! ¿Está seguro de que Derek Chadworth fue asesinado?

—Oh, sí —asintió el forense en voz baja—. Lo he pensado durante un buen rato. Pero estamos muy lejos de poder demostrarlo —añadió de manera apresurada, levantando una mano para acallarla cuando ella abrió la boca para discutir con él—. Y, desde luego, no se nos va a permitir utilizar esas fotografías que acabamos de encontrar para respaldar nuestras afirmaciones.

Trudy se dejó caer en una de las sillas junto al escritorio y sintió ganas de llorar. ¡Era todo tan injusto!

—¿Va a dejar que se salgan con la suya? —preguntó con amargura la agente, mirándolo con sus feroces ojos castaños brillantes de vivacidad y enfado.

Clement Ryder sonrió con cierta tristeza.

—Por muy conmovedora que me parezca tu fe en mí, agente Loveday, no soy Superman ni Linterna Verde —dijo con voz cansada—. No puedo luchar contra las autoridades ni contra la universidad, tampoco contra el alcalde ni contra quién sabe quién más.

—¿Así que eso es todo? —soltó Trudy con amargura—. ¿Va a rendirse?

El forense agarró una galleta y se recreó mordisqueándola con lentitud.

—¿Quién ha hablado de rendirse? —dijo con tono calmado, sin dejar de mirar su galleta Garibaldi con gran interés.

22

Reggie Porter cerró la tienda antes de tiempo. No podía concentrarse y quería gritar a los clientes y al personal por igual. Desde que su padre le había enseñado aquellas asquerosas fotografías de Becky, no se le quitaba la rabia ni las ganas de gritar a todo el mundo.

Aunque en realidad no le habían sorprendido del todo, ya que había encontrado unas fotos de su hermana pequeña en toples justo antes de que ella huyera de casa. Sentada en una otomana roja, con una cortina de seda blanca rodeando sus hombros, pero que se abría de manera reveladora por delante antes de rodearle la cintura y caer al suelo de forma artística. Su cara bonita y pícara sonreía a la cámara con una inocencia desgarradora, y sus pequeños pechos estaban expuestos a cualquier hombre que tuviera el dinero que había que pagar por verlos.

Se había enfrentado a ella al instante, gritándole e incluso agarrándola por los hombros y sacudiéndola, mostrándose muy asustada mientras le exigía saber quién se las había hecho. Por supuesto, al final había acabado dándole el nombre de Derek Chadworth. Durante casi una semana había recorrido los bares y clubes de la zona más sórdida de la ciudad antes de dar con el hombre que estaba vendiendo más fotografías.

Incluso le había comprado un sobre con fotografías para poder ver bien de cerca al hombre que había corrompido a su hermana. Por suerte, cuando las había revisado, no había encontrado ninguna foto de Becky en su lote, de lo contrario, podría haber estirado las manos y estrangulado a ese bastardo allí mismo en el *pub*, y al diablo con las consecuencias.

Pensó que ya conocía la peor parte. Y cuando Becky se fue de casa, también culpó a Chadworth.

Pero lo que no sabía era que su padre también conocía la existencia de las fotografías. Y que había estado pagando el chantaje.

No tenía ni idea de las otras fotografías. Con las que su padre se había burlado de forma airada de él. No simples fotos en toples, sino imágenes de Becky —su hermana pequeña, Becky— con hombres..., hombres risueños, feos y asquerosos.

Por supuesto, sabía quiénes debían de ser. Estudiantes, y casi seguro miembros de ese maldito Club de los Marqueses. La banda de libertinos, sucios y podridos bastardos de lord Littlejohn.

Después de seguir a Derek Chadworth desde el *pub* hasta su universidad, Reggie no había tardado mucho en saberlo todo sobre él y su lealtad al rubio Littlejohn y su corrupta pandillita.

Bueno, el destino de Chadworth ya estaba resuelto, pensó Reggie con frialdad mientras se dirigía por las calles a una tienda de vinos donde compró una botella del mejor champán que podía permitirse. Luego entró en una farmacia y, alegando ser diabético, compró un paquete de agujas hipodérmicas. Después fue a Coopers, una gran droguería que vendía de todo, y compró herbicida y raticida.

Ahora que Chadworth estaba fuera de combate, era el turno de Littlejohn, juró Reggie Porter con maldad.

De estar ardiendo de vergüenza e impotencia tras ver aquellas viles fotografías de su mancillada hermanita, Reggie ahora se sentía sereno y tranquilo.

Derek Chadworth estaba muerto.

Y ahora era el momento de que el jefe del Club de los Marqueses se uniera a él.

23

—No puedo creer que se quedara alguna de las fotografías —dijo Trudy, mirando las tres imágenes que el forense acababa de sacar del bolsillo de su chaqueta. Había tenido que doblarlas un poco para que le cupieran; aun así, estaban en bastante buen estado para el fin por el que habían sido sustraídas—. ¿No las echará en falta el detective de Antivicio?

Cuando el forense le contó lo que había hecho, no sabía si aplaudir o sentirse horrorizada. Incluso ahora que las miraba, no podía evitar pensar en los problemas que tendría si el inspector Jennings se enteraba.

—¿Y cómo va a saber que falta alguna? —preguntó Clement con displicencia—. Elegí estas tres porque en cada una hay una chica y un hombre diferentes. Tenemos que identificarlos a todos. Yo me encargo de los hombres. Estoy bastante seguro de que todos ellos forman parte del círculo íntimo de Littlejohn y me resultará más fácil a mí visitarlos en sus universidades y averiguar quiénes son nuestros príncipes azules —explicó señalando los rostros de los hombres en las fotografías—. Y esta me la quedé —sacando una cuarta y última fotografía— por él.

Por un momento, ambos se quedaron mirando la parte posterior de una hermosa cabeza. Le habían pillado, desnudo de arriba abajo, mirando a una chica tumbada en una cama con una alfombra de piel de oveja echada por encima. Un telón de fondo de Roma por la noche en un intento de crear un aura de falso romanticismo y glamur. Ella era más bien menuda, pero tenía aspecto travieso y a la vez delicado en la cara que la hacía destacar.

—Tienes que intentar identificar a las chicas —continuó Clement—. Creo que ya sabemos el nombre de una de ellas.

—¿Lo sabemos? —dijo Trudy, sorprendida. Luego, tras pensárselo un segundo, se le desencajó la cara—. Ah, sí. Por supuesto..., ¡Jennifer Morrison! Pobre chica. Seguro que Derek la engañó y... Qué horror. Creyó que él la quería, que era su novio, cuando todo el tiempo le estaba tendiendo una trampa para que se viera envuelta en ese asqueroso... —Se le cortó la voz y no pudo continuar—. No me extraña que acabara quitándose la vida.

—Lo que significa que es más importante que nunca que encontremos a las víctimas vivas —le recordó Clement, con voz suave pero firme—. Mujeres que estén dispuestas a hablar.

—De acuerdo —dijo Trudy, levantando la barbilla—. Pero si el inspector Jennings se entera de lo que estoy haciendo... —Levantó las manos y su rostro palideció.

—Pues no se lo digas —dijo Clement con rotundidad y, una vez más, con demasiada ligereza para el gusto de Trudy—. Para él, tú sigues dedicándote a hablar con los estudiantes sobre la muerte de Derek.

—No me dejará seguir trabajando con usted por mucho más tiempo —predijo Trudy con tristeza. No después de haber descubierto las fotografías. No le parecía mal que el forense se mostrara tan despreocupado, pensó con cierta amargura, ¡pero él no tenía a tanta gente como ella mirándola por encima del hombro! ¡Gente que podría arruinar su carrera con mucha facilidad!

—Entonces, será mejor que nos pongamos manos a la obra cuanto antes, ¿no? —sugirió Clement con brusquedad.

Trudy se puso rígida y asintió.

—Sí. Me llevaré la foto de Littlejohn y empezaré con la mujer de la alfombra de piel de oveja.

Los labios de Clement se crisparon.

—¿Por qué no me sorprende? Me queda claro que quieres ver a lord Littlejohn en el fango, ¿verdad? No puedo culparte, pero recuerda: déjalo en paz por ahora y concéntrate en averiguar el nombre de su compañera.

Trudy prometió que así lo haría, y los dos se separaron por ese día.

A la mañana siguiente, lord Jeremy Littlejohn se quedó mirando la botella de champán que le habían dejado delante de la puerta. Acababa de volver del gimnasio de boxeo, donde, por suerte, esta vez su taquilla estaba libre de ratas muertas, pero la visión de la botella de champán le hizo reflexionar.

El día anterior, al encontrar la difunta y apestosa ofrenda roedora, había interrogado de manera cautelosa al conserje del gimnasio, y este le había dicho que un tipo desconocido, alto y pelirrojo había estado antes en las instalaciones preguntando por las cuotas de inscripción y afiliación.

Y ahora esto.

Se apartó de la puerta sin tocar la botella y se dirigió a la portería.

Allí se enteró de que, efectivamente, el guardián del gimnasio había visto a primera hora de la mañana a un caballero alto y delgado, con una cabellera bastante fina y de un rojo muy llamativo, entrar por las puertas con un pequeño grupo de estudiantes.

Por un momento, el hijo del duque se preguntó si debía montar un escándalo al respecto, pero luego decidió que, por el momento, lo mejor sería seguir manteniendo la discreción. No quería que su padre se enterara de que otra vez se había visto envuelto en algo desagradable.

Regresó a paso lento por el patio, molesto por encontrarse mirando a su alrededor cada pocos segundos para comprobar si veía a alguien pelirrojo observándole.

De verdad, esto se está volviendo insoportable, pensó. Primero las cartas anónimas con amenazas, que al principio le habían divertido más que otra cosa. Luego la rata muerta en su taquilla. Y ahora el champán.

¿Qué vendría después?, se preguntó lord Jeremy Littlejohn con inquietud.

Delante de su puerta, recogió la botella y, riéndose por ser un champán barato, entró. La llevó directamente a la ventana y la examinó minuciosamente. Parecía estar bien, pero quería estar seguro. Rebuscó en el cajón de su escritorio y encontró una lupa antigua que se había dejado el anterior inquilino de la habitación.

Y efectivamente, allí, en el papel de aluminio dorado, podía ver un pequeño agujero redondo que sin duda continuaba a través del corcho. Alguien había inyectado algo en la bebida.

Muy a su pesar, sintió que lo atravesaba una punzada de miedo. ¿Estaría envenenada de verdad? ¿O estaba paranoico?

Tal vez alguno de sus compañeros marqueses había dejado la botella, con tan solo algún tipo de laxante inofensivo inyectado, solo algo para darle una embarazosa e inconveniente dosis de diarrea. Era el tipo de broma infantil que solían gastarse.

¿O era posible que las amenazas de muerte que había recibido fueran reales? ¿Que alguien, un hombre alto, delgado y pelirrojo, quisiera matarle?

Entonces pensó en Derek. Derek, el muerto. Muerto y sepultado Derek.

Y el aristócrata pensó que sí, que era perfectamente posible que alguien quisiera matarle.

Murmulló una maldición apenas perceptible, abrió con brusquedad la puerta de un armario y retiró una maleta del estante más alto. Su intención inicial era preparar todo con calma y partir la semana siguiente, pero en ese momento quería alejarse lo antes posible de Oxford.

Primero iría a Londres, al piso familiar que tenían en Mayfair, y luego partiría al extranjero. Después de todo, había un montón de residencias repartidas por todo el mundo entre las que podía elegir, donde habían vivido generaciones de Littlejohn antes que él.

En una situación normal llamaría a su sirviente para que se ocupara de su equipaje por él, ya que tenía varias maletas para llevar su amplío arsenal de ropa. Pero no quería perder el tiempo.

Y de manera casi enfermiza empezó a meter sus cosas en su maleta.

Fuera, en la calle, de pie a la sombra, Reggie Porter esperaba y observaba.

Ya sabía que el colegio tenía muy poco espacio para aparcar dentro de los antiguos patios, por lo que la mayoría de los profesores y estudiantes se veían obligados a aparcar sus coches en las pequeñas calles laterales que rodeaban el colegio.

Aunque esperaba que lord Littlejohn ya estuviera bebiendo champán y que a su debido tiempo pudiera ver con satisfacción cómo primero llamaban a una ambulancia y luego a un furgón mortuorio, quería estar preparado.

Por si acaso.

Porque si el champán no funcionaba, pensó Reggie Porter con una sonrisa lobuna, siempre quedaba el plan B.

Los carteros de Oxford, ajenos a los dramas que se desarrollaban a su alrededor, hacían su ronda habitual por la ciudad, ocupados en su rutina diaria. En la oficina del juez de instrucción, uno de ellos dejó el correo en la recepción, donde una secretaria lo clasificó y lo entregó a las oficinas y al personal al que iba dirigido.

Mientras su propia secretaria le traía el correo y, con una sonrisa, lo dejaba caer sobre su mesa, Clement Ryder no tenía ni idea de que una de esas cartas iba a cambiar el curso de todo su día.

Y el curso de toda la vida de otra persona.

Con mucho cuidado, Trudy volvió a doblar la fotografía por la mitad, ocultando la espalda desnuda del hombre de pelo rubio, y luego la volvió a doblar, de modo que solo quedara visible la cara de la chica desnuda. A continuación, apretó con fuerza el pulgar y los otros dedos para que la gruesa fotografía no se abriera y volviera a su forma original. Puede que no supiera la identidad de la chica, ni qué la había llevado a acceder a hacer lo que había hecho, pero estaba decidida a preservar su pudor y dignidad tanto como pudiera.

Entró en la octava cafetería del día, otra de las favoritas de los estudiantes de la ciudad, pero esa vez, en lugar de unirse a las bromas o conversaciones eruditas que se desarrollaban a su alrededor, se dirigió al mostrador y al personal de la cafetería.

Aquella mañana había descubierto, muy a su pesar, que hablar de Derek era una cosa, pero mostrar un fotografía y hacer preguntas directas era algo totalmente distinto.

Llevaba horas recibiendo miradas raras por parte de los estudiantes cada vez que mostraba el retrato de la chica a la gente, y no hacía falta ser un genio para darse cuenta de por qué. Cotillear sobre la muerte de un estudiante en cafés y bares, donde todo el mundo ya estaba interesado e intrigado no levantaba sospechas. Mostrar una fotografía real y pedir la identificación de una chica desconocida era algo demasiado llamativo que hacían saltar las alarmas a todo el mundo.

Y eso hacía que la gente que podía haberle aportado algo de información se callara ante sus preguntas.

Así que Trudy se alegró de haber recogido ya toda la información posible sobre Derek con antelación, porque estaba segura de que ahora su tapadera habría quedado al descubierto. Porque, aunque no llevara el uniforme, ¿quién excepto la policía iba por ahí pidiendo información concreta con un retrato, como había estado haciendo toda la mañana?

Por eso no era de extrañar que todos los estudiantes a los que había preguntado por la chica de la fotografía se mostraran inquietos y afirmaran no conocerla. Pero no estaba segura de si eso era cierto o si se debía a que desconfiaban de Trudy. Tal vez pensaban que ella tenía sus propios intereses. ¡O que estaba loca!

En cualquier caso, estaban siendo muy cautelosos. Estaba siendo como siempre le habían dicho los sargentos de la comisaría: a los ciudadanos no les gustaba verse envueltos en nada desagradable y podían imitar a los tres monos sabios cuando les convenía.

¿O tal vez sus reticencias se debían a que reconocían a la chica de la foto como una compañera de estudios y, por consideración a uno de los suyos, fingían no saber quién era? Por si esa última hipótesis fuera cierta, decidió probar algo diferente y, en su lugar, habló con las camareras. Tal vez porque estaban aburridas y no podían resistirse a la oportunidad de disfrutar de un poco de emoción, o tal vez porque les gustaba su aspecto, Trudy encontró que ambas estaban más dispuestas a ayudar que cualquier otra persona con la que hubiera hablado hasta ahora ese día.

Para su alegría y alivio, una de ellas en particular afirmó conocer a la chica de la foto.

—Era una de las clientas habituales que solían venir aquí, cariño —le informó con aire cansado la camarera, una mujer de mediana edad con un gran pecho y una mata de pelo rizado y rubio—. ¿Te acuerdas de ella, Maeve?

Su amiga se encogió de hombros y asintió con la cabeza.

—¿No solía venir con un grupo de chicas muy risueñas? Siempre con chicos rondando esperanzados... ¿Sabes lo que te digo?

Trudy sonrió.

—Supongo que no recordarás su nombre, ¿verdad?

La camarera resopló.

—A mí me lo vas a preguntar.

—Por favor, es importante —insistió Trudy con seriedad—. Tómate su tiempo para observar bien su foto. Es bastante peculiar, ¿verdad? Me recuerda un poco a un hada o...

La otra camarera, más mayor, chasqueó los dedos de repente.

—¡Claro, ahora me acuerdo! Es la hija del viejo Porter. La que se escapó a Londres hace poco. Vive en Cowley, creo... ¿o es Osney? ¿Cómo se llamaba...?

Mientras Trudy esperaba con paciencia a que una camarera recordara un nombre, lord Littlejohn terminó de meter su ropa sin orden alguno en una maleta, cerró la tapa de golpe y le puso el candado. Se detuvo un momento a mirar alrededor de la habitación, buscando algo que pudiera necesitar y que no debía dejar atrás, y luego se palpó el bolsillo para asegurarse de que llevaba la cartera.

Vestía pantalones de color crema, camisa blanca y una americana ligera de lino blanco, y con un suspiro de satisfacción al sentir el bulto duro, plano y tranquilizador de su cartera contra el pecho, empezó a buscar las llaves del coche.

Conducía un Morgan —del tradicional color verde coche de carreras británico, por supuesto— y lo guardaba junto a un pequeño callejón a unos cientos de metros de distancia. Y en su mente ya se veía acelerando por las carreteras que salían de la ciudad y se dirigían a High Wycombe, dejando atrás aquel lugar.

Con un poco de suerte, podría librarse de quienquiera que le hubiera estado persiguiendo últimamente, y pasar desapercibido hasta que todo ese lío de Derek Chadworth se hubiera calmado.

Silbando sin ton ni son, localizó y guardó las llaves del coche, levantó la maleta de la cama y la bajó por las escaleras. Era un trabajo deprimente para él. Aunque no tenía aparcacoches en la universidad, estaba acostumbrado a que otras personas se encargaran de hacer por él todas las cosas molestas, como llevar el equipaje. Al menos no tenía que ir muy lejos.

En unos días podría irse, quizá a Biarritz, ¿o tal vez al Caribe? Ahora que lo pensaba, ¿no tenía el viejo Mungo *Pesky*

Peake-Smythe un yate con el que siempre iba y venía de Capri? El viejo Pesky le había ofrecido que se uniera a él para ir de excursión al menos una docena de veces.

Sí. Ir de isla en isla por el Mediterráneo podría ser la solución.

Con una sonrisa, Littlejohn saludó al bedel con un gesto de cabeza, atravesó las puertas dobles de la portería y salió a la bulliciosa urbe.

En pocos minutos se alejó de las concurridas calles y se adentró en una de las muchas callejuelas medievales que cruzaban la ciudad. Algunas eran tan estrechas que ni un coche podría pasar por ellas.

Giró por una calle en la que, a ambos lados, se agolpaban los altos muros exteriores de universidades y otros edificios comerciales. Allí todo estaba tranquilo, muy tranquilo, sin que ni siquiera un peatón o algún empleado que tomara un atajo para llegar a su oficina le molestara. Apenas oía el tráfico de High Street o Broad Street, y ningún escaparate afeaba los pálidos muros de piedra de Cotswold.

Fue entonces cuando Littlejohn oyó un paso detrás de él y empezó a darse la vuelta para mirar.

Al hacerlo, en su visión periférica vio un destello de pelo rojo, que reflejaba su brillo a la luz del sol.

Y el rápido y borroso movimiento de algo que parecía salir despedido hacia él.

24

Stanley Porter se sorprendió al ver a una chica guapa en la puerta de su casa. Con su pelo largo, oscuro y rizado y sus grandes ojos castaños, era totalmente opuesta a su hija Becky y, sin embargo, algo en ella hacía que su corazón sintiera dolor por su hija perdida de manera inexplicable.

Pero cuando ella le mostró su identificación, él pareció preocupado. Y nervioso. June, su mujer, tenía que salir de compras y, como era su día libre, él debía acompañarla, pero ambos sabían que inventaría alguna excusa para no tener que ir, y ese día el calor había sido la excusa.

Ahora deseaba haber aguantado el aburrimiento que siempre le producía ir de compras con su mujer y haberse ido con ella.

De mala gana, acompañó a la agente a la cocina, donde sus dos ventanas estaban abiertas para dejar entrar una brisa bastante cálida, que no ayudaba a disipar el olor del beicon del desayuno que sin duda flotaba aún en el aire. Los platos sin lavar seguían en el fregadero, lo que tampoco ayudaba.

Como si fuera consciente de ello, Stanley Porter se disculpó por el desastre.

—Está bien, señor, no se preocupe —dijo Trudy con una sonrisa para tranquilizarlo—. Solo quería hacerle unas preguntas sobre un caso que todavía está en curso. Lo primero, ¿podría confirmarme si esta es su hija, Rebecca?

Le mostró la fotografía cuidadosamente doblada, y vio que el rostro del hombre decaía y palidecía. Tragó saliva y se sentó de forma brusca en una de las sillas de cocina que rodeaban la mesa cuadrada de madera, como si las rodillas le hubieran fallado.

—Sabía que llegaríamos a esto —dijo Stanley Porter, con cara de asco—. Desde que llegaron esas malditas fotos por correo. Sabía que llegaríamos a esto...

Trudy, con el corazón agitándose de repente en su pecho, permaneció de pie, observando con atención a Stanley Porter. No se había esperado un avance tan rápido y se sintió un poco desorientada.

¿Qué se suponía que tenía que hacer ahora? ¿Pedir ayuda? No creía que fuera una buena idea. Para cuando llegara alguien de la comisaría, su testigo podría haber recuperado la compostura y que empezara a ponerse nervioso.

No, tenía que golpear mientras el hierro estaba caliente. Sacó su cuaderno y se preparó para tomar notas a toda prisa.

—¿Dice que le enviaron fotografías como esta por correo, señor? —preguntó para confirmar, deseando ahora haber ido antes a Floyds Row a preguntarle al doctor Ryder si quería acompañarla. Ahora, él podría estar haciendo las preguntas mientras ella escuchaba y observaba.

Pero en aquel momento, en la cafetería, cuando la camarera por fin le había dado un nombre, se sentía demasiado satisfecha de haber identificado a una de las chicas como para perder el tiempo.

Echó un rápido vistazo a la habitación y se dio cuenta del silencio que reinaba. Estaba claro que la dueña de la casa no estaba, porque no oía ningún sonido que indicara que hubiese alguien más.

Stanley Porter era el tipo de hombre al que parecía gustarle usar los puños. Ahora mismo parecía bastante dócil y dispuesto a responder a sus preguntas, pero si se ponía nervioso o se enfadaba...

Pero tenía su silbato de policía y su porra corta, recordó Trudy intentando tranquilizarse. Y sabía cómo sacar el máximo partido de la porra. Era una de las cosas que le habían enseñado sus profesores en la academia de policía.

Además, probablemente se estaba preocupando por

nada. Su testigo no parecía estar pensando en usar la violencia. Bueno, todavía no.

—¿Cuándo fue eso, señor? —preguntó en voz baja, decidida a ser dura, pero a ir con cuidado y a tratar de mantener la calma del hombre.

—Hace meses. Junto con una carta exigiendo dinero.

A Trudy se le aceleró el ritmo cardíaco y se obligó a respirar lento y de manera controlada.

—¿Le estaban chantajeando, señor? —preguntó, satisfecha de que su tono fuera tan calmado y directo.

Stanley Porter esbozó una repentina sonrisa amarga.

—Sí. Aunque no mucho. —Se encogió de hombros—. No tengo mucho que dar, ¿no le parece? —dijo mientras echaba un vistazo alrededor de su pequeña cocina—. No es que sea Rockefeller, como puede ver. Pero todas las semanas, como un reloj, lo enviaba dinero por correo.

—¿Adónde, señor?

—A ningún sitio con nombre y dirección, chica —dijo Stanley Porter con una sonrisa cansada—. El bastardo, quienquiera que fuese, era demasiado astuto para eso. Probablemente sabía que, si yo hubiera podido ponerle las manos encima, le habría retorcido el cuello. —Suspiró profundo—. Lo enviaba a uno de esos apartados postales. En la ciudad. Fui allí una vez, para ver quién iba a recogerlo, pero fue inútil. No tenía tiempo de estar allí todo el día, todos los días, para cazarlo. Tenía que ir a trabajar, ¿entiende? Además, había gente entrando y saliendo todo el día, yendo a los casilleros y demás. Y luego, en la siguiente carta, el bastardo me cobró más. Dijo que me había visto husmeando. Que había sido travieso, me dijo, igual que mi Becky. Así que tendría que pagar un poco más. Pequeño bastardo arrogante —refunfuñó con voz furiosa.

Un poco inquieta, Trudy se preguntó si Stanley habría vuelto de nuevo, quizá disfrazado de algún modo. Y que tal vez a la segunda tuvo éxito siguiendo el rastro de Derek Chadworth. Entonces, él... ¿Qué? ¿Fue a la fiesta del río y ahogó a

Derek? Muy difícil, pensó Trudy, con un resoplido interior. Ese hombre de mediana edad, de clase trabajadora, habría destacado demasiado entre tanta gente de la talla de Littlejohn y su Club de los Marqueses.

—¿Podría hablar con su hija, señor? —preguntó Trudy—. Necesito...

—No sé dónde está, agente —la interrumpió Stanley con voz apenada—. Al final acabó escapándose para ir a Londres como siempre dijo que haría.

Trudy contuvo un suspiro. Así que era cierto el chisme que habían contado las camareras sobre la hija que se había escapado de casa.

—Le rompió el corazón a su madre —continuó Stanley. Y entonces su rostro se torció en una extraña sonrisa. Había algo retorcido y malo en ella que hizo que un escalofrío recorriera la espina dorsal de Trudy—. Creo que le rompió aún más el corazón a su hermano. Siempre fue muy tonto con ella nuestro Reggie. No es natural la forma en que ese chico siempre suspiraba por su hermana pequeña.

Se interrumpió de repente y enrojeció mientras lanzaba una rápida mirada a Trudy, para luego apartarla nuevo. Ella se dio cuenta de que ahora miraba hacia un aparador donde descansaba un retrato familiar.

Trudy se acercó, levantó la fotografía enmarcada y la observó de cerca. Reconoció enseguida a Stanley. La mujer de pelo rubio rojizo de mediana edad a la que abrazaba tenía que ser su esposa. Y la misma chica de la foto pornográfica los miraba fijamente, como la viva imagen de la inocencia. ¿Cuántos años tendría en esa foto? Trece, quizá. A su lado había un chico alto y pelirrojo, al parecer su hermano mayor.

«Un chico alto y pelirrojo».

—Señor, ¿dónde está su hijo ahora? —preguntó Trudy con urgencia.

—¿Reggie? En el trabajo, me imagino —dijo Stanley con indiferencia—. Trabaja en una tienda en High.

Pero su padre se equivocaba.
Reggie Porter no estaba en la tienda.

Justo en ese momento, Reggie Porter se abalanzaba sobre lord Jeremy Littlejohn en un callejón desierto, con las manos tendidas hacia su garganta expuesta.

Littlejohn vio el destello de la luz del sol sobre el pelo rojo, seguido de un primer plano de un rostro feo, contorsionado por la rabia y que venía directo hacia él, como una imagen surgida de una pesadilla. Las manos extendidas en posición de agarrar, como una criatura de una película de terror.

El aristócrata no dudó. Por algo era uno de los mejores bateadores de su antigua escuela.

Lord Jeremy utilizó su voluminosa maleta como si fuera un bate, la balanceó hacia arriba y soltó un gruñido de satisfacción cuando golpeó al otro hombre justo debajo de la barbilla, levantándolo sobre la punta de los pies y haciéndolo tambalearse hacia atrás para mantener el equilibrio.

Reggie Porter aulló de dolor cuando la fuerza del inesperado golpe hizo que sus dientes le atravesaran la lengua, y su visión se nubló mientras lágrimas de dolor brotaban de sus ojos, para rodar por su cara y mezclarse con la sangre que ya empezaba a gotear por su barbilla.

Semanas de miedo y rabia contenida se desataron en Littlejohn al ver a su enemigo en desventaja y, con un fiero y salvaje grito que estaba tan alejado de su habitual apariencia relajada y sofisticada que resultaba cómico, el hombre de blanco comenzó a patear a su oponente con una brutalidad inusitada.

En su despacho, Clement Ryder agarró un abrecartas —una navaja de Toledo en forma de daga ornamental que su mujer le había comprado un año como regalo de Navidad— y empezó a abrir el correo, una tarea que prefería hacer él mismo en lugar de delegarla en su secretaria.

La primera de las cartas fue una invitación para asistir a una charla en Cheltenham. Parecía aburrida, pero la dejó a un lado para pensárselo mejor. La siguiente era de un antiguo alumno pidiéndole referencias. Después fue un anuncio de la oficina del alcalde, que apenas se molestó en leer.

La cuarta era una carta manuscrita, y empezaba así:

Estimado señor:

Le escribo en referencia al anuncio que publicó recientemente en el Oxford Mail, en el que pedía que cualquier persona que hubiera estado en Port Meadow o en sus alrededores la mañana de la muerte del estudiante Derek Chadworth se pusiera en contacto con usted...

Trudy apenas había regresado a la comisaría cuando recibió el aviso. De hecho, ni siquiera había llegado a cruzar el pasillo de la oficina para llamar a la puerta del inspector Jennings cuando lo oyó en la radio detrás de ella.

Rodney Broadstairs, de ronda, había interrumpido una pelea entre dos ciudadanos. Había pedido ayuda, pero lo que había llamado la atención de Trudy de manera inmediata eran los nombres de los dos implicados.

Con el corazón acelerado, se dio la vuelta para responder a su compañero, pero el sargento O'Grady se le adelantó.

—¿Sí? Bien... ¿Alguien necesita una ambulancia? Muy bien, trae a los dos. Sí, aquí a la estación. Podemos conseguir un médico para que los vea si resulta que lo necesitan. ¿Qué? No. No, déjale eso al inspector Jennings. Iré a informarle ahora. De acuerdo. Nos vemos en cinco minutos. ¿Te están dando algún problema? Bien.

Trudy, que había estado observando fascinada la cara del

sargento durante toda esa conversación unilateral, también vio cómo se dirigía con elegancia hacia el despacho del inspector, llamaba a la puerta y entraba.

Apenas un minuto después, ambos salieron.

—Bien, pues que vengan a mi despacho —dijo Jennings—. Ya veremos luego si necesitamos separarlos y entrevistarlos de forma individual más tarde. ¿Le dio Broadstairs alguna información sobre el atacante de lord Littlejohn?

—No mucho, excepto...

—Señor... —Trudy no pudo aguantar más. Haciendo caso omiso (aunque no sin sentir ciertos escrúpulos en su interior) de la cara de enfado del inspector cuando se volvió para mirarla, soltó lo más rápido que pudo—: ¿Es un hombre alto con el pelo de un rojo muy llamativo?

Trudy se volvió para mirar con ojos inquisitivos al sargento O'Grady.

Su cara lo decía todo.

—Sí, encaja con la descripción que Broadstairs hizo de él —dijo, mirándola con cierta suspicacia, una mirada que, se dio cuenta, también se reflejaba en el rostro de su oficial superior.

—Agente Loveday —dijo el inspector Jennings con una calma más bien ominosa y forzada—. ¿Qué sabe usted de todo esto?

Trudy tragó saliva.

25

—Señor, estaba a punto de ir a informarle —comenzó de forma apresurada, pero no se le permitió decir más en su defensa.

Jennings consultó su reloj y suspiró.

—En mi despacho, ahora —le espetó impaciente—. O'Grady, llame al médico de la Policía para que venga enseguida. Sé que Broadstairs dijo que ninguna de las heridas de los hombres era grave, pero no queremos que el duque nos eche el aliento si resulta que su precioso hijo sí necesitaba atención médica y nosotros no se la proporcionamos.

—Sí, señor —dijo el sargento, frunciendo el ceño a Trudy al pasar junto a ella.

Al igual que la mayoría de los altos cargos de la comisaría, no aprobaba del todo que la agente estuviera al servicio del forense cascarrabias, aunque eso le diera algo que hacer y la apartara de su camino.

Pero, al igual que Jennings, tampoco pensaba que pudiera perjudicarles demasiado en la comisaría.

Ahora no estaba tan seguro. Sobre todo porque parecía tener ínfulas por encima de lo que le corresponde a una simple agente en prácticas.

—Así que, agente Loveday —comenzó a hablar Jennings mientras la hacía pasar a su despacho y se sentaba detrás de su mesa—. Ese informe que dice que iba a darme... Démelo, y que sea rápido.

—Señor —dijo Trudy, y se lanzó a lo que esperaba fuera un relato conciso pero minucioso de sus acciones desde que se había ido del estudio de Derek Chadworth. Se cuidó de no mencionar el hecho de que el doctor Clement Ryder había tomado prestadas cuatro de las fotografías, en su lugar dijo que había hecho una descripción detallada de algunas de las mujeres que aparecían en ellas para ver si podía identificarlas.

Mientras le contaba esa mentira a trompicones, era muy consciente de que casi con toda seguridad se estaba sonrojando, y vio por la mirada escéptica de su superior que no la estaba creyendo. Quizá conocía al forense mejor que ella y adivinaba lo que había hecho. Pero, de ser así, obviamente decidió que era mejor para él pasar por alto el asunto, pues no la interrumpió en su relato.

Sin duda, pensó Trudy con un cínico escepticismo en aumento, para él sería más conveniente poder negar cualquier conocimiento de fotografías extraviadas, en caso de que las cosas empezaran a ponerse difíciles para él con sus superiores más adelante. La negación, estaba aprendiendo muy rápido, era a menudo la clave del juego.

—Así que me enteré de que una de las chicas se llamaba Rebecca Porter, señor, y rastreé su dirección.

Continuó reproduciendo su entrevista con Stanley Porter, que había admitido recibir cartas anónimas haciéndole chantaje —casi con toda seguridad emitidas por el chico muerto, Derek Chadworth— y de ahí hasta llegar a la parte de la fotografía familiar que pudo observar.

—Recordé enseguida, por los informes de los testigos del forense, a varias personas mencionando a un hombre pelirrojo que fue visto en la fiesta del río, señor. También fue mencionado por varios de los estudiantes con los que estuve hablando mientras iba de paisano. Por eso, cuando me enteré del reciente ataque a lord Littlejohn...

—Sí, sí —dijo Jennings, poniéndose de pie cuando oyó que empezaban a oírse gritos fuertes desde la oficina exterior—. Parece que ya están aquí. Y, Loveday —añadió con tono frío—, no me gusta cómo relaciona las actividades del chico muerto con lord Littlejohn. No hay nada que sugiera que lord Littlejohn supiera algo de ese otro muchacho. Así que no especulemos más, ¿eh? Limítese a los hechos y déjeme pensar a mí. ¿Queda claro?

Trudy parpadeó con fuerza y se tragó la rabia que crecía en su interior. Por supuesto, haría todo lo que estuviera en su mano para que el aristócrata recibiera su merecido de alguna manera, pero sería inútil —si no contraproducente— dejar que el inspector Jennings sospechara algo.

—Por supuesto, señor. Pero, señor, tal vez debería estar presente en los interrogatorios —se oyó decir, y luego parpadeó sorprendida por su propia osadía cuando el inspector, que ya iba de camino hacia la puerta, se volvió para mirarla enfadado.

—Oh, sí. Quizá quiera hacer usted misma los interrogatorios, ¿verdad, agente Loveday? —preguntó con sarcasmo.

Trudy se sonrojó, pero se mantuvo firme.

—No, señor. Es solo que, en este momento, soy la que tiene una mejor visión en conjunto del caso, y podré detectar con más facilidad una mentira o declaración engañosa de cualquiera de los dos hombres —señaló con una lógica impecable. Luego, el diablillo de su interior no pudo evitar que añadiera con una dulce sonrisa—: A menos que usted prefiera que el doctor Ryder venga aquí a escuchar, señor.

El inspector Jennings se limitó a gruñir y luego suspiró profundo.

—Muy bien, Loveday —dijo apretando los dientes. Luego señaló con dramatismo una de las esquinas del fondo de su despacho—. Pero se quedará ahí, escuchará y no dirá ni una palabra, ni una sola, ¿me oyes? Y tomará notas; nos será útil. Cuando haya terminado el interrogatorio, le consultaré, y si ha detectado algo que le parezca importante, me lo dirá, y haré un segundo interrogatorio si es necesario. ¿Queda claro?

—Sí, señor —dijo Trudy con voz alegre, y fue a colocarse en el rincón indicado, sintiéndose como una colegiala que cumple las órdenes de un profesor exasperado.

Pero no le importaba. Por una vez, iba a participar en todo en lugar de quedarse al margen.

Miró con impaciencia hacia la puerta cuando el inspector la abrió y oyó el molesto acento de clase alta de lord Littlejohn.

—Espero que alguien haya llamado a mi abogado. Le dije bien claro a su agente el nombre del bufete de abogados de mi padre.

Trudy vio al inspector Jennings asentir con la cabeza a través de la mampara superior de cristal de la puerta abierta.

—Por supuesto, lord Littlejohn. Sargento O'Grady, asegúrese de que el abogado de lord Littlejohn esté informado.

—Dígale que venga aquí de inmediato —exigió con arrogancia el aristócrata—. No le va a pasar nada por salir de Londres por una vez.

—Traiga aquí al detenido, Broadstairs —dijo Jennings, de pie en el umbral de la puerta y manteniéndola abierta mientras Rodney introducía en la habitación a un hombre de rostro engreído que forcejeaba.

Era, en efecto, alto y delgado, con el cabello de un color pelirrojo muy llamativo y el rostro pálido y pecoso manchado de sangre.

Trudy, con bastante maldad, esperaba que fuera la sangre de Littlejohn, pero cuando el lord se paseó de forma despreocupada detrás de él, para su decepción, pudo comprobar que su rostro no tenía ni una sola marca. Su ropa blanca, sin embargo, sí estaba bastante desaliñada, con manchas de sangre en los puños de la americana, y algunas más en la parte delantera de su camisa blanca. Rodney no vio a Trudy de pie en la esquina, pero Littlejohn sí, y la miró con ojos amenazantes durante un momento. Por suerte, el inspector Jennings lo distrajo y empezó a hablarle de nuevo.

—Si quiere sentarse, milord, estoy seguro de que podremos resolver esto con rapidez. Sargento O'Grady, si es tan amable de hacerse cargo de... ¿sabemos el nombre de este caballero, agente Broadstairs?

—No, señor —dijo Rodney poniéndose firme—. El caballero se niega a dar su nombre—. Puso sus grandes manos sobre los hombros de Reginald Porter, obligándole así a sentarse en una de las sillas que había frente al escritorio del inspector.

El detenido dijo algo muy obsceno, lo que hizo que lord Littlejohn esbozara una sonrisa de agradecimiento.

—Ya veo —dijo Jennings en tono suave—. Puede retirarse, agente.

—Señor —dijo Rodney con evidente decepción. Solo cuando se alejó, dejando que O'Grady ocupara su lugar detrás del detenido sentado en la silla, se dio cuenta de que Trudy estaba de pie en un rincón.

Con indiferencia, ella pasó una página de su cuaderno y le dedicó una breve sonrisa. Sabía que a Rodney no le había gustado que la dejaran ir de paisano —como si fuera una detective de verdad— porque se lo había oído decir a otro de los agentes de la oficina. Y ahora, al verla en la entrevista que él se iba a perder, sus grandes ojos azules se entrecerraron de forma siniestra.

Trudy le mostró una sonrisa dulce.

Sin atreverse a decir una palabra delante del sargento o del inspector, Broadstairs se marchó, cerrando la puerta tras de sí y dejando la respiración pesada y furiosa de Reginald Porter como único sonido en la habitación.

—Vamos a aclarar las cosas —dijo el inspector, volviendo a sentarse detrás de su escritorio—. Milord, ¿quiere empezar?

—Por supuesto, eh..., inspector... Lo siento, he olvidado su nombre.

El inspector sonrió con tranquilidad.

—Jennings, milord.

—Oh, sí. Jennings. Bueno, yo estaba caminando de regreso a mi coche, un pequeño y bonito Morgan (lo tengo aparcado en uno de los callejones opuestos a mi universidad), cuando ese tipo se abalanzó sobre mí y trató de asaltarme. Bueno, como es natural, ¡no iba a permitirlo! Así que le golpeé con mi maleta, como si estuviera jugando al críquet. Luego tuvimos un pequeño altercado, y entonces llegó su agente y se hizo cargo. Acepté venir aquí para ayudar a solucionarlo, pero la verdad es que mi idea era estar de vuelta en Londres a tiempo para la cena. —En ese momento, lord Littlejohn, que estaba recostado con indiferencia en una silla de respaldo duro, miró con toda tranquilidad el reloj de oro que llevaba en la muñeca—. Así que espero que esto no se demore demasiado.

—Haremos lo posible, milord —dijo Jennings, con tal falsa amabilidad que a Trudy, ocupada garabateando en su cuaderno, casi le hizo estremecerse.

Jennings se volvió hacia el siniestro pelirrojo.

—Usted es el señor Reginald Porter, creo —dijo, haciendo que el otro hombre se quedara boquiabierto—. Sí, sabemos todo sobre usted, señor Porter —continuó Jennings, exagerando un poco la verdad—. ¿Le importaría darnos su versión de los hechos?

Reginald lo miró en silencio.

—¿No? Entonces tal vez pueda ayudarle —dijo Jennings con falsa cordialidad—. Creo que le guarda algún tipo de rencor a lord Littlejohn. ¿Tiene algo que ver con su hermana menor, Rebecca Porter?

—¡No me digas que todo este lío es por una cualquiera! —dijo Littlejohn con desdén, y luego levantó el pie para darle una patada en el estómago a Reginald, cuando el pelirrojo forcejeó intentando levantarse de la silla para atacarle una vez más.

Sin embargo, la patada no llegó a su destino, ya que, gracias a las grandes y ágiles manos del sargento O'Grady, Reggie Porter no consiguió levantarse de la silla.

—Cálmense los dos —rugió Jennings—. No voy a permitir peleas en mi oficina.

—¡Entonces dígale que mantenga su sucia boca lejos de mi hermana! —gritó enfurecido Reggie.

—Tal vez sea mejor que seamos un poco más civilizados, milord —sugirió Jennings.

Lord Jeremy Littlejohn suspiró con teatralidad y puso los ojos en blanco.

—Muy bien, si insiste. Pero este piojo me ha estado molestando durante meses —dijo mientras se miraba las uñas—. O supongo que ha sido él. Y con este último ataque parece que por fin ha decidido salir de entre las sombras para enfrentarse a mí a la luz del día.

—¿A qué se refiere, milord? —preguntó Jennings con verdadera curiosidad.

—Oh, ya sabe. Las tonterías de siempre —respondió Littlejohn tras un sonoro bostezo—. Amenazas de muerte; anónimas, por supuesto. No puedes esperar que un espécimen sin agallas como este... —Se interrumpió cuando, una vez más, Reginald se abalanzó sobre él. Y una vez más le pusieron freno.

Littlejohn suspiró de forma exagerada de nuevo.

—Ratas muertas en mi taquilla... Ah, y lo último fue dejar champán envenenado delante de mi puerta. ¿Qué les parece? ¡Como si fuera a bebérmelo! —resopló el joven de cabello rubio—. En serio, ¿cree que soy idiota?

—¿Envenenado? —dijo Jennings con tono grave—. ¿Está seguro de eso, señor? Quiero decir... ¿milord?

—Bueno, tendrían que analizarlo, por supuesto, o lo que sea que hagan con esas cosas —dijo Littlejohn con tono cansado—. Todavía está en mi habitación de la universidad.

—Haré que alguien lo recoja para que lo revisen, milord —prometió Jennings. Luego se volvió hacia el otro hombre, que no dejaba de mirar a sus pies.

—¿Y bien, Porter? ¿Tiene algo que decir en su defensa?

—Se lo merecía —dijo Porter con rabia—. ¿Sabe lo que tramaban él y su amigo? ¿Lo sabe? —gruñó Reggie, haciendo que el inspector se sintiera incómodo por primera vez. Porque, por supuesto, gracias a ese maldito forense y a su propia agente, tenía conocimiento de lo que habían estado haciendo. ¡Y preferiría no saberlo!

—¡Oh, madura! —Fue lord Littlejohn quien le salvó de tener que responder—. ¿Y qué si unas cuantas fulanas tontas quieren ganar algo de dinero quitándose la ropa delante de la cámara?

—Así que lo admites. —Se enfureció Reggie aún más, tratando otra vez de agarrar al sonriente aristócrata que tenía al lado, pero el corpulento sargento se lo impidió.

—Debería tener cuidado con lo que dice, milord —se sintió obligado a decir Jennings, con una rápida y nerviosa mirada a Trudy, que estaba anotando todo sin dejar ni un solo detalle.

—Oh, bueno..., yo solo digo lo que pienso —retrocedió Littlejohn—. Derek a veces presumía de su pequeño negocio, pero nosotros nunca sabíamos si creerle o no. —El hijo del duque se encogió de hombros.

—¿«Nosotros», milord? —preguntó Jennings.

—Sí, mis compañeros del Club de los Marqueses —dijo lord Jeremy, bostezando de nuevo—. Nos pareció divertido. Un poco sucio, eso sí, pero divertido. Pero entonces Chadworth..., bueno, digamos que no era uno de los nuestros, ¿saben? Su padre era un insignificante abogado del norte. Nada de sangre azul y todo eso. Así que, en realidad, ¿qué se podía esperar? —Lord Jeremy se encogió de hombros con elegancia una vez más y volvió a mirar su reloj—. Hablando de abogados, me pregunto dónde demonios se habrá metido el mío.

—Solo unas pocas preguntas más, milord —dijo Jennings—. El día que el señor Chadworth se ahogó, ¿vio al señor Porter allí en el pícnic? ¿O lo vio en algún lugar de Port Meadow?

—¿Umm? ¿A él? —Littlejohn giró la cabeza para mirar a un Reginald Porter de repente muy quieto y alerta—. Sabe, ahora que lo menciona, y ahora que lo pienso, podría haberle visto. ¡Sí! Recuerdo haber visto una figura alta con el pelo de ese color tan raro, llegó a la orilla con las chicas que se encargaron de preparar la comida. Supuse que una de ellas lo había llevado.

—Bueno, señor Porter —dijo el inspector Jennings en voz baja—. ¿Estuvo allí ese día?

Pero Reginald Porter, al parecer, había enmudecido de repente. Se limitaba a mirarse los pies en silencio.

Littlejohn lo miró, fascinado.

—Así que fuiste tú quien le hizo eso al pobre Derek —musitó—. Vaya, vaya, quién lo hubiera dicho. Tomó algunas fotografías un tanto reveladoras de tu hermana, ¿verdad? El muy pícaro...

—Milord, no creo que eso sea de mucha ayuda —dijo Jennings—. De hecho, creo, sargento O'Grady, en vista de las circunstancias, que debería llevar al señor Porter a una celda. Lo interrogaremos de forma más oficial un poco más tarde.

El sargento obligó al hombre de rostro pálido a ponerse en pie.

—¡Yo no maté a ese maldito pervertido! —gritó de repente Reginald Porter—. Y es más, usted no puede probarlo ni obligarme a decir que yo lo hice.

Lord Littlejohn le hizo un gesto impertinente con el dedo mientras lo arrastraban hacia la puerta, haciendo que Reginald Porter forcejeara con furia mientras el sargento lo agarraba.

—¿Y qué pasa con él? —espetó Reginald—. Apuesto a que fue él quien mató a su amigo. ¡Tenía miedo de que lo comprometiera demasiado y quería callar a Chadworth! ¿Qué le parece? —Reginald siguió gritando acusaciones y calificativos a partes iguales mientras el sargento se lo llevaba a rastras.

—Ahora bien, milord —dijo Jennings, cuando el ruido se hubo disipado por fin—. Cierre la puerta, agente —le dijo de pronto a Trudy, que dio un pequeño respingo y se acercó para obedecer su orden.

—Ah, sí, la encantadora Loveday —dijo lord Jeremy, observándola con ojos fríos y pensativos—. Me preguntaba qué hacía aquí, inspector. Creía haberle dejado claro en mi llamada telefónica que no quería que esta mujer me siguiera acosando.

—Oh, la agente Loveday está aquí porque es su cometido, milord —dijo Jennings con tono amable—. Ella y el doctor Ryder, el forense que se encargó de la investigación del señor Chadworth, han estado muy activos en este caso. De hecho, la mayoría de las cosas que sabemos sobre su atacante pueden atribuirse a su duro trabajo.

—Vaya. ¡Así que ella ha sido mi ángel de la guarda todo este tiempo! —exclamó Littlejohn con retintín, mirándola y lanzándole un beso—. Muchas gracias. Si hubiera sabido que estaba velando por mis intereses con tanta asiduidad todo este tiempo, nos habríamos llevado mucho mejor.

Trudy sintió que sus dedos se cerraban alrededor del lápiz con tanta fuerza que le sorprendió que no se rompiera.

Sin embargo, consciente de las advertencias del inspector de que no dijera ni una palabra, consiguió guardar la compostura —y la lengua— y permaneció en silencio. Pero era un trago muy amargo para ella.

—Ahora, sobre el día en que el señor Chadworth se ahogó... —dijo Jennings, haciendo suspirar a lord Littlejohn.

—¿Tenemos que remover todo eso otra vez? Ya he dicho que creo que Porter estaba allí. ¿Por qué no pregunta a los demás? Estoy seguro de que pueden confirmarlo —dijo lord Jeremy, la personificación del aburrimiento.

—Sí, milord. Pero si tiene un poco de paciencia...

En ese momento, el abogado de lord Littlejohn hizo acto de presencia y, horrorizado por todo lo que había dicho hasta entonces su cliente, puso fin al interrogatorio.

Trudy se preguntó con cinismo quién estaba más aliviado, si el hijo del duque o su inspector. Estaba claro que le disgustaba tener a un hombre tan eminente en su despacho, haciendo declaraciones que más tarde podrían volverse en contra de ambos.

Se decidió que lord Littlejohn regresaría a sus habitaciones con un agente de policía, entregaría la botella de champán y pasaría la noche en su universidad antes de regresar a Londres por la mañana. De ese modo, si necesitaban hacerle alguna pregunta complementaria después del interrogatorio de Reginald Porter, seguiría estando disponible. Unos minutos más tarde, cuando Trudy —de nuevo autorizada a permanecer al fondo de la sala de interrogatorios para tomar notas— vio entrar al detenido, se dio cuenta por la expresión de amotinamiento que tenía en el rostro que iban a sacar muy poco de él.

Y así fue.

Reginald Porter admitió haber «dado un paseo» por Port Meadow el día que murió Derek Chadworth antes de volver a su trabajo, y eso fue todo. Les desafió de manera abierta a encontrar a alguien que le hubiera visto en el río, o alejándose de él con la ropa mojada, durante las horas que se celebró el pícnic estudiantil.

—Está claro que está muy seguro de que no le vieron —dijo el inspector Jennings con disgusto cuando volvieron a su despacho—. Puede que no tuviera nada que ver con el ahogamiento del chico y que, después de todo, fuera un accidente —añadió dirigiéndole una mirada severa a la agente.

—Sí, señor —dijo Trudy—. Pero el doctor Ryder está seguro de que fue un asesinato.

—¿Lo fue? —dijo Jennings con rotundidad—. Bueno, escriba a máquina sus notas, y luego puede empezar a hablar con los estudiantes que acudieron a ese pícnic de nuevo. ¿Cuántos de ellos vieron a un hombre con la descripción de Porter, y qué dijeron que estaba haciendo?

—Señor —dijo Trudy, algo consternada—, la mayoría de ellos ya se habrán ido y estarán desperdigados por todo el país.

—Entonces póngase ya al teléfono, agente Loveday —dijo malhumorado—. Puede pedirle al agente Broadstairs que le ayude si lo necesita.

—Sí, señor —dijo Trudy con un suspiro, moviendo los labios. Bueno, eso complacería al chico de ojos azules: ¡que le dijeran que tenía que ayudarla en su investigación!

Pero apenas se había sentado a su mesa —¡y ni siquiera había tenido tiempo de darle a Rodney la buena noticia!— cuando sonó el teléfono.

Al contestar, reconoció enseguida la voz del forense.

—Trudy, ¿puedes venir a mi despacho ahora mismo? Me ha llegado algo por correo que tienes que ver. —La voz de Clement parecía preocupada.

—Sí, de acuerdo —aceptó entusiasmada, olvidando las órdenes de su inspector—. De hecho, hay algunas novedades que también tengo que contarle. No se va a creer todo lo que ha pasado...

—Bueno, pues deja de perder el tiempo y ven corriendo —dijo Clement Ryder siendo más brusco de lo normal y luego colgó.

Trudy se quedó mirando el auricular del teléfono que tenía en la mano con una mueca de sorpresa.

—Sí, señor, doctor Ryder —dijo a pesar de que él ya no la escuchaba.

Fuera, tomó una bicicleta de la estación y se puso en marcha, pedaleando a toda velocidad.

Las cosas estaban llegando a un punto crítico. Podía sentirlo. Y tenía muchas ganas de saber qué era lo que había hecho que la voz del forense sonara así de afectada. Aunque estaba segura de que sería capaz de superarlo.

Poco después, entró en Floyds Row y dejó la bicicleta apoyada en una pared de ladrillo rojo, no lejos del tanatorio, y echó a correr hacia el despacho del doctor Ryder.

Su secretaria ni siquiera se levantó de su asiento para acompañarla, de tantas veces que había acudido allí en los últimos días.

Clement levantó la vista cuando ella irrumpió en su despacho, con las mejillas sonrojadas y los ojos brillantes.

—¡Nunca adivinaría lo que ha pasado! —exclamó antes de que él pudiera hablar.

Se sentó en la silla frente a su escritorio y empezó a informarle. Las palabras salían de su boca tan deprisa que le costaba mantener la coherencia.

Clement escuchaba absorto y prestándole toda su atención, interrumpiéndola solo para plantear alguna que otra pregunta cuando algo no le quedaba claro del todo.

Cuando por fin terminó, él asintió y sonrió, casi frotándose las manos de alegría.

—Sí, parece que las cosas están avanzando. Ahora ven a leer esto y dime qué te parece —le pidió.

Y así, con una ligera sensación de decepción, Trudy se levantó y se colocó a su lado, inclinándose para leer de cerca la carta que estaba sobre el atril frente a él.

Entonces, él exhaló y un fuerte olor a menta le llegó a la nariz.

Por un segundo, su corazón se detuvo. ¡Pastillas de menta! Había estado masticando caramelos de menta justo antes de que ella entrara, a juzgar por la intensidad del aroma. Todo lo que el viejo agente Swinburne había dicho sobre los bebedores en secreto le vino de repente a la memoria.

¿Eso significaba que el forense había estado bebiendo en su hora de almuerzo? Eso no era normal, ¿verdad? La mayoría de la gente no bebía a mediodía, en el trabajo. No a menos que tuvieran un problema con el alcohol...

—Seguramente te ocurrirá lo mismo que a mí —dijo Clement, devolviéndola al asunto que tenía entre manos.

Se obligó a concentrarse en la carta y empezó a estudiarla con detenimiento. Estaba escrita en un bonito papel, con una letra muy fina y elegante, estilo caligrafía de cobre. La primera frase revelaba que había sido escrita en respuesta al anuncio del forense en el periódico.

Con un suspiro, y obligando a su mente distraída a dejar de dar vueltas y concentrarse, empezó a leer en voz alta.

Estimado señor:

Le escribo en referencia al anuncio que publicó recientemente en el Oxford Mail, en el que pedía que cualquier persona que hubiera estado en Port Meadow o en sus alrededores la mañana de la muerte del estudiante Derek Chadworth se pusiera en contacto con usted.

Vivo no lejos de Port Meadow y, en mis horas de ocio, tengo ocasión de pasear a veces a lo largo del río. La mañana del fatal ahogamiento tuve esa ocasión. Sin embargo, debo decir de inmediato que, aunque me di cuenta y oí la fiesta de los estudiantes en sus inicios, ni fui testigo de la colisión de las barcazas, ni vi u oí nada que me causara preocupación.

Sin embargo, dado que usted ha solicitado detalles sobre cualquier información ajena, me siento obligado a escribir esta carta y aclarar lo que observé ese día.

Caminaba por la acera frente al prado y me acercaba a una zona de la carretera donde suelen aparcar los coches cuando vi a un pescador que subía desde el prado y se dirigía a un viejo Riley azul oscuro aparcado.

Me temo que, como no tengo coche propio, tengo muy poco que añadir sobre ese vehículo —por ejemplo, no tenía motivos para fijarme en la matrícula—.

Me fijé especialmente en el pescador, que parecía ir cargado no solo con sus cañas y aparejos, sino también con una silla de ruedas plegable de lona, de las que se veían después de la guerra. Supuse que la utilizaba para sentarse a pescar o para transportar su equipo.

En cuanto a la persona en sí, no me fijé mucho en ella, salvo para decir que llevaba uno de esos sombreros de lona blanda llenos de coloridas moscas de pesca y gafas de sol. No era joven, pero tampoco viejo, y era bastante alto y fornido. Pero eso es todo lo que puedo decir.

Pasé junto a él y, poco después, me adelantó su coche, dirigiéndose hacia la carretera de arriba, es decir, donde podía girar hacia la carretera de Woodstock, y así entrar en la ciudad propiamente dicha, o bien tomar la dirección contraria, quizá hacia Kidlington o Yarnton.

No tengo ni idea de si esto le sirve de ayuda y solo espero no haberle hecho perder su valioso tiempo.

Atentamente,

Clive M Horton, Esq

—Un poco largo y pomposo, ¿verdad? —reflexionó Trudy, volviendo con cara pensativa a su asiento.

Observó al forense mientras recogía la carta y la leía de nuevo. ¿Estará borracho?, se preguntó preocupada.

Tras unos angustiosos segundos, tuvo que decir que no, que estaba segura de que no lo estaba. Pero la siguiente vez que él habló, escuchó con más atención que nunca para ver si arrastraba las palabras o si notaba que tenía especial cuidadoso con la pronunciación.

—Sí, es un tipo pedante, desde luego —convino Clement, con su voz habitual—. Pero eso es lo que le convierte en un testigo experto. Me lo imagino dedicando mucho tiempo y cuidado a esta misiva suya, y declarando solo exacta y meticulosamente lo que observó. Lo cual es muy interesante, ¿no cree?

Trudy, que de pronto detectó cierto énfasis en sus palabras, dejó de preocuparse por si su mentor había bebido o no y prestó más atención a lo que decía. Se irguió un poco más en su asiento.

—¿Lo es? —dijo al cabo de un rato—. Ya sabemos por la testigo que estaba paseando a su perro que había pescadores en el río ese día. Dos, de hecho.

—Sí. Supongo que no tuviste suerte localizándolos —dijo Clement.

—No, me temo que no —respondió Trudy. Y luego tuvo que admitir en silencio que en realidad no se había esforzado mucho buscando.

—Umm. La temporada de veda para la pesca va de marzo a mediados de junio —reflexionó el forense—. Así que podría ser que nuestros pescadores se hubieran adelantado unos días a la apertura de la temporada y, por tanto, no estuvieran dispuestos a dar la cara y admitirlo, no fuera a ser que les pusieran una multa o les persiguiera el vigilante del río. O todo podría tener una interpretación mucho más siniestra. ¿No te parece?

Poco a poco, Trudy tuvo la incómoda sensación de que se le escapaba alguna cosa, y quizá algo obvio. Pero fuera lo que fuese, a Clement no se le había escapado.

—Lo siento. ¿Qué intenta decirme? —se vio obligada a preguntar.

—¿Por qué crees que un pescador, que ya tiene que llevar cañas, aparejos y otras cosas, cargaría además con una silla de ruedas de lona plegable?

—¿Para sentarse, como sugiere el señor Horton en la carta?

—Es evidente que no eres pescadora —sonrió Clement—, o sabrías que la mayoría de nosotros llevamos, como mucho, un pequeño taburete de lona plegable, o bien una tapa acolchada encima de una maleta de pesca de madera dura, y nos sentamos en ella. Llevo más de cuarenta años pescando y nunca he visto a un pescador en silla de ruedas.

—¿Quizá tenía un amigo que no era físicamente capaz? —dijo Trudy tras un suspiro—. ¿No describieron nuestros testigos a dos pescadores en el río esa mañana?

—¿Así que estás diciendo que el individuo del viejo Riley azul se llevó la silla de ruedas de su amigo? ¿Y que lo dejó sentado en la orilla del río sin ninguna forma de llegar a casa? Nuestro confidente que ha escrito la carta menciona que solo vio a un hombre subir al coche, ¿recuerdas?

Trudy se rascó la barbilla, pensativa. Dicho así, sonaba raro.

—Y, por supuesto, hay algo más que salta a la vista al instante en esa carta, ¿verdad? —dijo Clement con cuidado, observándola con atención.

Trudy se removió incómoda en su silla. Una vez más, se sentía como si la estuvieran poniendo a prueba y estuviera fallando. El problema era que deseaba tanto que el culpable fuera lord Littlejohn que solo podía pensar en esa opción. Pero, a menos que estuviera muy desencaminada, toda esta charla sobre pescadores misteriosos y sillas de ruedas estaba arrastrando la investigación en una dirección muy diferente.

Haciendo un esfuerzo, se obligó a sí misma a dejar de sentirse enfadada, eufórica, frustrada y maltratada —¡lo que más o menos describía su día hasta el momento!—, y se obligó a pensar con lógica en su lugar.

Un pescador. Una silla de ruedas. ¿Qué más ponía en la carta?

Un viejo Riley azul oscuro...

—Un viejo Riley azul oscuro —dijo Trudy—. Me suena. Hemos visto uno de esos no hace mucho. ¿Dónde...? —Se le nubló la cara cuando dio con la respuesta.

—Sí —asintió Clement—. Había un viejo Riley azul aparcado fuera de la casa de Keith Morrison en Islip, cuando fuimos a hablar con él.

Trudy se irguió aún más en su silla.

—Sí, pero debe de haber muchos Rileys azul oscuro por ahí —se sintió obligada a señalar—. Y el señor Clive Horton —añadió, señalando la carta—, no ofrece ningún dato de la matrícula.

—De acuerdo. Pero piensa, Trudy —dijo el forense con urgencia, sus ojos agudos y brillantes—. Sabemos que la hija del señor Morrison fue novia de Derek Chadworth. Lo que, dadas sus inclinaciones, significa que las probabilidades de que la usara, como también usó a muchas chicas, para posar en sus sucias fotografías y ganar dinero vendiéndolas, son muy altas. —Hizo una pausa para tomar aliento y suspiró profundo—. Sabemos que Jennifer Morrison se suicidó a finales del año pasado. Sabemos, por los Porter, que Derek Chadworth, no contento con hacer dinero con la pornografía, tampoco tenía reparos chantajear a quien fuera de vez en cuando. Y si estaba haciéndolo con un hombre de clase trabajadora como Porter por unos pocos chelines, ¿no crees que es más que probable que también hubiera estado desplumando a un hombre con muchos más recursos como Keith Morrison?

Trudy abrió la boca para decir algo, pero se dio cuenta de que no había nada que objetar.

Clement sonrió con desgana.

—Sé que deseas con desesperación que el asesino sea Littlejohn —se compadeció de ella en voz baja—, pero piensa en el principio. ¿Cuál era nuestro..., bueno, mi principal problema con el caso? ¿Qué fue lo que hizo que me interesara por él desde el principio?

—No le gustó la forma en que los estudiantes dieron su testimonio. Que ninguno pudiera decir si Derek estaba o no en la barcaza cuando volcó —respondió Trudy con rapidez.

—Bien. Ahora, demos un paso atrás y miremos las cosas desde la perspectiva de Littlejohn por un momento —continuó Clement—. ¿Dices que ese tipo pelirrojo, Porter, lo había estado acosando durante algún tiempo? ¿Cartas amenazadoras y cosas así?

—Sí, así es —confirmó Trudy.

—Así que ya sabía que alguien le tenía manía —siguió Clement—. Puede que sospechara que tenía algo que ver con las actividades extraescolares de Derek. O, quién sabe, puede que incluso sospechara que el propio Derek estaba detrás. No creo que la lealtad y la amistad fueran prioridades entre los miembros del Club de los Marqueses —dijo con tono seco—. Pero entonces, de repente, el cuerpo de Derek aparece flotando en el río a las pocas horas de haber celebrado una fiesta de pícnic. Una fiesta en la que hubo una colisión accidental entre las barcazas. Ahora, ¿cuál crees que fue su primer pensamiento?

Trudy suspiró, viendo ahora con demasiada claridad adónde quería llegar el forense.

—Pensó que el autor de las cartas amenazadoras podría haber matado a Derek. Ya sea como una advertencia aterradora para él mismo o por venganza.

—Exacto. Y con la muerte de Chadworth, lord Littlejohn no podía dudar de que su acosador tenía que ser alguien como un marido, o algún familiar del tipo que fuera, de una de las chicas que habían corrompido. Entonces, si tú eres Littlejohn, ¿qué haces? —la instó Clement a pensar como el consternado lord—. No sabes lo que el asesino pretende hacer ahora. ¿Y si está intentando inculparte de la muerte de Derek? Si dices que el fallecido estaba en la barcaza, te expones a todo tipo de sospechas. Después de todo, ¡estabas en una posición ideal para ahogarlo! Pero, por otro lado, ¿y si no es un intento de inculparte de asesinato? ¿Y si el asesino solo quería matar a Chadworth y ahora todo ha terminado? En ese caso, todo lo que tienes que hacer es pasar desapercibido y esperar a que las cosas se calmen. Tampoco querrás decir que Derek con rotundidad que no estaba en la embarcación, porque eso podría echar por tierra la teoría del accidente y centrar no solo la atención de la policía en ti, sino también la del asesino. Porque, si el asesino está sentado tan tranquilo, pensando que se ha librado del asesinato, no va a estar contento con el hombre que agita el barco, por así decirlo.

Trudy asintió. Podía verlo con suficiente claridad, así como el atolladero en que se había metido Littlejohn.

—Así que tienes que sentarte a un lado y ver de qué lado va a soplar el viento —dijo con rotundidad—. De ese modo, podrás inclinarte hacia un lado o hacia el otro, dependiendo de lo que más convenga a tus intereses. En otras palabras, estaba cubriendo sus espaldas —dijo sin rodeos—. Y haciendo que todos sus lacayos le ayudaran a hacerlo.

—Eso explica por qué algunos estudiantes fueron un poco confusos en su testimonio ante mi tribunal —dijo Clement, asintiendo con la cabeza—. Y, como verás, fueron los estudiantes con menos que perder, como nuestra señorita Maria DeMarco, que pronto vivirá en el extranjero, o los que tenían algo de conciencia, como nuestro estudiante de Teología, Lionel Gulliver, los que tuvieron más claro que Derek no estuvo en la fiesta.

—Sí, ya veo —asintió Trudy—. Me está diciendo que lord Littlejohn es inocente —afirmó cabizbaja—. ¿Y que el pobre señor Morrison es el asesino?

26

—Pero ¿de verdad tiene sentido? —se quejó Trudy, después de reflexionar un momento—. Es un poco exagerado decir que poseer un viejo Riley azul te convierte en candidato a asesino. Para empezar, me estremezco solo de pensar en lo que diría el inspector Jennings si eso fuera todo lo que pudiéramos ofrecer como prueba.

—Veamos qué más podemos encontrar —dijo Clement con una sonrisa—. ¿Estás de acuerdo, al menos, en que la motivación de Morrison es fuerte?

—Si estuviera al tanto de lo de las fotos —se apresuró a decir Trudy, siempre dispuesta a hacer de abogado del diablo.

—Creo que podemos suponerlo. Y no creo que nos equivoquemos si también damos por hecho que, al igual que el señor Porter, el señor Morrison recibió fotografías y cartas haciéndole chantaje y que es muy probable que estuviese pagando durante algún tiempo.

—De acuerdo —dijo Trudy, siguiéndole la corriente—. Pero entonces su hija se suicida, pobrecita, no puede soportar la vergüenza. Y la actitud del señor Morrison cambia rápido. Se vuelve amargado y vengativo.

—Y hace lo que el señor Porter también había intentado hacer, es decir, tratar de averiguar quién estaba detrás de todo. Pero como quizá él es un hombre más inteligente, consigue descubrir la identidad de su chantajista —tomó el relevo Clement—. Quizá incluso contrata a un investigador privado para averiguar quién es el dueño del apartado de correos.

—Así que ahora sabe quién es Derek Chadworth —impulsó Trudy la teoría—. ¿Y qué más? ¿Solo planea matarlo? ¿Así de fácil?

—¿Por qué no? Se han cometido asesinatos por mucho menos, como ambos sabemos —le recordó el forense, con un tono sombrío—. Derek Chadworth cometió el simple pero fatal error de presionar demasiado a un hombre afligido y desesperado. Y pagó el precio por ello.

—Está bien. Aceptemos todo eso por ahora. Pero ¿cómo lo hace Keith Morrison? —preguntó Trudy—. Al principio, usted mismo señaló que era difícil ahogar a alguien en un río sin ser visto. La víctima, un chico joven y en buena forma, podría escaparse, o cualquiera que pasease a su perro por el prado podría verle. O incluso alguien que paseara por la carretera y mirara por la ventanilla de su coche.

—Sí. Pero no ahogó a Derek en el río de Port Meadow —dijo Clement en voz baja.

—¿Qué? —gritó Trudy—. No, espere un momento. Tuvo que haberlo hecho. No pudo haberlo ahogado en una bañera, o en un colector de lluvia o algo así. Las pruebas médicas decían que tenía agua de río en los pulmones.

—Sí, con mucho sedimento también —estuvo de acuerdo Clement—. Pero recuerda nuestra entrevista con Keith Morrison, Trudy. ¿Dónde estábamos?

—En su jardín..., ¡con el río al fondo! El río pasa por Islip. No se me había pasado por la cabeza nunca —añadió abatida.

Clement sonrió un poco al ver su rostro abatido.

—Pero ¿quién dice que no lo hubiese visto ningún paseador de perros del pueblo si lo hubiera ahogado en el río? El mismo argumento es válido, ya sea en Islip o en Port Meadow.

Trudy miró al forense con frustración.

—Pero... si él no lo ahogó en el río que hay detrás de su casa, ¿qué sentido tiene mencionar el jardín? —preguntó, empezando a sentirse un poco agraviada. El doctor Ryder lo tenía todo muy claro y ella seguía sin tener ni idea.

A menos que...

—¿Qué más...? —empezó Clement, pero Trudy se le adelantó.

—¡El estanque! —casi chilló de emoción—. Había hecho excavar el estanque con una zanja hasta el río, para que su agua llenara el estanque. Así, el agua del estanque sería también agua de río. Y como era un estanque, el espacio era más reducido, por lo que había muchos sedimentos, ¡porque no habían podido asentarse bien! Y —se apresuró a decir— sería más fácil que Derek se ahogara en una masa de agua más pequeña, ¡habría muchas menos probabilidades de que pudiera escabullirse!

—Exacto —dijo Clement, orgulloso de que lo hubiese entendido tan rápido—. Digamos que atrae a Derek a su casa, quizá con la promesa de un gran pago único por todas las fotografías. O que quizá utilice una amenaza: ha descubierto la identidad de Derek y, a menos que esté dispuesto a renegociar las condiciones del chantaje, acudirá a la Policía. —Clement hizo un gesto con la mano—. No importa. Podemos resolver los detalles más tarde. Atrae a Derek a su casa esa mañana. Lo ahoga. Ahora tiene que deshacerse del cuerpo. Pero ¿cómo?

Trudy ya asentía con la cabeza.

—Disfrazándolo de pescador, con sombrero y gafas de sol para disimular que está muerto. Lo mete en el coche y coloca en el maletero una vieja silla de ruedas que ya debía de tener a mano. ¿Quizá su madre u otra persona la había necesitado en el pasado y él la había guardado? O, si lo había planeado todo, ¿la había comprado antes? En cualquier caso, conduce hasta el prado y, cuando no hay nadie, coloca el cadáver de Derek en la silla de ruedas, lo lleva hasta el río y se instala en la orilla: él en lo alto de la orilla y el cuerpo de Derek un poco más abajo. Jimmy Roper, nuestro paseador de perros, los vio allí cuando pasaba. Él debía de tener la silla de ruedas plegada y tumbada fuera de la vista en la hierba a su lado.

—Exacto —retomó Clement la palabra—. Entonces lo único que tuvo que hacer fue esperar a que empezara el pícnic, quitarle el sombrero y las gafas de sol al pescador y deslizar con suavidad el cuerpo en el agua. Con cuidado de no mojarse él mismo, por supuesto, por si alguien le descubría más tarde. Y luego solo tenía que recoger su equipo y volver al coche.

—Donde lo vio nuestro amigo el escritor... —concluyó Trudy—. Pero un momento —objetó de pronto, viendo un escollo—. ¿Cómo sabía que iba a haber un accidente entre las barcazas?

—¿Quizá no lo sabía? —dijo el forense—. Tal vez solo tuvo suerte.

Trudy frunció el ceño.

—Es mucha coincidencia, ¿no? —dijo insegura.

El forense suspiró.

—Las coincidencias son un hecho de la vida. Si no, no habríamos inventado una palabra para designarlas —dijo con sequedad—. También hay siempre incertidumbres y cabos sueltos —añadió—. Solo en los libros o en el cine todo queda bien envuelto al final con un lazo. La cuestión es que encaja y da sentido a todas las pruebas. E incluso si no hubiera ocurrido el accidente de las barcazas, habríamos estado buscando en esa fiesta de estudiantes la causa más probable de que el cadáver apareciera río abajo —señaló de manera razonable—. Después de todo, si encuentras a un estudiante muerto en el agua y te enteras de que un grupo de estudiantes borrachos había estado nadando en el río solo unas horas antes..., bueno, asumirías que lo más probable es que el chico hubiera formado parte de la juerga y se hubiera metido en problemas sin que nadie se hubiera dado cuenta. Al final, el accidente fue en realidad algo superfluo, una de esas cosas que a veces pueden surgir y confundirlo todo.

Trudy asintió con cautela, pero no parecía convencida al cien por cien.

Clement sonrió.

—La vida, la vida real, tiene una forma de ser impredecible y desordenada. Y parte de tu trabajo como agente de policía va a ser aprender a separar el grano de la paja. Lo que es importante y necesita seguimiento, y lo que no es relevante y puede dejarse de lado. No pierdas de vista las pruebas y no des nada por sentado.

Sabía que el doctor Ryder tenía mucha más experiencia en la vida que ella, así que estaba dispuesta a escuchar sus consejos.

—Creo que el inspector va a querer que el papel de lord Littlejohn en todo esto se esconda debajo de la alfombra —dijo de pronto Trudy, con un amargo cinismo que hizo que el hombre mayor se entristeciera por un momento. Estaba claro que ese caso había echado por tierra bastantes de sus ideales juveniles sobre su trabajo y sus superiores en particular. Pero, pensó Clement con tristeza, eso era casi inevitable, dadas las circunstancias. Trudy Loveday crecía deprisa y aprendía aún más rápido. Tendría que endurecerse aún más si quería hacer algo por sí misma y por la carrera que había elegido.

—Y tú preferirías que no fuera así —dijo Clement con una sonrisa—. Yo también. Así que sugiero que nos separemos —sugirió sin darle tiempo a cavilar—. Yo abordaré al señor Morrison, veré qué tiene que decir y tantearé el terreno. Tú tienes que volver con lord Littlejohn y advertirle de que aún puede estar en peligro.

—¿Qué? —gritó Trudy—. ¿De verdad tengo que hacerlo? —se lamentó.

—No hay nada que diga que el señor Morrison, si es el asesino, sepa que lord Littlejohn existe. Y mucho menos tiene la intención de convertirlo en su segunda víctima.

El forense la miró pensativo, con la cabeza ladeada.

—Sé que tienes problemas con nuestro adonis rubio, pero ¿crees que te sentirías mejor si permitieras que Keith Morrison lo asesinara?

Trudy palideció. Luego suspiró. Después se levantó.

—Lord Littlejohn ha vuelto a su colegio. Me atrevería a decir que es muy probable que todavía esté allí, en sus habitaciones.

Pero la agente habló sin mucho entusiasmo, y se preguntó, un rato después, mientras observaba cómo el forense se alejaba para enfrentarse a su posible sospechoso de asesinato, si estaría haciendo lo correcto al dejarle marchar solo.

27

Lord Jeremy Littlejohn estaba en su habitación. Había entregado la botella de champán a las fuerzas del orden y ahora volvía a estar solo, ocupado en celebrar el fin de sus problemas consumiendo sin parar media botella de coñac de gran calidad. Así pues, se sentía agradablemente mareado cuando oyó que llamaban a su puerta. Bebió otro trago de una copa de balón de casi doscientos años de antigüedad, caminó con paso inseguro hacia la puerta y la abrió de golpe.

Clement Ryder llegó rápido a Islip. Pero Keith Morrison no estaba allí. A esa hora del día, le informó su esposa, estaba en su oficina. Sin embargo, ella, de buena gana, le dio la dirección.
Maldiciéndose por no haber pensado en eso y ahorrarse un viaje y algo de tiempo, Clement volvió al coche y emprendió el camino de vuelta a la ciudad.

Trudy Loveday pedaleaba decidida hacia el colegio de Littlejohn con una mirada dura y firme. «Pase lo que pase, no dejaré que me moleste», se dijo a sí misma. «No perderé los nervios». Se fue repitiendo como un mantra durante todo el camino hasta las puertas de la logia.
Por suerte, el bedel la recordaba de su anterior visita y, puesto que ahora volvía a llevar uniforme, no tuvo inconveniente en recordarle el número de la habitación de Littlejohn y la ubicación de la misma. Le dio las gracias con cortesía,

cruzó el patio con un malhumor casi cómico y subió corriendo la estrecha escalera de caracol de piedra.

En lo alto de un pequeño rellano, se sorprendió al ver la puerta de lord Littlejohn entreabierta. La empujó con cuidado y se quedó inmóvil un segundo al oír un ruido extraño. Era una especie de sonido de raspado, interrumpido de vez en cuando por otro aún más extraño, casi de garganta.

Por un segundo, algo histérica, se preguntó si no estaría sorprendiendo al hijo del duque haciendo gárgaras con enjuague bucal. Casi sonrió al pensar en la cara de indignación que pondría si lo pillaba haciendo algo tan plebeyo —había buscado la palabra— como lavarse los dientes. Podía imaginarse que cuidaba su imagen pública con avidez. No se vestía siempre de blanco con tanta ostentación, ni mantenía sus llamativos mechones rubios sin saber el impacto que causaban. Y en cuanto a esa manera irritante y despreocupada de hacer las cosas, y todo el tiempo con esa mirada engreída y superior en el rostro...

¡Pillarle escupiendo en un fregadero sería demasiado bueno para ser verdad!

Sin embargo, toda la diversión se esfumó cuando cruzó la puerta, pasó el perchero que había a un lado de la entrada y entró en la habitación propiamente dicha.

Por un momento, sintió como si el tiempo se hubiese detenido, permitiéndole comprender el cuadro que se le presentaba. Lo primero en lo que se fijó su aturdido cerebro fue en la cara de lord Jeremy Littlejohn, sobre todo porque tenía un sorprendente tono púrpura que empezaba a convertirse en morado. Tenía los ojos saltones y desorbitados, y la boca abierta en forma de O. Su aspecto era tan horrible y tan distinto al que solía tener de manera habitual que casi no lo reconoció.

Mientras su cerebro buscaba una explicación a aquella rareza, lo segundo en lo que se fijó fue en la espalda y los hombros anchos del segundo hombre que había en aquella habitación, que miraba hacia otro lado.

Lo tercero en lo que se fijó fue en sus grandes manos, que rodeaban la garganta del más joven.

Debió de tardar menos de un segundo en asimilarlo todo, pero le pareció mucho más tiempo. Cuando Trudy se lanzó hacia delante, su cerebro iba a toda velocidad, invocando todos sus recuerdos de su formación policial y lo que tenía que hacer en una situación como aquella.

No era consciente de que sus miembros se movían, pero lo hacían.

«Saca tu porra. Asegúrate de agarrar bien el mango».

«Levántala».

«Recuerda elegir el mejor punto de contacto: ¡ve a por los brazos!».

«¡Los brazos!».

«Es imperativo que rompas el agarre del hombre y permitas que la víctima respire».

«Baja la porra con elegancia por la parte inferior del antebrazo, no importa si rompes el cúbito».

Era casi como si Trudy pudiera oír la voz de su entrenador en su cabeza: un sargento retirado, tranquilo y fornido, que había sido el veterano de muchos disturbios sofocados en su época.

«Una vez establecido el contacto entre la víctima y el agresor, acuérdate de dar el golpe de gracia».

Trudy no era consciente de moverse ni de obedecer las instrucciones que oía en su cabeza. Tan solo de que su corazón se aceleraba y sudaba a medida que la adrenalina corría por su torrente sanguíneo. Pensó que incluso podría estar jadeando un poco. Pero todo eso parecía irrelevante.

Y cuando el hombre más grande bramó de dolor, medio encogido, y empezó a darse la vuelta para mirarla, ella ya estaba invirtiendo su porra en la mano, de modo que el extremo redondeado apuntaba ahora hacia fuera. De modo que cuando Keith Morrison —«por supuesto que era Keith Morrison», pensó Trudy con fatalismo— se giró para dirigir la fuerza de su ataque hacia ella, eligió el sitio y clavó la porra en él, con la cabeza redondeada por delante, justo en el plexo solar.

De emitir un doloroso bramido cuando la porra le atravesó el brazo, ahora se quedó sin aliento en un ruidoso silbido, y se desplomó sobre manos y rodillas, con arcadas y gritos de dolor.

Se balanceó un poco y luego se tumbó con lentitud sobre un costado, con las rodillas recogidas alrededor del estómago.

Intentaba respirar, pero le costaba.

Sabiendo que el peligro inmediato ya había pasado, Trudy se volvió a mirar a la víctima. Littlejohn también había caído al suelo y le costaba respirar, pero, aunque seguía con el rostro enrojecido, la angustiosa expresión púrpura azulada ya estaba desapareciendo, y Trudy pudo ver, aliviada, que le estaba entrando aire en los pulmones.

Pero recordaba que una persona estrangulada con las manos podía morir si se le hinchaban las vías respiratorias. Así que tenía que actuar rápido.

A medida que la amenaza desaparecía, también lo hacía la calma sobrenatural que había estado sintiendo, y ahora empezaba a temblar como reacción. Luchó contra ello. Tenía que mantener el control.

Miró rápido a su alrededor en busca de un teléfono, sabiendo que un hombre de la categoría de lord Littlejohn debía de tener uno instalado. No era para él la indignidad de tener que bajar a la sala común y que cualquier transeúnte escuchara sus conversaciones. Lo vio enseguida, en una mesita junto a la ventana, fue hacia él y llamó de inmediato a una ambulancia.

Solo entonces, y empezando ya a sentirse claramente temblorosa y débil de rodillas, se sentó con brusquedad en una silla y empezó a reír.

Por supuesto, no se rio durante mucho tiempo. Lo reconoció como lo que era: un signo de conmoción y, como tal, era algo que había que evitar.

Respiró hondo varias veces y se obligó a pensar, sin perder de vista a Keith Morrison, que seguía tumbado de lado, abrazándose las rodillas contra el pecho y jadeando en el suelo.

Había algo que debería estar haciendo. ¿Qué era...? ¿Qué...? ¡Por supuesto!

Con una mano aún temblorosa, se acercó de nuevo el teléfono y llamó a la comisaría.

El inspector Jennings escuchó atónito su informe, le ordenó que no hiciera ni tocara nada hasta que él llegara con refuerzos y luego colgó.

En un rincón en el suelo, lord Jeremy Littlejohn empezó a sentirse muy mal.

Trudy contempló el repugnante espectáculo con gran satisfacción.

Luego observó nerviosa cómo Keith Morrison extendía una mano por debajo de él y conseguía incorporarse un poco hacia un lado. Él la miró.

—Lo siento —dijo, resollando con dolor—. Nunca quise asustarla. Tiene la misma edad que habría tenido mi hija... —Sacudió la cabeza, apenado. No le he hecho daño, ¿verdad? —preguntó arrepentido.

Trudy negó con la cabeza.

—Me alegro. Los hombres que levantan la mano a una mujer deberían ser fusilados —dijo entre respiraciones dolorosas.

Estaba claro que, tras el golpe en el estómago, le costaba respirar sin sufrir dolor. Por un segundo se sintió culpable de una manera absurda por haberle hecho daño. Luego, al darse cuenta de que tenía que ponerse las pilas y actuar como una agente de policía con su deber.

—Señor Morrison —habló con cautela—, cuénteme lo que pasó aquel día. Usted mató al señor Chadworth, ¿verdad? —lo alentó para que hablara, conteniendo la respiración, temiendo su reacción.

Pero no tenía por qué preocuparse. Era obvio que aquel hombre no tenía ninguna intención de seguir luchando.

—Oh, sí —admitió sin rodeos—. Sí, lo maté. No me arrepiento, ni siquiera ahora.

—Por lo que le hizo a su hija —dijo Trudy en voz baja.

—Sí. Descubrí quién era. Llevaba tiempo pagando por unas fotografías que habían llegado por correo chantajeándome de manera anónima. Pero después de que mi hija se suicidara por..., bueno, ya sabe..., no podía vivir con la vergüenza... Entonces, tuve que vengarme. ¡Quienquiera que la hubiera engañado para que posara para esas malditas fotografías la había asesinado! Así que contraté a un detective para vigilar la oficina del apartado de correos donde enviaba el dinero.

—Y así consiguió el nombre de su chantajista —dijo Trudy, asintiendo—. Y una vez que supo quién era, empezó a hacer sus planes —continuó, tratando de animarlo para que hablara y sin dejar de anotarlo todo en su cuaderno.

Se alegró de que Keith Morrison tuviera la mirada perdida en la alfombra que tenía delante y no viera lo que ella hacía. Estaba claro que estaba repasando cosas en su mente, perdido en otro tiempo y lugar.

—Sí. ¡Debió de llevarse un buen susto cuando se enteró de que conocía su identidad! Pero lo atraje a mi casa con la promesa de darle un último pago por todo. Sabía que ese diablo codicioso no podría resistirse —murmuró con amargura—. Le dije que nos encontraríamos al aire libre, en mi jardín, para que se sintiera seguro. Sabía que siempre podría correr más que yo si me ponía rabioso, era mucho más joven y rápido que yo. Y era tan engreído que se creía invencible. Pero yo le llevaba mucha ventaja. Había hecho construir el estanque de forma especial, por adelantado. Llevarlo cerca del río habría sido demasiado arriesgado, podría habernos visto un aldeano paseando a su perro o algo así. Y Chadworth podría haberse mostrado demasiado receloso si lo citaba cerca de tanta cantidad de agua. Pero ¿un pequeño estanque de jardín? Nunca se lo imaginó. Me di cuenta de que no —añadió, con un tono de disgusto—. Así que todo lo que necesitaba era acercarme poco a poco lo suficiente como para agarrarlo y entonces... —La cara de Morrison se torció de forma salvaje—. Créeme, una vez que lo tuve en mis manos no tuve ningún reparo en ahogarlo como a una rata en un barril de lluvia.

En su rincón, lord Jeremy Littlejohn se había sumido en un silencio horrorizado al escuchar esa confesión. Sin duda, era una buena lección para el joven mimado de sangre azul. Después de todo, la vida no era una fiesta continua.

—Siempre había planeado arrojar el cadáver al río, en algún lugar lejos de Islip, y la semana anterior había comprado una silla de ruedas de segunda mano —continuó Keith Morrison y, de repente, de forma chocante, soltó una carcajada—. Y ¿puedes creerlo? Cuando nos conocimos, allá en el estanque, el pequeño bastardo me dijo que no podía quedarse mucho tiempo porque se iba a un pícnic de estudiantes en Port Meadow.

Él la miró asombrado, como invitándola a compartir su incredulidad, y ella dejó de escribir en su cuaderno para devolverle la mirada.

—Eso debió de enfadarte mucho —le dijo en voz baja. Y no sin empatizar con él de verdad.

—Oh, sí. Pensar en él bebiendo champán y dándose la gran vida mientras mi pobre chica estaba fría en su tumba... —Keith sacudió la cabeza—. Pero al final, casi sentí como si la providencia me diera un empujoncito. Como si tuviera que ser así. Porque de repente vi lo ideal que era todo. Podía arrojar su cuerpo río abajo, lejos de Port Meadow, y todo el mundo supondría que había bebido demasiado o que lo había arrastrado la maleza o algo así. Sonaba tan bien, como si fuera... —Buscó las palabras, pero no las encontró.

—¿Justicia poética? —se ofreció Trudy a ayudar.

—Sí. Eso mismo. Exacto —aceptó con entusiasmo—. De todos modos... —se giró para tumbarse bocarriba y se quedó mirando al techo, y Trudy empezó a garabatear de nuevo su confesión—, metí la mano en el bolsillo como para sacar el dinero y, por supuesto, Chadworth se acercó para mirar, supongo que ansioso por tenerlo. Y de repente extendí las manos y lo agarré. Lanzó un grito, pero le tapé la boca rápido, lo arrastré hasta el estanque, no paraba de dar patadas y de intentar gritar, y le sujeté la cabeza por debajo. Puede que fuera más rápido y veloz que yo, pero yo tengo más fuerza y corpulencia. Ese cerdo asesino y sucio no pudo librarse de mí.

Trudy tragó saliva, sintiéndose un poco enferma de repente. En su rincón, lord Littlejohn también empezó a tener arcadas.

—Cuando le levanté la cabeza para ver si estaba muerto, esa sucia rata suplicó por su vida y lo confesó todo —continuó Keith, que parecía agotado, como si solo quisiera darse la vuelta y dormirse—. También intentó desviar parte de la culpa para salvarse. Fue entonces cuando me contó que sus amigos de alta cuna también posaban en sus fotos guarras y le animaban a encontrar más chicas a las que corromper. Estaba ansioso por decirme que no había sido idea suya, y que el que en realidad movía los hilos de esos sucios juegos siempre había sido ese parásito de sangre azul de ahí. —En ese momento, levantó la cabeza lo suficiente como para mirar hacia la esquina donde lord Jeremy Littlejohn se encontraba, que se quedó inmóvil y le devolvió la mirada, con la cara blanca y horrorizado.

—Y así lord Littlejohn se convirtió en su objetivo secundario —afirmó Trudy—. Sí, ya veo por qué —añadió, intentando mantener la calma, pero lanzando al rubio una mirada dura y sombría.

Lord Littlejohn se puso aún más blanco.

—Cuando usted y el juez de instrucción vinieron a hacerme preguntas, me di cuenta de que usted podría saber más de lo que yo pensaba y de que no tendría tanto tiempo como esperaba para planear un segundo asesinato. Así que decidí arriesgarme y hacerlo rápido. Esperé a que el bedel saliera de su caseta y vine aquí, a la habitación de Littlejohn. Planeé quedarme aquí todo el día después de hacer la hazaña, y asegurarme de que no había dejado ninguna huella o pista, luego escabullirme después del anochecer. Por lo que dijo Derek Chadworth antes de morir, sabía que lord Littlejohn estaba podrido hasta la médula, así que sabía que habría un buen número de personas con un motivo para matarlo.

Keith suspiró fuerte y se pasó una mano por los ojos, cansado. Trudy, que seguía sosteniendo la mirada horrorizada de lord Littlejohn, esbozó una sonrisa lenta y amarga.

—Estoy segura de que tiene razón, señor —dijo con rotundidad—. Si hubiéramos encontrado el cadáver de lord Littlejohn, habríamos tenido un sinfín de sospechosos, todos con muchas razones para quererlo muerto. ¿Esperaba que el verdadero motivo nunca fuera descubierto?

En respuesta, Keith Morrison le dio la espalda y empezó a llorar en silencio.

Y Trudy, en ese momento, se alegró mucho de oír las sirenas de la policía acercándose a la entrada del colegio. Por fin habían llegado los refuerzos.

28

—Entonces, ¿lo hemos hecho bien? —le preguntó el doctor Clement Ryder una hora después—. ¿Nuestra reconstrucción del crimen? —Estaban en la comisaría, fuera del despacho principal, en un pequeño pasillo más tranquilo y menos concurrido.

—Sí —dijo Trudy con voz de cansancio, apoyando un hombro en la pared.

Y se lo contó todo.

Ahora que todo había terminado y Morrison estaba siendo procesado, solo quería volver a casa con sus padres y acurrucarse con el gato. Lo cual era imposible, por supuesto. Tenía que mecanografiar sus notas y el inspector querría interrogarla.

Solo esperaba que le quedara energía suficiente para hacerlo todo.

Clement la miró con cierta preocupación. Parecía muy agotada. Pero no se atrevió a sugerirle que se fuera a casa a descansar.

No era de las que aprecian que las mimen, pensó, sintiéndose orgulloso de ella.

Trudy no pudo evitar un gran bostezó y de pronto se quedó pensativa.

—Le van a colgar, ¿verdad? —dijo con cierta tristeza—. El señor Morrison... Me parece todo tan triste. Pierde a su hija y ahora va a morir él también. Su pobre esposa. Lo que va a sufrir...

Pensar en el dolor de la señora Morrison le recordó el dolor de otra esposa que había conocido hacía poco: la esposa de la víctima del atropello y fuga que yacía en coma en el hospital. Dos mujeres, dos tragedias tan diferentes.

—La vida no es justa, ¿verdad? —dijo con tristeza.

—En tu lugar, yo no me apresuraría a suponer lo peor —le advirtió Clement en voz baja, echando una rápida mirada por encima del hombro para asegurarse de que no les oyeran—. Entre tú, yo y el marco de la puerta, no me sorprendería nada que no se hiciera algún tipo de trato sobre todo esto.

—¿Un trato? ¿Qué quiere decir? —preguntó Trudy, alarmada de repente.

—El duque es un hombre poderoso —dijo el forense—. No va a querer que salga a la luz que su hijo se relacionaba con un conocido pornógrafo y chantajista. Me lo imagino a él, a los poderes judiciales, a tu inspector Jennings y a sus superiores reuniéndose y ofreciéndole a Morrison un trato. ¿Quizá ofrecerle un alegato de locura? «Manténgase callado sobre sus motivaciones y nos aseguraremos de que se libre de la soga». Algo por el estilo.

—¿Y cree que lo aceptaría? —preguntó Trudy, sin saber si horrorizarse o alegrarse.

—¿Tú no lo harías? ¿Si estuvieras en su lugar? —preguntó Clement siendo pragmático.

—¿Pueden salirse con la suya?

—¿Por qué no? Los únicos que podrían protestar serían los padres de Derek. Supongo que no estarán contentos de que el asesino de su hijo solo reciba cadena perpetua. Pero, por otro lado, ¿supones que querrán que la verdadera historia de las acciones de su hijo salga a la luz en los tribunales para que todo el mundo la oiga y los periódicos se regodeen en ella? Si fueras uno de ellos, ¿preferiría que tu hijo fuera vengado y revelado como un pequeño pornógrafo y chantajista desalmado y mugriento? ¿O preferirías dejarle descansar en paz, con su reputación intacta?

Trudy suspiró. Todo era tan complicado y confuso. Y se sentía tan cansada.

—Por un lado, lo siento por el señor Morrison y su esposa. Han sufrido mucho. Y una parte de mí persiste en sentir que, de alguna manera, Derek Chadworth era tan mala persona que...

—¿Se merecía lo que le pasó? —terminó Clement por ella sin rodeos.

Y se alegró de corazón cuando ella negó al instante con la cabeza.

—No, no iba a decir eso..., pero... no sé. Tampoco quiero ser responsable de lo que le pase al señor Morrison. La idea de que lo ahorquen por mi culpa es horrible. —El forense la miró con tristeza. Parecía hecha polvo. Quiso darle una palmadita en la espalda y decirle que todo saldría bien. Pero no pudo. Tampoco podía protegerla de las duras realidades de la vida como agente de policía. Porque la pura verdad era que, si ella hacía bien su trabajo, la gente iría a la cárcel por su culpa. Incluso podrían ser ahorcados.

—Pobre Trudy —murmuró él—. Ha sido un caso difícil para ti, ¿verdad? Estás aprendiendo que tus superiores no son tan perfectos como aparentaban, y que la justicia, la verdad y lo correcto no están tan claros como creías. ¿Te está haciendo replantearte tu carrera? —le preguntó en voz baja.

Cansada, sorprendida y abatida como estaba, levantó la barbilla al instante.

—No —dijo con rotundidad. Y luego, con gran dignidad—: No soy una niña, doctor Ryder. Sé que la vida no es blanca o negra. Pero no me gustan las zonas grises. —Luego le mostró una sonrisa al doctor.

—A muchos de nosotros no nos gustan, agente Loveday. Y hablando de zonas grises —se puso algo más solemne—, supongo que el inspector Jennings va a intentar localizar a la hermana desaparecida de Reginald Porter. Sé que todo el mundo ha estado diciendo que huyó a Londres, pero ahora que sabemos un poco más acerca de Derek, su desaparición podría resultar ser bastante más... siniestra.

—Oh, no, nada de eso —lo tranquilizó rápido Trudy, contenta de tener buenas noticias por una vez—. El inspector se puso en contacto con Londres hace poco, pero no tardaron en localizarla. Al parecer, hace poco la amonestaron por prostitución, así que ya estaba fichada —añadió un poco triste—. Parece que su sueño de convertirse en una estrella del cine no ha funcionado como ella esperaba. Solo espero que su hermano no se entere de lo que ha estado haciendo.

—¿Quién se lo va a decir? —preguntó el forense en tono seco.

—Nadie, espero. Parece que va a volver a casa una temporada —dijo Trudy con una sonrisa—. Creo, por lo que dijo la Policía de Londres, que se sintió bastante aliviada de que la encontraran y de tener una excusa para abandonar el sueño londinense por un tiempo. Ya sabes, su madre necesita un poco de tranquilidad y quiere tenerla en casa, y todo eso. Pero no me extrañaría nada que Becky no se quedara en casa para siempre. Al menos su hermano estará contento.

—Entonces —dijo el forense, enderezándose y comenzando a colocarse el sombrero sobre la cabeza—, ¿puedo suponer que la próxima vez que tenga necesidad de un enlace con la Policía, tú seguirás queriendo el trabajo?

La verdad era que trabajar con el forense, por muchos problemas o compromisos que implicara, seguía siendo cien —no, mil— veces mejor que hacer las insignificantes tareas —improvisadas— que el inspector Jennings le asignaba siempre.

Pero su cara se puso mustia de repente.

—Me temo que, después de todo este lío..., las fotos pornográficas, el posible escándalo y todo eso..., no veo al inspector Jennings asignándome ser su ayudante otra vez —admitió con tristeza.

Pero Clement Ryder sonrió de oreja a oreja.

—Oh, yo no estaría tan seguro de eso —dijo, con los ojos brillantes—. Después de todo, ahora tienes a un duque de tu lado que te debe algún que otro favor. Salvaste la vida de su hijo, ¿recuerdas?

—Oh —dijo Trudy, un poco sorprendida—. Pero no creo...

—Y tan pronto como le comente un par de cosas en privado al jefe de policía, puede que veas una medalla policial al valor dirigiéndose hacia cierta agente de policía en prácticas que se enfrentó a un peligroso delincuente ella sola.

Trudy parpadeó incrédula.

—¡Pero no fui valiente en absoluto! —protestó.

—No creo que haya mucha gente que esté de acuerdo contigo en eso —objetó Clement—. Y si recibes honores o elogios —le aconsejó el forense, continuó hablando antes de que ella pudiera interrumpir con más protestas—, harías bien en aceptarlos y decir «muchas gracias». Al fin y al cabo, vas a necesitar todas las ventajas posibles si algún día llegas a detective inspector —añadió con una sonrisa.

Trudy parpadeó de nuevo. ¿Era posible que pudiera llegar tan alto?

Clement, al ver que sus ojos volvían a brillar, se quitó el sombrero, sonrió y se marchó.

Un minuto más tarde, el inspector Jennings salió de la sala de interrogatorios y la vio merodeando por el pasillo.

—¡Loveday! —gritó—. ¿Qué hace aquí todavía? Vuelva a la guardia del Hospital Radcliffe. Parece que la víctima del atropello va a sobrevivir y está a punto de recuperar el conocimiento. Cuando lo haga, la quiero a su lado tomando notas.

Eso la mantendría alejada mientras él y sus superiores se encargaban de resolver todo el lío Morrison/Chadworth/Littlejohn. Y una cosa era segura, pensó con enfado Jennings, si la agente Loveday pensaba que se le permitiría acceder al resto del caso solo porque había sido ella quien lo había destapado, estaba muy equivocada.

La fulminó con la mirada, esperando a que se opusiera a la misión y deseando darle la buena reprimenda que ya estaba ensayando en su cabeza.

—¡Oh! ¡Oh, señor, estoy tan contenta! —exclamó Trudy, radiante—. Son noticias maravillosas. Lo sentía tanto por su esposa. Iré para allá ahora mismo, señor —prometió con alegría, entrando corriendo en la oficina a por su mochila y sus cosas, y volviendo a salir corriendo a por su bicicleta.

Para eso mismo, para ayudar a las personas que han sido heridas, y para capturar a la gente que hacía daño, ¡para eso se había unido al cuerpo!

Jennings, estupefacto por su alegría, solo pudo observarla con perplejidad mientras salía corriendo por la puerta.

Agradecimientos

Quiero dar las gracias a todos los que han querido compartir conmigo sus recuerdos de los años sesenta y de Oxford.

**Otros títulos de nuestra colección Harper+
por si quieres seguir leyendo**

Freya y Charlie, dos amigos de la infancia,
deciden comprar juntos una casa para reformar.
¿Qué podría salir mal?

Escápate a París y prepárate
para dejarte llevar.
La Ciudad del Amor nunca decepciona.

¡Cuidado con el lobo!
Potente y adictiva, esta recreación feminista
de Caperucita Roja es perfecta para
los fans de Stephanie Garber.

www.ingramcontent.com/pod-product-compliance
Lightning Source LLC
LaVergne TN
LVHW040137080526
838202LV00042B/2935